我 的 远 方

何 杰 著

天津出版传媒集团

天津人民出版社

图书在版编目(CIP)数据

我的远方 / 何杰著. -- 天津 ：天津人民出版社,
2024. 9. -- ISBN 978-7-201-20778-0

Ⅰ. I267

中国国家版本馆CIP数据核字第2024RF9183号

我的远方
WO DE YUANFANG

出　　版	天津人民出版社	
出 版 人	刘锦泉	
地　　址	天津市和平区西康路35号康岳大厦	
邮政编码	300051	
邮购电话	(022)23332469	
电子信箱	reader@tjrmcbs.com	

责任编辑	岳　勇	
特约编辑	李　楠	
封面设计	明轩文化·王　烨	

印　　刷	天津新华印务有限公司	
经　　销	新华书店	
开　　本	880毫米×1230毫米　1/32	
印　　张	12.25	
插　　页	8	
字　　数	304千字	
版次印次	2024年9月第1版　2024年9月第1次印刷	
定　　价	95.00元	

序

由于从事语言研究和第二语言教学,我最早知晓何杰老师是在国际性学术会议与会学者的名单上,那时怀着一种敬仰的心情看这位南开大学的教授。数年后,读到了何杰老师关于量词研究的专著,我是以一种敬佩的心情来潜心学习的。而更让我难忘至今的,是第一次读何老师散文的情形。

那是一个周末的午后,我信步走进上海三联书店。这是一家开在上海以高雅著称的淮海中路、紧挨着上海社会科学院的书店。徜徉在书海里,寻寻觅觅的眼光在一排排书架间扫视,忽然就看到了何老师的《我和我的洋弟子们》。既惊异于语言学者的文学创作,又好奇于文本的内容,为一探究竟,便急切地将书打开。谁知这一看就被深深地吸引住了。不知不觉中天色向晚,待走出书店已是华灯初上。

作为语言学教授的何杰老师,在散文中展现了卓著的文学才华。何老师以她丰厚的学养和精彩的海外生活经历为底衬,用灵动的文笔为我们展现了一幅幅异域生活的鲜活图景。

何老师散文作品丰富。如果说已出版的《我和我的洋弟子们》与《我的洋插队:魅力波罗的海》,向我们展示了她在远离祖国万里之外的拉脱维亚大学任教期间感受到的种种苦辣酸甜,克服各种意想不到的困难、深入接触和体验异域文化的经历,那么这本《我的远方》则给我们描绘了缤纷世界的奇异美景与灿烂多元的各民族文化。全书十六辑,涉及爱、快乐、信念、追求,这些情感理念和精神生活，也抒发了对艺术、才华、智慧、人心、历史文明等的哲思。

作为语言学教授的何杰老师不仅能对语言本体进行深入精辟的分析，她个人驾驭语言之功力在本书中也可见一斑。《爱墙》记录了作者寻访爱墙，路遇巴黎大婶，并一同目睹一对印度新人在爱墙举行婚礼的经历。应该说这样的经历在国人日益频繁的出国旅行中并不鲜见，然而在何老师的笔下，这次偶遇却显得如此引人入胜。偶遇从不同的角度切入，既有历史的回顾，也有现场情景的描摹，特别是文章后一部分运用对话来呈现情节，更增添了事件的现场感。直至文章结尾峰回路转，以婚戒来展现中国人的爱情观，使文章的意境得到了极大的提升。而《希腊雅典的女人街》则让我们看到了人心最美的原野；听到了最执着、最投入的演奏；看到了最温和的执法，还有一位最粗心加迷糊的旅游者。在这里，别具一格地对不同的人生观和价值观的展现，传递了寓意深厚的人生哲理。当今世上，评读普希金的文章可谓不计其数，《俄罗斯诗歌的太阳——回望普希金》则通过阅读普希金的经典作品加以贯穿，直至莫斯科阿尔巴特大街普希金故居的"翻看普希金生命的最后一页"，把读者的思绪带入遥远的过去尽情翱翔，以此怀念这位伟大的文学巨匠。

何杰老师特别擅长人物描写，不论是"黑咖啡韦大利"，还是柴西斯小城的"丑小丫"，在她笔下人人个性鲜明，个个过目难忘。在《我的美国老师K姆》一文中，身为教授的何老师通过身份的换位、文章戏剧性的结构、细节化的精到描写，把一个语言老师认真而略带固执的忠于职守体现得淋漓尽致，从而给人留下深刻印象。尤为感人的是作者记述自己的母亲，满腔的亲情融入文中，字里行间充满了深情与挚爱。颇具现场感的描写，不仅把母亲刻画得栩栩如生，音容笑貌宛在眼前，还展现了一幅中国北方地区生活的画卷，让读者循着作者的笔触自然地感受到津门民风、民俗文化的深厚与绵长。

本书美文数十篇，此仅列举而已。然窥一斑而见全豹，我们由此能领略到散文的整体风貌。

何杰老师高雅、知性，她的散文语言简洁、优美，风格鲜明。通过自然的细节描述、鲜活的异域生活图像的展现，尽显语言叙述中的意味和丰盈的感情；独特的表达方式，用寥寥数语勾勒出人物情事的整体，从而呈现事物的本真。在快餐时代的粗糙与疏敝中，这种精妙与和谐，富有想象力的美感空间，显得如此之珍贵。

承蒙何杰老师的信任，嘱我写序。恭敬并从命，谨记下个人的些许感受。

是以为序。

徐子亮

（华东师范大学国际汉语文化学院教授、博士生导师）

2022年8月

书前寄语一

原来文字可以这样美

"生活中从不缺少美,而是缺少发现美的眼睛。"法国雕塑家罗丹的这句格言,还可以做如下延伸:"眼睛既然发现了美,就应该用文笔把目之所见化成美文。"语言学家何杰老师果然有这样的文笔。拜读她的散文集,便可以真切地领略她那文笔之美。

看她的散文,如同一个孩童突然闯进了大花园:那绿草、那鲜花、那蹦跳的草虫、那翻飞的蝴蝶,在孩童的眼睛里会格外新奇,充满情趣,何老师就像那个孩童。在她笔下,爱琴海的国王、法国巴黎用三百多种语言写下"我爱你"的爱墙、美国怪异的老师K姆、俄罗斯命运跌宕的诗人普希金……她所描绘的异国风情总是那么温情,纯真,充满新奇与童趣。这一篇篇美文,带你浏览与品味那异国他乡、大千世界的风土人情,你会由衷地感叹:"啊,原来地球上每一个角落都生活着幸福的人,我们还有什么理由不爱这个世界呢?"

何老师所结交的朋友,大都是她的学生或同行,唯有我是个另类。作为泳友,我们每天的"约会"是:清晨、公园、湖面、游泳。一年四季的湖水,时而清澈,时而雾罩,时而冰冷,而何老师的性格,却总是那么清纯、和善。苍苍白发,衬着她那纯真的眼神,即使在那寒冬刺骨的湖水里,她依然不紧不慢地游,似乎总是在舒缓那天真畅快的心绪。这哪里像个"老太婆",分明是想把自己的七十多岁魔幻般地活成十七岁。

除了专辑，她发表在《散文》《读者》等报刊杂志上的文章我都拜读过。每逢谈起那些文章，她总是兴味盎然，甚至孩子般地手舞足蹈起来。

《礼记·乐记》中有一句名言："唯乐不可以为伪。"这里的"乐"泛指音乐、舞蹈、诗歌，等等。因为"乐由心生"，所以容不得无病呻吟与虚假造作。而何老师的散文也应是"文由心生"，我不禁生出联想："唯散文不可以为伪。"回顾我们当初的语文课本，短者如《陋室铭》《爱莲说》，长者如《岳阳楼记》《师说》《出师表》等，无不浸透着博大情怀。何老师的散文亦是情怀博大。

中华几千年的文学史，同时也是一部纷杂浩渺、繁星璀璨的散文史。从汉魏时代的司马相如、三曹、建安七子，到后来的唐宋八大家，那一座座"散文丰碑"，也同步印证了那些时代的昌盛与文明。今天，欣逢盛世，我们理应呼唤散文的复苏与繁华。何老师的散文是带着露珠的花苞。

何老师的散文，多是风花儿女，山海情长，异国风情。写人惟妙惟肖，写景如临其境，情深意长，有滋有味。犹如来到青山翠谷间的小溪边：目之所及，天朗山青，水流委婉；耳之所闻，水声潺潺，如语如歌；拘一捧滋润肌肤，饮一口清冽甘甜，这样的享受也就满足了。相比溪流大浪翻飞，轰鸣震耳，何老师的散文有别一种平静、含蓄和深邃。

当你透过"美"的"滤镜"看世界，世界便是美的。而这样的美文，非何杰老师莫属。

我特别欣赏她的散文，清秀、朴实、自然，不招摇、不浮躁、不故弄玄虚、不装腔作势。网上有人说，现在的人们，已经浮躁到极点，文章超过一千字就不读，视频超过五分钟就厌倦。我们正在文化荒漠上行 亍 前行。何老师的散文就是这荒漠上的一抹青青的绿洲，给人春天的气息。希望她坚持写下去。

既然不能给世界创造巨大财富,那就为生活添几许快乐吧。快乐自己,也快乐别人。

盼望何老师的散文集早日面世。

白欢龙

(国家一级作曲、编剧,天津艺术研究所研究员)

2019年8月

书前寄语二

肺腑之言，皆源于信念与热爱

第一次踏进南开校园，是 1998 年，正值盛夏，从喧闹的大马路拐进了简单朴素的校门，马蹄湖满池的荷花扑面而来，顿觉清新而凉爽，我那颗因炎热而躁动的心瞬间平静下来，一眼爱上南开。

转眼到了 2004 年，刚入职南开汉院，有一天在办公室里偶遇何杰老师，第一眼就被她翩翩的风度、清澈的眼神和仿佛无忧无虑的银铃般的笑声所吸引。虽然那时何杰老师已经退休，但仍然在学院负责一线繁忙的教学工作。那一年的寒假我们有机会一起去海南旅游，灿烂阳光下何老师那一头闪闪发光的银发让我至今记忆犹新，更难忘的是她脸上无时无刻不呈现出来的同龄人少有的纯真甜美的笑容，仿佛有一种磁力，甚至是一种魔力深深吸引着我，旅途中我总是自觉不自觉地与何老师走在一起，跟她无所不谈，我们很快成了忘年交。在我的眼里，她是一位完完全全没有架子的长者，温柔体贴的话语总是让人感到特别暖心，就像家里的长辈一样亲切。旅途中更折服于何老师摄影技术的精湛和对美的执着，她总是一丝不苟地调整角度、捕捉光影，一心要给我们留住最美的瞬间。最难忘的是何老师对游泳的热爱，从家乡的大清河、白洋淀开始，甚至在2000 年做了开颅手术后开始冬泳。她不分四季游遍国内海域，以及国外的波罗的海、爱琴海、圣地亚哥海域、夏威夷海域、大西洋和南太平洋。原来在何老师柔美的外表下，藏着一颗坚韧的心。

之后我非常幸运地成为何老师系列散文作品的第一读者,从《我和我的洋弟子们》到《我的洋插队:魅力波罗的海》,再到这部即将出版的《我的远方》,常常一边阅读,一边惊叹何老师竟然拥有一颗未泯的童心,就像一个小姑娘总是睁大眼睛好奇又欣喜地看着缤纷绚烂的世界,她是真真切切把平凡生活过成了一首充满浪漫情调的爱情诗,把风雨和坎坷用超级细腻的笔触描绘成一幅岁月静好的风景画。她先是感动了自己,并且乐于把这份感动分享给我们,邀我们一同把心沉淀下来,担当起汉教人的责任,同时去体验人世间的种种美好。在我眼里,何老师不只是当之无愧的灵魂工程师、成果颇丰的学者,更是一位激情澎湃的诗人、善于发现美的画家、爱思考哲理的散文家。于我而言,只能是高山仰止。记得刚上大学时,我曾一度痴迷三毛的散文。那种浪迹天涯的洒脱,那份刻骨铭心的真爱,既有困窘与艰辛,也有自由与美好,给我带来强烈的心灵震撼。而阅读何老师的散文作品,虽然关键词也是爱和美,但不同的是,三毛讴歌的是小爱,何老师一生追求的则是汉教人的担当与胸怀,是人间大爱。何老师用娓娓道来的一个个生活小事,教给我们在跨文化交际中如何用心去观察,用心去发现不同民族的智慧,去感受不同民族的真善美,去努力读懂不同的民族记忆,用尊重、理解和包容去化解文化休克乃至文化冲突。

出国工作几年,归来后略感身心疲惫的我,有幸在2019年南开大学百年校庆时与何老师再次相遇于校园,她还是那么心思缜密,还是那样精神矍铄,惊喜之余不由得感叹岁月对何老师的厚爱,不,简直让我有点嫉妒岁月对何老师的偏爱,难不成她是冻龄人?我仔细辨认,然而在她的脸上,除了多几道皱纹,我再也找不到岁月风霜留下的痕迹。当我们漫步人潮涌动的校园,边走边交谈时,不知何时一群年轻学子已紧紧追随在何老师身后,连一旁匆匆走过的青年教师们也忍不住停下脚步,聚集到何老师身边,听她畅谈老南开人的感想,人人带着一脸的仰慕之情,更有人悄悄地向我打听她的身份，围绕在她身边的人群久久都不愿散去。让人不由感慨荷花绽放的南开园是南开人诗意地居住着的精神家园。

一个月以后，我又一次有幸受邀参加了何老师给汉院学子的一场报告会，聆听她作为第一代汉教人对当年筚路蓝缕开创事业的深情回顾，对现状深刻而独到的思考，对前景的热切展望，以及对后辈的殷殷期盼。说到动情之处，何老师几度哽咽，目光始终带着坚毅。她那热爱汉语国际教育事业的拳拳赤子之情感染了在场的每一位听众。让我不由得感慨何老师身上那种南开人特有的质朴纯真和坚定信念一如既往，未曾有一丝一毫的改变，真可谓走过半生，走遍世界，归来仍是少年。这不正是老一代南开人精神境界的真实写照吗？沧桑岁月始终无法改变他们的初心，只是让他们多了一份"行到水穷处，坐看云起时"的豁达。

我相信，借着何老师的作品，这种精神将继续传承下去并得以发扬光大。这应该就是何老师不甘于安享退休生活的清闲，一直努力前行，不辍笔耕、不辞辛苦地要把她的体验和感悟呈现出来的初衷吧。她的肺腑之言"坚持下去，路的尽头，仍然是路，只要你愿意走""去天堂的路上也要留下美好"，何尝不是源于对汉语国际教育这项国家民族事业的信念与热爱。

需要特别说的一点就是，作者在每辑之前，还增加了启示性的短语，增加审美的思索，给人以特别的感悟。

这样无论职业如何，年轻人，有时间不妨打开这本书仔细读一读，去追随何老师的脚步，去开启一场文化之旅，去经历一场心灵的洗礼，去接受一些文学专业的熏陶。我们每个人都要迎接新时代的挑战，这个功课你准备好了吗？

方向红

（南开大学汉语言文化学院副教授）

2020年12月于南开园

目 录

爱的坚实、巨大,需要用生死去定义,用岁月度久长。无国无界,无古无今。无论尘世变迁,时光流逝,爱都是亘古不变的人生主题。爱总要相见。

爱　墙

　　这是一个到处都有故事的地方。在高地还是一片布满葡萄园、磨坊风车的乡间小村落时，这里已经开始了它的璀璨。虽然只有短短的一百多年，但这个最初叫小丘广场（Place du Tertre）的地方，早已长出了"世界大师之林"。

　　世界著名作家巴尔扎克，世界著名画家保罗·高更、亨利·卢梭、雷诺阿、毕加索……都曾在这里寻找灵感，挥洒才华。

　　我来过这里三次，蓝天下，绿荫的草地上总是游人如织。蒙马特高地（Butte de Montmartre）高地是法国文化的史册，阅读不尽，韵味无际。我也喜欢在这里翻看这本文化大书，滋润我的心灵。

1

　　"爱墙在哪里？"

　　问话的人是个印度青年。那天我也在寻找爱墙。

　　我三次到法国。第一次到时，爱墙没有建；第二次我没来得及看。所以这次我一定要去看那个爱相聚的地方。

　　忙着去打听。回答的人是一位四十多岁的巴黎大婶。

　　在国外问路是最为费心的，但我还从没有这么劳神过。因为那是我打听路时，听到的最有色彩的回答。

　　大婶的英语只是单词，里面夹着法语，还夹着"呃呃呃"的打嗝声。这让我觉得打扰人家很不是时候。大婶却热情至极，一边手捂着嘴，压着"呃呃呃"的打嗝，一边拉着我走，嘴里说的却是"get angry，get angry（气死我了，气死我了）"。

　　她说，她正好到那里去，晒晒太阳，让她的心落落地，也让她的

"那个人"放放气。

我一头雾水。她生气了吗？我想走开，大婶却拉着我不放地讲东讲西。我叫那人"巴黎大婶"，是她一开始就告诉我，她是当地人，跟她走没错。

2

我们走到蒙马特高地的半山腰上。那里有一个街头小公园。公园边有一座三层的楼房。爱墙就贴在底层楼的墙面上。那是用深蓝色瓷砖贴成的，有四十多平方米。然而就在那墙面上，却翻腾着爱的浪涌，像一片剪下的爱琴海。

爱琴海就因为爱的层层重叠，而变得深蓝。

爱墙汇集着世界上三百一十一种语言和方言的手写笔迹。

那是来自世界各个角落的人们，用不同的话说着"我爱你"："I love you（英语）""Je t'aime（法语）""Ti amo（意大利语）"……也有醒目的"我爱你（汉语）"。

那里就是用爱汇聚成的蓝色的海，深蓝的海，因为那里蕴藏着太多的眷恋，太多的思念，太多的深情……

蓝色就是幸福的颜色，梦的颜色。

那天，热情的巴黎大婶让我得知爱墙的许多。

3

爱墙的发起者弗雷德里克·巴隆（Frédéric Baron），是一位法国音乐家，特别擅长写爱情歌曲。

在浪漫的法国，从1992年起，巴隆收集了一千多条，用三百多种语言写的"我爱你"的手写体。

1998年，他把浪漫和爱撰写成书，成功发行数万册。

巴隆早期的爱情歌曲，都是在他居住在蒙马特高地时写下的，因此他选择这里作为爱墙，把这世界上最温馨甜蜜的话语，镌刻在蓝色的墙面上。

4

在爱墙前，我又看见了那位问路的印度青年。

青年身旁多了一个穿着红色纱丽的美丽姑娘。原来是一对新人。

幸福写在他们的脸上。

我禁不住上前祝福。问他们，为什么在这里举行婚礼？

新人一脸崇敬地告诉我，因为这里是有爱的地方。在这里，世界上相爱的人们都看着他们，会叫他们爱到永远……

印度青年的英语虽然有乡音，但很好懂。

他们说，按他们的风俗，在印度，他们要搞大排场，麻烦一大群人，花费一大笔钱。印度青年抡起两条胳膊画了一个又一个的大圈。他说他们是穷人。现在许多印度的穷人都选择出国结婚。省钱，又长见识，还免得麻烦亲属和朋友。

那天，我可是真长了见识。我看到新娘和新郎的手中抓着大米、麦粒、树叶、花瓣……

新人的朋友告诉我，那象征着有钱，健康，人丁旺盛，幸福。

我想知道他们的婚俗，于是紧着追问。

新人的朋友一边把花瓣撒向新人，一边说那是驱除邪恶。我看花瓣是玫瑰花瓣。

我听着，然后再说给一直拉着我的巴黎大婶，她好像比我还要好奇。最后我和大婶两人四目圆睁，因为我们看见，新娘抓着一大把糖块在喂新郎。

一口，一口，五大口！

新郎的嘴塞得满满的。接着新郎再同样喂新娘。真不知他们是怎样吃下去的。

一口一口，也是五大口！

于是新娘的嘴也塞得满满的，像一对好看的鼓着嘴巴的仓鼠。忙问究竟。

原来，新娘给新郎表明做饭、照顾丈夫是妻子的义务；新郎给新娘表明养活妻子和全家是丈夫的责任。

巴黎大婶看着那鼓着嘴巴的新人，却叹了一口气：

"他们怎么行接吻礼呀？"

多亏没有这一项。后来是一位长者，给新人额头点上一颗大大的红点。印度朋友告诉我，那叫"宾迪亚"（吉祥点）。然后大家向新人们抛撒大米、花瓣，表示祝愿他们丰衣足食，生活甜蜜，像盛开的花朵，美丽、长久不衰。

我特别欣赏他们的婚礼——简单又情意浓烈，意味深长。

有意思的是浪漫的巴黎大婶，心血来潮竟叫人家撒给她头上一把大米和花瓣。

为什么？她说等等再告诉我。

5

等新人仪式完了，大婶告诉我的却还是爱墙。她说，爱墙有特别的含义。

在这个充满误解和撕扯的世界里，墙把人们分隔开。然而送去一声简单而真挚的"我爱你"，就会拆除隔阂的樊篱。她叫我细细地看：

在爱墙密密麻麻的字里行间，散布着许多红色碎块，那是破碎的心。只有爱才能重新弥合散落的破碎的心和情。

大婶告诉我，那是爱墙的作者巴隆邀请研习中国书法和东方绘画艺术的法国女艺术家克莱赫·吉托（Claire Kito）设计的。

大婶说China文化很特殊，爱墙上的中国字最美。大婶还告诉我，爱墙落成仪式正是2001年情人节，也有中国人来。遗憾我没有赶上。那天，人们放飞了一百只白鸽。

和平与爱的渴望写满蓝天。

6

爱墙作者巴隆也使一个中国诗人几十年以前的梦，降落在这里。

徐志摩在1925年这样写道：

> 你我千万不可亵渎那一个字，
> 别忘了在上帝跟前起的誓。
> 我不仅要你最柔软的柔情，
> 蕉衣似的永远裹着我的心；
> 我要你的爱有纯钢似的强，
> 在这流动的生里起造一座墙；
> 任凭秋风吹尽满园的黄叶，
> 任凭白蚁蛀烂千年的画壁；
> 就使有一天霹雳震翻了宇宙——
> 也震不翻你我"爱墙"内的自由。

我想徐志摩不会想到，他诗中的梦，会在他去天国之后，在浪漫巴黎的一隅沉淀、凝聚。我想徐志摩不会想到，他那颗炙热燃烧的心终于在这里安放。

7

热情的巴黎大婶叫哈尼娜，是一名小学教师。我很感谢她，教我知道这么多。她也很感谢我，说我教她高兴。我说，我们是同行。问起学校，当她知道我是南开大学的教师，她用手搭起了"凉棚"，表示应高看我。我也手搭起了"凉棚"，高看她，说我们是一样的。她却忽然转移话题问我：

"单身吗？"

"不是。"我指了指站在离我不远处的我的"保镖"。

我的"保镖"站在阳光里，挺着直直的腰板正仰头看着爱墙。

我反问大婶：

"单身吗？"

"不是。有个气包子。"她指了指站在离她不远处的，她的丈夫。

"哦。对不起。"

她说过了，她今天来这儿，就是为了叫她的"那个人"放放气。她的英语实在是有点赖，我才没听明白。

我扭头一看，还真是个"气包子"——腰带紧紧地箍在鼓出的肚子上，看来还在闹气。

大婶跟我说，他们这儿有说法：到了爱墙来，相爱的人会更爱；吵了架的人会重归于好。

"我特意叫他来的。他总闹脾气。"

我明白了大婶为什么让人给她头上撒大米和花瓣了。不过我说：

"大概还得减减肥。"

我们都笑起来。可我还奇怪：

"何以问起单身的事？"

她比画刚才我们举手互相高看，说：

"没看见戒指。"

是。我没有戴戒指。我除去在上课时的第一堂课戴戒指外，不愿给身上加任何不必要的负担。出国不戴，看来还是会有误会。

她问我，"结婚时丈夫没给你戒指吗？"

我点头。

她问："只结一次婚吗？"

我又点头。

她说她是第三次了。巴黎大婶又好奇地问我：

"他——你丈夫给了你什么呢？"

不知为什么，我忽然神情庄重地告诉了她我心中的话。

8

我说："给我一世深情，我与他共一世风霜。"

我指指我们的白头发说：

"执子之手，与子偕老。"

我是用英语告诉她的。尽管我觉得没有汉语的韵味，但大婶听完，瞪大了眼睛感叹：

"Wonderful, wonderful.（美妙。）"

说着，她拉着我，让我把刚才的话，告诉她的丈夫，还有那对新人。她说：

"Love wall of China: aeriform, stable.（中国的爱墙：无形，坚固。）"

于巴黎18区

甜菜大叔的玫瑰恋

爱是一种甜蜜的痛苦,真诚的爱情永不是走一条平坦的路。

——莎士比亚

我爱人在国内是一所有着几千人的专业学校的校长,出了国,就只有我一个人了。为了帮他找点上班的感觉,我叫他校长。他呢,自己也提笔写点什么,增加点时间的含金量。有段时间,我们竟对同一个人发生了兴趣。

我常看见那人捡垃圾,就叫他"垃圾老头"。后来见老头长得有意思:谢了顶的头,几撮头发却顽强地挺立着,像个带叶的甜菜头。于是给他起名叫"甜菜大叔",要不就叫他"甜菜老头",反正他不懂汉语。先看看我写的吧。

何杰写的"甜菜大叔"

"甜菜老头"一点也不甜,总是气哼哼的。他走起路来,脚步就像夯地。脸上扫帚胡子,扇面一样地多多着,像有发泄不完的怒气。你问他多大岁数,他就气气哼哼地说:

"十八了!"

问他生活得怎么样,他也气气哼哼地说:"还活着。"

问他的名字,他仍是气气哼哼地说:"垃圾老头。'垃圾'了,没人喜欢了"。

"垃圾老头"名副其实。我觉得他仿佛一年四季都穿着一件又旧又不怎么干净的棕色外套。他也总在垃圾箱的四周忙这儿,忙那儿。我和"垃圾老头"的友谊也是在垃圾箱那儿开始的。不过那是打出来的交情。

那还是我刚来拉大不久，学生送给我一样礼物——一只小猫。他们怕我寂寞。可小猫来了不久，就谈起了恋爱。学生说，那是只小公猫。我希望他在家里，可他总往外跑，去找他的"恋人"，回来时，又弄得脏兮兮的。

一次，我刚开门进屋，他就借机夺门而去。我忙去找，找了好久，才看见他和大概是他的"女友"的人正在垃圾箱上吃着什么。呀！太脏了！我忙叫他，他不理我。我气得拾起一块小土疙瘩，就向他扔去。一对猫恋人立即消失了，可箱子后面"呼"地冒出一个头：

"你不尊重人！"（是俄语）随即，我看见一张怒气冲冲的脸。那脸上满下巴的胡子像通了静电一样参参着，眼睛圆瞪着。那样子叫我马上想起发怒的张飞。我忙向他表示道歉。那时，我们国内对动物的保护意识远不如现在。这里的猫、狗和人，绝对是平等的。

记得还有一次，我在一条不宽的道上，看见一只像小驴一样的大狗。不知为什么，他不高兴地横卧在路上。结果一行四辆小轿车停在那里，等待他的"起驾"。我好奇地也站在那观看：打头的司机把两手垫在头后，靠在车座背上静静地等着。几个好心的孩子和一个大胡子的老头围着大狗，和狗心平气和地谈判。足有十几分钟，那只大狗才怏然不悦地一步一颤地走开了。四辆小轿车，这才鱼贯而去。

现在，我对上了号。那个大胡子就是"垃圾老头"。那天老头真是一脸慈祥，跟此时简直判若两人。记得，他抚摸着大狗，嘴里不断说着："亲爱的，我的，可爱的……"我当时真觉得好笑又新奇。此刻，真没想到这老头还会这么凶。

后来，不知是因为我向他表示了歉意，还是我的小猫也来向我表示歉意，老头儿的脸变得温和了。他看小猫在我腿上蹭来蹭去，笑了。我觉得，他笑得特别生动。从那以后，我们成了打招呼的朋友。我叫他"甜菜大叔"。我也开始注意他了。

"甜菜大叔"真是个垃圾老头，几乎天天都在垃圾箱旁忙活。我看他有时拿着锯和斧头，把垃圾箱附近树木的树枝弄下来，捆成一捆。有时把人们撒落在箱外的垃圾收进去；有时把人们送到那儿的杂物分门别类地摆放好。说到这儿，我想插一句，我在国内，真没看过那么穷的人：我曾经进过一个人的家，他的屋里除了一张床之外，其他家具什么也没有。衣服都散扔在纸箱里。可是他们扔起东西又叫人不可思议，什么蜡台、小雪橇、台灯、衣服、鞋等许多都是半新的，就不要了。电视、电冰箱也有，都是破的。人们把这些东西放在垃圾箱边的石台上，谁需要，谁便取走。这里没有废品收购站。"甜菜大叔"就是领导这些杂物的。他总是把那些东西摆来摆去，像一个商店尽职的售货员。我问过邻居，他有工资吗？邻居说，没有。我不知他靠什么生活，听说还有点补助金，后来我还发现他要酒瓶子。人们告诉我，那酒瓶大的可以退四分，小的可以退三分。退四五个瓶子可以买一个面包。我曾从报纸上知道，拉脱维亚刚独立的那几年，有十万人靠捡垃圾生存。

心里说不出什么滋味，真的同情他，另外还有几分敬意。因为我每天上下班，几乎屁股后面，总要跟着几个正当壮年的大男人，伸手向人要钱。"甜菜大叔"快八十了。他用他诚实的劳动，换取着他艰难的生存。只是他好像又太爱吵架了，我经常看见他和什么人嚷嚷。但当他见到一位老奶奶时，我觉得他整个就换了一个人。像春风，像细雨，像玫瑰，当然还像甜菜头……

一天，我正坐在草地上的长凳一边看书，一边晒太阳。忽然听见有人啜泣。是"祥林嫂"！旁边就是"甜菜大叔"，他温柔得像棵杨柳。迈着小碎步，跟着那个女人，轻声地跟她说着什么。

我叫那个老女人"祥林嫂"，因为我们第一次见面，她就开始告诉我，她的故事。尽管我是后来很长时间才明白的，但我记住了。

她总是说，"我真傻……"

那是至今让我一提起便觉得心颤的悲剧。

二战，战火无情地把一对情侣分开了。姑娘送小伙子上了前线，也送上了她的心。三年后，两人还侥幸地活着。小伙子来信，约姑娘去车站见面。姑娘如约到了火车站，但从早等到了日落，等到了天黑，却没有等到她心爱的人。

上帝啊，有时也真粗心。姑娘去了火车站，小伙子去的是汽车站。一天的假期，小伙子在焦灼的煎熬中过去了。军令叫他又回了部队。姑娘却执拗地留在火车站。她在一个报亭里，为自己找了一份工作。她要等她心爱的人。又是三年，当他们都回到里加，在家乡相见。姑娘在无奈等待中，已另有所属了。而小伙子这三年，就在军港服役，两个相互苦苦寻找的恋人，同在一个小城，却又咫尺天涯……

天啊！一个疑问忽然闯入我的脑海：

那个小伙子会不会就是"甜菜大叔"呀？

我从木凳上站起身来，开始大喘气，我拍自己的头。上学时，读过很多苏联卫国战争时期的书。那些枪林弹雨中的爱，那些生离死别的爱，那些凄风苦雨的爱，许多还历历在目。

那天，我真的怀疑这是生活，还是小说？

我不会喝酒，不过那天我买了两瓶啤酒（那里的啤酒瓶小），豁出去了！都喝光。给"甜菜大叔"个空瓶可换酒钱也好呀。天下竟有这么倒霉的老头，真不知怎么帮他。

"甜菜大叔"可别是"苦菜大叔"。

出国，睡觉总做梦。真想做一个关于"甜菜大叔"的好梦，可是没做成，一下睡过了头。

校长来了。没想到他倒做了个好梦。看看他写的吧。

何杰于里加

校长写的"甜菜大叔"

　　教授（我称何杰为教授）在拉大宿舍，离她上班的大学很远，而且在那一处居住区只有她一个中国人。我不得不飞到这儿支援她。而当我飞到这里的时候，已过去了半年。

　　我刚到我们的住所，就有许多人跟我打招呼，看得出这里的人既友好，又有尊敬。我真佩服教授，她竟有了那么多朋友：小到四五岁的孩子，大到七八十的老人。男的、女的，还有小猫、小狗。说到她的朋友，她立即兴致勃勃地给我一一介绍。说实在的，开头我并不感兴趣，特别是一个叫"甜菜大叔"的老头。（凡是不好问名字的，教授都给人家来个绰号。）有一天，我却看到了西洋景：

　　那是一天破晓。里加的夏天几乎都是白昼。三四点，太阳已在那边的草地上露头了。我在部队养成了早起的习惯，再加上时差（七小时，算来在中国都上午十一点了），我早躺不住了。练剑打拳也是我多年的习惯。如果在国内，早有一帮剑友、拳友练上了，在这儿却还一片寂静。

　　这里的空气特别新鲜，总有一股野草的清香。到处是片片的小树林、草地（那时国内还很少有草地）。我住的楼房前就有一大片，孩子们常在那里踢球（我们的教授也跟人家一块踢）。再远一点，草地上安着秋千、压板、云梯、转椅什么的。后来，我发现每一片楼群中，都有一块这样的活动场地。这不能不说明人家苏联的文明基础。只可惜现在这些器械大都破损了。不过那里仍是孩子们的乐园。

　　那天，我忽然发现秋千上坐着一个胖老奶奶。说来有意思，我来拉脱维亚看见最多的是巴布什卡（老奶奶）。她们胖得像木桶上套着个裙子，头上系着三角巾，跟在电影中看到的苏联老大妈一样。教授说，像只老母鸡。我的邻居告诉我，拉脱维亚每一百人中，就有四十位老奶奶和十个孩子。这真不是戏言。拉脱维亚的女性多于男性。男人大多是"兔子"，很少有终一而伴的。他们羡慕中国的家庭，佩服中国男人的家庭责任感。最后说的倒是我料所未及的。教授说，大家都想看看我——这个万里迢迢来帮老婆的男人。

难怪我倍受尊敬。哦，说远了，立定，向后转。

那天，有军情，我觉得新奇：老奶奶的身旁，竟看见了"甜菜大叔"。这个平时倔倔的犟老头，此时却情意绵绵。他一手扶着秋千的立柱，一手不时地推一下老太太坐的秋千。老太太脸朝着老头儿，老头儿脸冲着老太太。老太太荡来荡去，老头儿跟着摆来摆去。那幅风情画，在中国很难看到。他们交谈的时候可不短，直到我的几套拳剑都打完了，才看见老头儿拿着一兜苹果兴高采烈地走了。那兜苹果大概是老太太的馈赠。

练拳回来，我把早上的新闻告诉了教授，教授惊奇地说：

"没听说他有老伴呀。我听说，他是个孤老头，也没孩子。"

她接着问："那老太太是不是咱们对面房子里的胖老奶奶呢？"

"大概是。我看她进了那院子。"

在我们楼的对面，有一所挺漂亮的木房子，只是旧了点儿。周围是用树枝夹的栅栏，院子很大。里面种着菜，栽着花，还有两棵很大的苹果树。拉脱维亚很多人都有这样的菜园子，还是苏联时期分给人们的别墅。真叫人羡慕。

"啊，那就是我给她起名'祥林嫂'的老奶奶。"教授立即做出判断，我也马上猜出那老奶奶一定又是教授的朋友。

"那是我的朋友！"果然，教授立即又来了兴致。我问：

"老奶奶结婚了吗？"

"当然，孙子都好几个了。"

"哈，没想到，这个'垃圾老头'还是个插足的第三者。"我半认真地说。教授倒很认真地说：

"哎，先别下结论呀。要是第三者插足，也插不到现在啊。他都快八十了，老奶奶的家不是挺好的吗？"

"那也不合适呀。"我有不同意见。

"总要允许人有自己的美好存在啊。"

教授总是以最美好的愿望去想象她周围的所有人。那天的争论没结局。

第二天，我照样去打拳、练剑。从那以后，常看到两个老人相见。还看见老头儿给老太太背去一捆捆干树枝。有时也看到老太太给老头点儿什么菜呀、果呀的。有时还真看见老奶奶的老伴也出来，仨人拉话。每当看到这些，连我也感到几分温馨。只可惜，更多的是看见老头孤独一人。

终于，一次节日的聚会叫我们给"甜菜大叔"做了最后的评定。

一次，邻居们到我家做客，大家边吃喝、边说笑，不知怎么提起了"甜菜大叔"。原来，老头从年轻时就爱上了老奶奶。只可惜他应该爱时，却上了战场，但他至今不娶，就这一点让教授激动了好一阵子。

而使我为之感动的是：没想到，这个老头还是一名反法西斯的老兵。我也曾是军人，只是人家1942年就在枪林弹雨中浴血奋战了，那时我刚出生。而今，每到世界反法西斯战争胜利纪念日，他都会佩戴上他的战功章去参加集会。那年，在里加城胜利纪念碑前的反法西斯战士的集会，我也参加了。警察荷枪实弹就在广场周围。那些反法西斯战士们仍是那样无畏、那样激昂，那场面至今教我激动，难忘。

晚上我还做了一个梦，我梦见"甜菜大叔"穿着军服，胸前戴满了勋章。嗬，是那么精神，那么威武。

第二天，我把梦说给了教授。她说，她也做了一个梦，梦见"甜菜大叔"和老奶奶结婚了。"甜菜大叔"穿着结婚礼服是那么干净，那么神气。

看来，男人和女人就是不一样。

邢惠奎于里加

蒙马特高地上贞德的爱

去瑞士取道巴黎。我又一次去拜谒蒙马特高地上的圣心教堂（Basilique du Sacré Coeur）。现在虽有了电动梯道，但我仍喜欢步行。

踏上高地上的石阶，一阶，一阶。小心绕过小仲马笔下茶花女的墓园，真怕惊扰了那里痴心的魂灵。去过巴尔扎克喝过咖啡的小店，那是作家、艺术家召唤灵感的地方。在画村，浏览琳琅满目的画作，感受野兽派、印象派绘画大师们心绪的宣泄。再踏上小街二百三十四阶，一页一页翻看着法国文化的历史大书。

不断驻足，不断唏嘘仰视。

高地上圣心教堂洁白、庄重，镶嵌在蓝天白云之中，像天堂的圣殿。

在三扇拱形大门顶上，一个少女的塑像，留住我的目光。

少女穿着盔甲骑在马上，高举着一面战旗，英姿飒爽，诠释着威武和无畏。

同行者告诉我，少女叫贞德。那是一个在法国广为颂扬的光辉名字。

而我不由得想起我的学生。

1

那还是在国内上课的时候，我的课堂就是一个联合国。

念书时，都是禾苗，国籍分不出来。一谈到政治、历史，那可就谷粟分明。何止谷粟？简直就是兵戎相见。课堂上竟能爆发一场大战。真想不出，为什么？

靠墙第一排坐着两个卿卿我我的学生，形象反差鲜明：男生又高又壮，女生又瘦又小。大个子的是英国男生乔治，同学们叫他"大堆"。他坐在那，真像堆在那的一大堆白白糊糊的面团。胳膊也总像架架着。架起的胳膊后面藏着"小羽毛"迪拉妮。

欧洲学生，我头一次见长得这么瘦小的。迪拉妮每进教室，我都觉得，她像一片小羽毛：轻轻地飘进来，轻轻落下来。于是，我就觉得看不见她了。

迪拉妮，法国小姑娘，十七岁。中文名却叫"真的"。

莫名其妙！

"真的"通常是由大个英国男生乔治陪着进来。他们的入座颇有戏看：

乔治用袖子一推，擦了桌面。然后坐下，平移一下身子，用他宽大的屁股一蹭，擦了椅子。然后，再挤出他的胖身子，弯腰，绅士地请女孩进去，落座。乔治再坐下。真像一"大堆"堆在瘦小的"真的"左前面。这就是我总觉得看不见"真的"的原因。

那天，英国大男生乔治，同样"绅士"地擦桌子，擦椅子。法国"小羽毛"迪拉妮这回却不进去，一屁股坐在了旁边的座位上，显出了点重量。

咦！怎么了？

"小羽毛"此刻沉重得像一锭钢块。身上的每一个部位都见棱见角。

一问，原来爆发了一场英法大战。

2

欧洲历史上也有一场战争，在1337年。那是一场历时最长的战争叫"百年战争"。

战争的双方是法国和英国。那场英法大战打得颇为惨烈。但战争的烈火也淬生、锻造了一位伟大的法国民族英雄——贞德。

我的法国学生"真的",就是因为英国学生乔治说,贞德是巫女,而反目相向的。

小姑娘此刻正雷电交加:

"你这个没有果馅的面包!(大概是个大但不好吃的意思)你这个白茄子一样的英国佬!(乔治真有点像个大白茄子)你可以说我,但你要尊重她——贞德。"

"那是我们法国人的骄傲!我们民族精神的旗帜!"

那天,我因此知道了,法国历史上有一个令法国人骄傲的巾帼英雄——贞德。

因为上课,没能和迪拉妮详谈。到法国,在蒙马特高地,我终于了解到了关于贞德的伟业。

3

贞德生活的时代,正是西欧历史上最野蛮、最凶恶,也是最黑暗的年代。而那时却是大英帝国的鼎盛时期。

法兰西被英国占领。法国上层极度黑暗、腐朽:对内横征暴敛;对外奴颜婢膝。下层人民在兵荒马乱中饥寒交迫,苦不堪言。

贞德1412年出生在一个农夫家。这个年仅十七岁的农家少女,在祖国濒临灭亡的危急关头,勇敢地站了出来。

贞德说,她是受上帝的指引,来挽救法兰西民族。

给我讲述这些的,是一位偶遇的中年巴黎大婶。她说话,活鼻子活眼,英语也说得随心所欲(乱七八糟)。但是她讲的贞德,我还是听懂了。大婶热情地趴在我耳边神秘地说:

"贞德是上帝派来的人。她真有神的头脑和勇敢。"

在法国千疮百孔的朝政中,贞德用智慧进入宫廷。为被驱逐的法国国王,重新争回了王冠。为她的同胞洗刷了屈辱,重振了法兰西。为法兰西复国屡建功勋。

1428年，英军再次攻占巴黎之后，便围攻奥尔良城，形势危急。

"法国面临亡国。"大婶一脸惊骇地说。

大婶形象地表演着贞德骑马持枪的样子。在国家存亡之时，贞德又挺身而出。女扮男装，身披盔甲。她率领六千多人，身先士卒，向英军发起进攻，与敌军英勇血战，冲破重围。击溃英军，解救了奥尔良城，赶走了英国佬。一个十七岁的女孩子胜了，法兰西胜了。

至今，我们法国人都敬重她，叫她"奥尔良战神"。她不是巫女。

"贞德是法国人民的爱女、圣女。"

4

在国内，迪拉妮就告诉过我，贞德被叫作巫女，是因为英军害怕她，总想诋毁她，除掉她。

在奥尔良战役之后的一次战斗中，贞德被英军在法国的帮凶勃艮第集团俘获。可耻的走狗，以四万法郎把贞德卖给英国人。此后贞德被监禁一年多，受尽威逼利诱和酷刑。但贞德坚贞不屈，她说：

"我永远不会背叛我的祖国。我爱我的法兰西。"

1431年5月30日，在鲁昂的旧市场广场，敌人污蔑她为巫女，处以火刑。贞德只活到十九岁。可是她把爱，把大爱留在了法国。

大婶说："她是法兰西的爱神。"

在法国的任何地方，只要一说"贞德"，法国人都会十分敬仰地说"法国英雄"。一个十九岁的女孩，在民族解放的事业中，表现出的坚定信念和崇高的爱国精神，感动着每一个知道她的人。

的确如此。我在卢浮宫、蓬皮杜国家艺术文化中心都看过纪念她的画作。

巴黎大婶说到贞德的时候，她的眼睛里都是柔情。大婶每次提到贞德，都捧着手，托在胸前，像把她捧在手心上。

那天，我才明白，为什么当像一根小羽毛一样柔弱的迪拉妮听到有人说贞德是巫女时，会那么生气。因为那是一个纯洁得不容有一点玷污的名字，那是一个伟大得不容一点小视的名字。

5月30日，贞德去世的日子，被法国定为"贞德节"。贞德用她年轻的生命为后人高举着大爱的旗帜。每到5月30日，都会有很多人在她的雕像前献上鲜花。

巴黎大婶把两臂舒得高高的，在空中画了一个心的形状，然后双手捂在胸前："贞德把她的心、她的爱给了我们。"

人们不会忘记贞德。

5

我想起一次外国留学生的联谊会。

那是乔治特意打电话来邀请我参加的。

夜晚，南开大学外宾楼谊园大厅灯火辉煌。通明的灯光下，盛大的舞会早已开始了。然而这里既没有优雅的小夜曲，又没有狂奔的迪斯科。在那里奔涌的是从每一个人的心头流泻出来的乐曲，而那乐曲竟是一首民间孩童的歌《两只老虎》。简单的音符节奏鞭策着每一个人，使人们忘记了年龄、身份、国别而卷入了那蹦蹦跳跳的行列。大家像玩老鹰捉小鸡那样，一个人拽着一个人的后衣襟，拉成长长的一串。唱啊，跳啊，欢乐在每个人的心头荡漾。每个人都似乎回到了玩得忘乎一切的孩提时代。

欢乐充满了每个人的心。

接着，竟是我久违了的河北民间歌舞《小放牛》。

说实话，在当时那一片向外的声涛里，这些老祖宗给我们留下的文化珍宝，我反而是在外国学生这里才能看到。

学习汉语的外国学生，他们特别喜欢晾晒他们的汉语收成。就算是古老的、乡间的，只要中国的，他们都引以为荣。那叫我倍感欣慰。

而那天，让我惊喜的是，演出的两个主角竟是"英法大战"的英国乔治和法国"真的"。记得给他们上课时，那天，两人唇枪舌战，吵得好几天都乌眼鸡一样。后来，我没他们的课了。没想到，今天，哇——两人唱起男女对唱，甜甜蜜蜜，亲亲热热。

乔治一边扭，一边唱：

> 赵州桥来什么人修？
> 玉石栏杆什么人儿留？
> 什么人骑驴桥上走？
> 压了一趟沟？么咿呀嗨——

迪拉妮也一边扭，一边唱：

> 赵州桥来鲁班修。
> 玉石栏杆圣人留。
> 张果老骑驴桥上走。
> 柴王爷推车
> 压了一趟沟。么咿呀嗨——

乔治唱：

> 天上桫椤什么人栽？
> 地上黄河什么人开？
> 什么人把守山关口？
> 什么人出家
> 没有回来？么咿呀嗨——

迪拉妮唱：

> 天上桫椤王母娘娘栽。
> 地上的黄河龙王爷开。
> 杨六郎把守山关口。
> 韩湘子一出家
> 就不回来。么咿呀嗨——

我这样详细地写出歌词，是因为乔治演完后，匆匆给我一阵耳语："老师，谢谢这首歌，是我教给她这首歌，她才原谅我的。可惜我写的都是拼音，我不会汉字，您帮我写吧。这里有多么有意思的文化传说呀。"

那是我小时候，我妈妈唱的歌。

我说："我不但给你抄下歌词，还要为你们写一篇文章。"

往日觉得土掉渣的东西，被别人家尊重，真是有一种意外的快乐。我们优秀的传统文化啊。

6

意外的还有：

大厅的舞蹈不断地变换着形式。后来随着新的舞曲，不断地转成不一样的圆圈。然而，大家总是把乔治和迪拉妮拥在中间。壮实的乔治灵活地扭动着他的身体，他的身旁飘着小羽毛"真的"。乔治很壮，依旧优雅。那是英国人特有的绅士优雅。他充满深情地看着迪拉妮，不断手抚着迪拉妮腰肢旋转。

他们忘情地跳着，大厅里也一次次掀起着欢乐的热浪。

大厅里的人，连餐厅的服务员、住在谊园的留学生都参加了。学生也把我拉进舞场，跳起来。

我们大家一块跳，一块唱。简单的旋律唱出的却是浓浓的真

情。然而唱着唱着,我忽然觉得那歌词似曾相识:

爱总要相见,
无论相隔多么遥远。
爱是我把你捧在手心上的尊重。
爱是我把你缝在心上的思念。
爱总要相见,
爱总要相见。

那后面还有他们没唱出的:

爱总要相见,
无论赶路的梦多么艰难。
爱是我给你擦桌子,你给我搬椅子
爱是贴在门口上的召唤。
爱总要相见……

那是我为了劝架,写给乔治和"真的"的贺卡上的劝架词。他们竟编成了歌。

没喝酒,我就醉了。这是为师的欣慰。

7

更叫我感动的是:后来大家一边跳,一边喊起来:

"乔治、'真的'——"

"乔治、'真的'——"

大家停下来,乔治激动地向大家鞠躬致谢:

"感谢大家为我和'真的'增加了订婚的内容。今天是我和'真的'迪拉妮宣誓我们永远在一起的日子。"

乔治庄重地拿出一张画:一个少女穿着金色的盔甲,高举着一面战旗,骑在马上,英姿飒爽。

那时,我还没有去过法国,以为他画的是"真的"迪拉妮。

当迪拉妮告诉了大家,我才知道,那是为了自由和爱而为法兰西献身的女英雄贞德。

那时,大厅里的空气都是庄重的。

这个订婚盛典,没有豪华的布置,没有烟花爆竹,没有无奈的红包,甚至没有戒指,只有乔治真诚的诘问和迪拉妮认真的作答。留下的却是长久的记忆和感动。

乔治单腿跪下,问迪拉妮:"贞德伟大的爱会把我们铸在一起。你相信吗?"

迪拉妮点头,接着她给了乔治一个吻额礼,以示她永久的承诺。

掌声和真诚的祝福在大厅久久回荡……

8

会后,我打趣地问乔治:"还给迪拉妮擦桌子吗?"

乔治说:"擦,人们总要擦去心中的偏见。"

是啊,无论在法国,还是在中国,都有过爱无法躲藏的年代。

站在蒙马特高地上,看着这座历经了血腥厮杀、完全由最饥贫的人捐资的圣心教堂。仰望那拱门上用生命去兑换爱的贞德的雕像。我相信,爱一定会融化人们心头的坚冰,会拆除心路的路障。无论他们相距多么遥远。

爱终会把人们熔铸在一起。

我呼唤那一天。

于南开西南村

希腊爱琴海深蓝深蓝

1

我从小就喜欢游泳。在我家乡大清河、白洋淀里游,后来又到海里游。中国所有海我都游过了,世界的海:波罗的海、大西洋、太平洋我也游过了。而且是无论春夏秋冬。

我特别喜欢海,不但喜欢在海里游泳,还爱看海。每到一处,我必定去海边。

都说"蓝色的大海",其实不然,海不都是蓝色的。我看到的国内最漂亮的海,秦皇岛鸽子窝海是绿色的,那真是一种特殊的淡绿。芬兰和俄罗斯相望的芬兰湾是淡棕色的。波罗的海也是淡棕色的。在波罗的海海滨我第一次下水,甚至有点害怕,那颜色有点说不出来的神秘,而且海水在盛夏都特别凉。夏威夷的海,是浅蓝色。到十月份都是暖暖的。圣地亚哥的海很美,波涛涌来一会儿是浅蓝色,一会儿是浅绿色,卷起的浪花是晶莹的白色,海水一点儿也不咸。而爱琴海,那是我看到的所有海中,最富神秘颜色的海。爱琴海是蓝色的,那是一种特殊的蓝,一种梦幻一般的深蓝色。那种蓝我以前只在油画里看过。当我真的站在爱琴海前,我的第一感觉竟是犹疑,这真的是真的海吗?

那是我在任何地方都没有看到过的颜色。

深蓝深蓝……

希腊学生伊利雅斯曾对我说:"您一定要去希腊。"

这回,我看完埃及,转角就飞到了希腊。我真的来到了久已渴望的爱琴海。

我去过北欧千岛之国挪威。十月已是白雪皑皑，群岛上覆盖着晶莹白雪的小屋，藏在弯曲的海湾里，若隐若现。

美得像童话。

希腊的群岛，却有另一种美。如有天堂，那么一定是在这里。

美得圣洁，宁静。

我来到了圣托里尼岛。这里真的是另一个天地。第一次见沙滩竟满是黑色的砂砾。当地朋友说，你踩在火山口上了。原来圣托里尼岛是由火山喷发形成的地质奇观。

圣托里尼岛北边的小镇伊亚更是如诗如画。伊亚风光秀美，那里是要把照相机累坏的地方。那也是我从没看见过的。无论你选怎样的角度，放眼望去，满眼都是纯粹的蓝色与白色。

那里只有一条主街，却连着一弯一弯的小巷。那里的每一条小巷都铺着我的脚印。山路上镶嵌着一洞洞的小店，每个小店都会黏住你的脚。琳琅满目的纪念品，总能让你在艺术的天地中享受地徜徉。

依山而建的白色小屋鳞次栉比，藏在弯曲的小巷里，小窗子吐露着紫红色的三角梅，加之白墙蓝顶的教堂，把世间最协调的颜色展示给人们，也挑战着人间的大牌画家。因为谁也不能画出这样自然美妙的画卷。

而更为美好的是，在这里可以看到世界最美的日落。

坐在山崖上放眼天际。一轮橙红橙红的落日浸在一片动人心魄的玫瑰色中。那是夕阳，却叫你感觉着那是世间生命的永远。

"落日熔金""长河落日圆"都是一种壮丽的美，而这里是宁静的美，美得让人觉得整个心灵都在受洗。我几乎是屏声敛息，生怕一动，会惊动了那份神奇的美丽、恬息的安宁。

总有人叹惜夕阳的逝去，而我说，他不知夕阳孕育了伟大的黎明。

当落日沉入大海，彩霞退去，那里的海便又成了深蓝色。那真是世界上独一无二的深蓝，深蓝。

给人永远的记忆,也勾起了我来时的疑问。

看过那么多海,怎么就这里是深蓝色?

2

一位雅典大学者告诉了我爱琴海的传说:

相传有一个美丽的姑娘叫"琴"。她是希腊有名的竖琴师。她的琴声美妙动人,能使盛怒的人平静,善妒的人宽容,忧郁的人开心。

慕她的名,一个年轻的国王派来了使者,希望琴能嫁给他。可是琴却拒绝了他的邀请。琴说:"我不喜欢享乐,也不会取悦于王权。"

使者把她的话原原本本地告诉了国王。可谁想国王没有生气,反而大笑了起来。

第二天清晨,国王不见了。皇宫里却没有慌乱。因为人们早猜到了,他们年轻的国王一定是去寻找自己的幸福了。

果然,国王来到一个美丽的小岛。小岛如诗如画,一株株的橄榄树洒着绿荫。一阵一阵美妙的琴声穿过橄榄树,撒播着悠扬的乐曲,滋润着国王干涸的心。

国王在美妙琴声的引领下,终于在女神雅典娜种的橄榄旁,见到了他倾慕的姑娘。

姑娘忽然见到了一双深情的目光。那是一双深蓝色的眼睛,那颜色比天空的蓝色更令她陶醉。她从那里读到了从未有过的深邃和真诚。

姑娘决定把自己的爱捧给那个英俊的勇士。

国王终于把姑娘迎娶进宫。他们开始了爱的蜜月。然而,妒忌的魔鬼把最残酷的诅咒从黑暗的地狱吹进了王宫。

战争爆发了。邻国贪婪的手伸进了这对幸福的年轻人的家园。年轻的勇士立刻拿起宝剑,披上盔甲,奔赴了战场。就在新婚之夜,他离开了他深爱的姑娘。为了保卫他的臣民,保卫他心爱的姑娘,征战沙场。

琴姑娘每天都到他们相见的地方,拨琴给远方的国王。

一天又一天,他们终于胜利了。然而,姑娘再也没有看到国王那比天空更美、比海更蓝的目光。只有国王血染的战袍。

琴就在那天披上国王的染血战袍,用拨动琴弦的手,指挥那场保卫家园的战斗。

残酷的战争结束了。在举国欢庆胜利的时刻,在万里无云的天空下,琴身披的国王的战袍却被一颗一颗晶莹的水珠打得湿透。

从此,琴姑娘每天晚上琴都会对着夜空拨琴,在天堂的国王一定可以听到她的琴声。因为每天清早,她都看到战袍上散落着一颗一颗晶莹的露珠。那是她年轻的勇士思念她的泪。

琴姑娘开始一瓶一瓶收集散落的泪珠。

不知过了多少年,直到琴姑娘永远睡去的那一天。人们把琴用一生收集的五百二十一万三千三百四十四瓶露水,全都倒在她沉睡的地方。

就在倒入最后一滴的时候,奇迹出现了。琴的墓边涌出一股清泉,那泉水越涌越多。从此,希腊有了一片清澈无边的海。

人们都叫它"爱琴海"。那海的颜色是深蓝色,一种世间从没有过的蓝色。

因为那里有"琴"收集的五百二十多万瓶露水。

这是一个凄美的故事。

深蓝色是爱的积淀……

3

那天,我由此忽然想起了我的希腊学生伊利雅斯。

伊利雅斯看起来像阿拉伯人。一问,身世复杂——爷爷是德国人,奶奶是法国人,爸爸是德裔希腊人,妈妈是土耳其人。

伊利雅斯给我讲过一个她的家族锥心刺骨的往事:

二战时，伊利雅斯的爷爷，住在德国汉堡北边靠海的罗斯托克小城。那时，他还是一个钟表师。

然而当时由希特勒点燃的战争狂躁，席卷整个德国。空气都在颤抖，燃烧。此时，年轻的钟表师还清醒，正和一位美丽的法国姑娘坠在爱河中。然而他很快就被征召入伍了。

在开往前线的途中，钟表师在同伴的帮助下，跳下火车藏在夜色里。钟表师几度躲过死亡的枪口，逃到法德交界的一个小城巴塞尔。因为那里有他幸福的挂牵。

终于他找到他心爱的姑娘。然而法国也在希特勒的掌握之中。没有一个可以叫他们安身的地方。他们绕道翻过了阿尔卑斯山，进入瑞士。那是怎样爱的力量？

我去过瑞士。在因特拉肯乘了三次索道车，又爬了很久才到山顶。钟表师他们翻过阿尔卑斯山，即使选最低的山路，行进也很艰难啊。我看过那里，哪有什么路可走？

爱的力量真是可以使山峦崩摧，海水倒退。

然而中立国的瑞士真的中立吗？我到了瑞士才了解到，在虎狼之国嘴边的弹丸之国，能够不被占领，谈何容易？瑞士的心都掰成瓣儿使。

希特勒的钱袋藏在了那里。尽管那钱沾满了犹太人和被占领国人民的血。瑞士屈辱地用它兑换了安宁。（后来瑞士政府向世界表示了道歉。）

钟表师，一个德国的逃兵，在瑞士也一样没有立锥之地。

钟表师带上他心爱的姑娘继续踏上逃亡之路。意大利也不能久留，他们穿过斯洛文尼亚，进地中海，大海慷慨地接纳了他们，海浪一直托着他们的小船，把他们送到希腊基克拉泽斯的一个小岛。爱琴海用它暖暖的爱安抚着他们那颗惊慌的心。

从此，钟表师夫妇在小岛上日出而作，日落而息，种着橄榄树，种着和平的梦。后来，他们有了爱的果实：他们的儿子。儿子又娶了妻。

他们有了孙女——我的学生伊利雅斯。

至今他们仍过着简单而幸福的生活。于是我也听到了这段艰辛的爱的故事。

爱琴海教我知道了世界上的宽容。爱在悄悄来，却是那样无可阻挡。爱的力量谁能说清。

4

现在又有许多难民逃到了那里。我们在希腊的中国留学生，都在参与着难民的救助……

岁月在累积叠加，时间在创造着世间的许多巨变，希腊的爱琴海却依然叫爱琴海，那里的海依旧深蓝深蓝……

爱琴海在储备着爱。

爱在这里相会，淬炼，璀璨……

于南开西南村

洋学生打开了世界之窗。跨文化一定遇到差异，差异给你惊奇、惊喜。差异让你看到另一个世界，也引你多一种思考。

意大利学生凡玛朵

1

她的名字叫凡玛朵,大家叫她"麻烦多"。我叫她凡玛,省事。教她可是心分八瓣也不够使的。她几乎一刻不停地给你制造麻烦。她的调查表写着父亲是意大利籍,母亲是美国籍。得!无拘无束加傲气,她都有。和她谈话,她用两个鼻孔对着你,头总是高昂着。她的鼻子翘翘着,周围像撒了茶叶末一样,长了一层小雀斑。脸上的每一个部位,连那小雀斑仿佛都在宣布:"不屑一听",要不就是"嗤之以鼻"。她个子不高,却教你永远感觉她在君临天下。

一天,我们的"麻烦多"竟穿了一件男人的中式对襟夹袄。紫蓝色的绸缎面上是圆形的寿字图案。我怀疑是从寿衣店买来的。一问,还真是。我埋怨卖衣服的人,怎么也不告诉人家,人家是外国学生。凡玛立即解释,老板告诉她了。那我就不明白了,凡玛,怎么人还活着你就穿在身上了呢?凡玛朵丝毫不以为意,脸上的每个零件又都在炫耀:"看我多美!"

凡玛朵说:"它就是漂亮。死的、活的都是人,穿它都非常漂亮。美啊!"凡玛朵眯起眼睛,大有陶醉之感。

想想看,你上课,眼前竟坐着这样一位"美人",你有什么感觉?知道什么叫文化休克吗?我就差点休克。中国人关于死的忌讳是砌造了五千年的传统观念,叫我一堂课就跨越过去,那真是奇事。然而我也不知道我的哪根弦叫她牵动着,竟然同意为她说情,允许她参加日本文教大学的旅行。一群亚洲人加一个欧洲人,领队说:

"羊群里出骆驼,而且是'猴骑骆驼——高去了'。"

我只有开着玩笑宽慰他:"人家个儿也不高呀,不过是群小毛鸭子中出了只小斗鸡。"

老有城府的领队给了我一个意味深长的眼神。一上路,我就知道那眼神的丰富内涵了。

2

上车,宣布了旅游活动安排。我逐个发下日程表,还没发到她那儿,小斗鸡就和我参开了翅膀:

"为什么到洛阳不下车? 洛阳是文化古城。"

没办法,我带来的兵。自讨苦吃! 我这么着、那么着一通安抚,总算无事。车过洛阳,一看窗外,我的心一下就悬到了嗓子眼。车启动了,站台上却还站着一个我的兵。凡玛把一声"放心"从窗外扔给了我:

"放心——明天的明天我去西安宾馆找您——see you again!(再见!)"

这回轮到领队开导我了:"她找我啦! 放心,她几万里都飞啦!"

接着给了我一个"哼"字就闭上了嘴,但我分明读出:"看您的宝贝弟子! 就她事多,我行我素,难以理喻。"

第三天,她赶到了。上帝保佑! 我的心落了地。谁知没一会儿,参观完秦始皇陵学生集合了,却不见领队,也不见凡玛。等了好一会儿,俩人来了。领队气气囔囔,凡玛喜气洋洋。一问,原来有个小贩把他卖煮山芋的小铁炉,摆在了去秦始皇陵的砖道上。凡玛一定要他搬开砖道,所以他们这才过来。凡玛眉眼飞扬地向我炫耀:"我胜了。红薯老板说我是'狗拿耗子'。哈,我是有责任的狗,我是优秀的狗。说我'不是东西'。我本来就不是东西,我是人!"

说完，扭扭地走了。那一扭一扭的背影都在表明，她美得像得了个什么大奖似的。

我这个语言老师失职啊。

3

要进兵马俑博物馆，领队的弦拧得更紧了。他转达馆里一条条要求，接着是一番叮嘱。前脚说完，后脚进馆，忽然就有人大声地"Oh！Oh！"起来。那声音大得简直叫你震惊。

领队急忙召唤我："又是您的'麻烦多'！快看看去！"

我从后面赶到队前，"啊！啊！"我在心里止不住地惊呼，因为在我眼前展现的是怎样的一种壮景啊！

那由几千名武士集合起的陶塑大军，那由神态各异、姿势各异的士兵、战将组成的方队，栩栩如生、磅礴浩大。你可以听到他们的撼天震地的呐喊，可以听到他们踏地"唰唰"的脚步声，可以听到他们挟带兵器铿锵的碰撞声。你可以感到他们的喘息，他们气冲天宇的豪情壮志，他们无坚不摧的意志。你真可以看见，前秦"带甲百余万，车万乘，骑万匹"，驰骋疆场，威震四海，统一六国的壮举。你真可以看见，那打开的历史书页上，昔日征战的辉煌。是啊，兵马俑"是世界最壮观的，最珍贵的考古文物群""是世界的罕见和奇迹""是东方的骄傲"。那是世界公认啊！

我自己也激动不已，为祖国璀璨的文化，只觉得脊梁骨不由得挺得直直的，早忘了领队的圣旨。凡玛还在"Oh！Oh！"我忙叫她小声点儿。凡玛两眼都直了。她呆立着，不断地用手捂着嘴自语："Oh！Oh！Great！Wonderful！（伟大！奇妙！）Unimaginable！（不可思议）"。看着看着，她竟忘情地"咔嚓咔嚓"地照起相来。这回领队可真生气了，一把按住凡玛的照相机。

可想而知，我们这个盛气凌人的女皇，气也不盛了，也凌不起来人了。领队一定要把胶卷曝光。我忙说情。我想她回去宣传我们的祖国有什么不好？领队说这是人家馆里特别交代的，没办法。凡玛不说话，更不求情。小姑娘的脸在发红，鼻子周围的雀斑在变深。我知道她的心里又在冒刺：她慢慢打开相机取出胶卷盒，我以为她要交出胶卷。谁知她"啪"的一下交到领队手中的是相机。胶卷，她先举到领队眼前，然后放到自己的胸衣里。哈！鬼精灵。这回她说得可是很温柔："回去我要说中国！我要展览中国！非常非常的惊奇。对不起，胶卷给我留下吧，相机你罚去。Sir！"

学生一下把我拉进了她的战壕。我的心感动了。我想领队也和我一样，刀子嘴豆腐心。"都给你，都给你。展览吧，展览吧。"说着便走了。

我对领队表示歉意，我的学生却不领情，拉着我就走。我有些生气。弟子却说："邻队现在'领'得对吗？"

嘿，人家放了你，你还得便宜卖乖！我的大弟子却说，那是奇怪的规定。

"该管的不管，不该管的要管。红薯老板的铁炉子会把古砖道弄坏，我给人家提意见，他不管；照相却要管。美是世界的！"

后来去意大利，我明白了为什么意大利的文化古迹保护做得好。他们的警察要是放走了损害人物的人，自己也要坐牢。

"文化遗产不会再生。"凡玛越说越激愤。我想起"意大利激情"一说，一旦意大利人燃起爱情，或什么追求文化艺术的烈焰，便不存在"不可能"这个词。凡玛真的叫我感到这种灼热的情感。她说，回去她一定给中国的总理写信。我立刻表示帮忙。说这些话时，我们正走在队里。凡玛听到此话越过伙伴冲到我面前，张开双臂拥抱我。

4

那天一直到回饭店，我都很不平静——为祖先磅礴壮观的伟大杰作,为我中华文化的魅力。当然,也为我那个浑身带棱带角的弟子的一个拥抱。当老师的就是这样。

我真的喜欢上了这个勇敢、坚定的小铜豌豆。意大利人对文化艺术都很敏感,这还真的不假。她对中国的这份真情,真的令我感动。可是我们很快就要分手了。

在上海,日本学生飞回国了,我也要返回学校。凡玛朵却要返回西安,看她没有看够的中国古代,然后,还要去看神秘中国的神秘西藏。我真遗憾,要不是还有课,真想同她一起去。

我该走了。没有想到,这个浑身长刺的弟子、这个头上长角的弟子凡玛朵给我提着包,送我进站,送我上车。紧紧地拥抱我,我甚至感到她的体温。她咬着嘴唇,强忍着眼泪塞给我一个纸包。

我的车开了。铁的车门在我心上拉过,一下把我们分离、隔开。那时,我还没出过国。我觉得,我和许多弟子一旦分离,便很难再相见了。

火车呼啸着冲出了车站,把我的学生留在了站台。看着她使劲儿挥动的手,看着她那娇小的身影在慢慢模糊,我的心中阵阵酸楚。

坐定,打开纸包,一张小纸条烫着我的心:

"老师你是真心,I love you!(我爱你!)"

纸条的下面是一个做工精美的小镜框,那里镶着的不是她给我的照片,而是一张彩笔漫画,画的是我——额头上的头发卷成一个圈儿,一张圆脸上,三个大圈:眼睛惊得变成两个大圈儿,嘴惊奇得张成一个更大的圈儿。呀!那原来就是我呀!家门、校门、国门刚挤开时的我。

小镜框的另一面还是一张彩笔漫画,画的是她。鼻子周围点着一群小黑点儿。一张脸上还是三个惊讶得大得没法再大的圈儿。那就是她,第一次来到神秘中国的意大利留学生——凡玛朵。

我忘记了是在车上，忍不住哈哈大笑起来。说给了旅伴，他们也"哈哈"起来。我笑出了眼泪。刚分开又在想念她。

了解世界，才能了解自己。

一稿于上海—北京列车上

我和美国学生在一起

那是八几年的事，国门刚开了一个缝。外头看里头，新鲜；里头看外头，也新鲜。

暑假美国短期汉语班结业了，作为奖励，叫我带队领游。

心气儿这个顺啊！汗水真的没有白流。

高兴的颜色是蓝色。我在蓝天下，立即和学生忙碌开了。久经沙场的院长提醒我："责任重大，有你累的。"

1

第一天我就知道了，出游也艰难。我们几乎所有事情都好像是开在两股道上的车。文化差异啊。

托运行李，不知哪个迷糊鬼，把酒瓶子也放进了行李里。上午托运了行李，下午就被叫去，挨个打包。干活时，我发现学生都不动。我干，他们又一块揪着我的衣服把我拉开："你是老师。我们付费了。"

车站的师傅气得嘟嘟囔囔。

我说："抓紧时间，晚上还有宴会。快！自己找自己的箱子，打开接受检查。"

我的兵们一块喊："我们有隐私权！"

隐私权？尽是新鲜词。没办法，我说：

"那你们自己查，把瓶子类的东西拿出来。"

好哇！行李大厅到处是张开的大蚌壳（箱子）。我还是看见了这些美国人的隐私：景泰蓝瓶、佛珠、玉球、老虎鞋、纯棉汗衫一大摞、纯棉毛巾被一大摞(那时,中国正盛行"的确凉"),竟还有老陈醋! 哈! 还有一个很侉的小孩屁股帘(那是用碎布头做的,颜色也不协调,大红大绿)。这个也带回国?

我一边看,一边帮师傅打飞子。你说,这老美和我们中国人还真不一样。我这话没说,学生却说出来了:

"老师你爱劳动,好,你浪费你的价值,不好。和我们不一样。"

一名学生递过一块湿纸巾,一边叫我擦汗,一边对我说。其实那"不一样"才开始。

2

我们要南下了。即使托运了那么多行李,一上车,学生们还是大包小包。特别是维卡,大家叫他"布拉瑞"。后来我知道那是他的绰号叫"迷糊(Blurred)"。他竟带着一个足有两米长的帆布袋。我奇怪他怎么不托运呢? 我问他,大家抢着告诉我:

"他的妈妈怕他饿着。"

维卡在美国一个很偏僻的小镇。那里的人说,中国现在有许多人没饭吃。

这是什么时候的皇历! 没办法。出门最麻烦的是上车,进站;下车,出站。维卡背的挎包像一个大香肠。一米五高的莫卡亚扛着一把一米多长的剑。我东西少,抱着妮娜足有二尺高的大古瓶。妮娜连拿带背的还有四个包。漂亮的爱丽莎从美国到中国,又将从中国回美国,竟一直穿着一双大拖鞋……走在这样的队伍里,生气时都想笑。显然,美国人远没有日本人会精打细算。我又很快发现,美国人远没有日本人抱团,个个一副无所谓的样子。玩,各玩各的;走,各走各的。我本来应走在前面,可一会儿,我便成了最后一个了。不是这个的提包带挂在了扶栏上,就是那个的包丢在了什么地方。我于是一会儿喊"彼尔(Bear,狗熊)",一会儿喊"泊的(Bird,小鸟)"。

外国人对动物的爱,真是到了特别的程度(那时也新鲜)。彼尔的名字发音和英语的狗熊相近,我就给他起了个中国名字"狗熊"。谁知,彼尔非常得意。大家也都叫我给他们每人起一个动物名。于是,我把个子高的汉斯叫长颈鹿;又壮又笨的吉克叫大象;走路外八字的约翰叫大鹅;胆小的莫卡亚叫小兔子。可是学生对汉语不敏感,我一下又记不准英语,结果哪儿一有问题,我就乱叫一通:想叫"泊的",叫成了"彼尔"。幽默的美国学生特别爱表演。比如我们班有两个彼尔,长得还特别一样。我一叫bear,真的就来了两个大汉,架着双臂,学着狗熊的样子过来帮忙。想叫bear,叫成了bird,爱丽莎又像小鸟一样,扇着两只胳膊就飞过来了。他们开始对互相帮助并不习惯,被叫得最多的狗熊们(他们人高马壮,东西又少)嘟囔着:"唉!真是没办法。只要老师在,谁各走各的、谁各顾各的都是不可以的啦。"

可是,到后来他们谁也不用我叫了。我们的队伍真的变了:原来是沥沥拉拉半里长。现在是打着捆,成着团,你帮我,我帮你,特别热闹,特别开心。学生们高兴地说:"谢谢老师!你把我们变成'我们'啦——"

这句子通吗?可想一想,我明白了。我们一起吃饭,我们一起游览,我们一起乘车,我们一起高兴啊!我们也一起挨骂……

3

上楼,吃饭,我和副领队泰丽进去晚了。大厅吵成一锅粥。学生说没有引领员,没小姐领他们入座。服务员小姐还说他们"下流"。服务员小姐气急败坏地过来告状:

"就没见过这样的!一进门就要'中国家常大便饭',还要点'红烧屁股'。拿我们找乐啊?吃饭,还非叫我们小姐陪。我叫他们下楼出去,他们说他们不'下流'。还说我'废话',有这样的吗?一帮愣子!"

被骂为"愣子"的弟子们更愣子了，个个见傻。泰丽忙向小姐道歉。说学生们不是找小姐陪，在美国吃饭，都有领座员领入座。学生们更不是要"大便饭"，是希望吃真正的中国家常便饭，那"大"的意思是要多一点儿。学生也不是要吃"红烧屁股"，是要吃"红烧排骨"。至于说"废话"，英语的"废话"有客气的含义。

好一通解释。反正语言文化都不同，我听了都见傻。这真是"老太太摘瓜——整个地拧了"。泰丽一边向人家点头哈腰道歉，一边扭过头来，批评学生不注意发音，不认真学汉语。

服务员小姐一听我是老师，站住了。我以为，对我怎么也得客气点。谁知，她可找到一个出气筒了。这个那个，"吗""呀"了一大堆，最后白了我一眼，又给了我一句："老师？哼，怎么教的？"接着高跟鞋点地"嘎嘎嘎"地走了。

被人家骂傻了的弟子们，蓝色、绿色、棕色的眼睛一块同情地看着我。他们大概都想起了，我一直强调要注意声调、注意发音、注意英汉词语的非等值现象。真拿他们没办法。弟子们傻了好一阵子，最后都决定不吃"红烧屁股"了，对那个不会笑，又对老师都不敬的小姐表示抗议——去吃西餐！

哈，那又是头一回。我早就想看看电视里的洋人们吃什么了（我总好奇），可惜总不演清楚。哈！这次洋人请客，吃洋饭！

4

几顿洋饭下来，我的中国胃就抗议了。在上海，去有名的"红房子"西餐店。安排好学生，我逃跑了。到城隍庙小吃馆，狠狠地吃了一碗上海的大排面。在那儿，一片"吸溜哈啦"的吃声中，我痛快地"吸溜哈啦"地吃起来，跟我不认识的吃友大声说笑，那个痛快呀！

哪像西餐，正襟危坐。没吃完，刀叉得放成八字。你要是平行放着，服务员就以为你吃完了。你一个不注意，都敛走了。再不小心,就来个"酸鼻辣淌"。马乃司,看着像奶酪,里面都是芥末。还得注意:刀叉掉了,千万别自己拾,那是丢脸的事。没开吃就加盐,那是对厨师的不礼貌。上带骨头的肉时,一定上一碗水,千万别喝,那是洗手的!擦嘴要用餐巾的内侧,用外侧,叫人见笑,说你不知脏净。但你伸出舌头,舔手指头却是应该的。不能大声说话,吃东西更不能"吸溜哈啦"地出声,但当着大家的面,可以捏着鼻子,大声擤鼻涕。

出门,我说,咱走走。学生们举大拇指,我以为他们同意了。一开走,他们反对。我说你们不都是挑大拇指了吗?没注意?朝下,那是表示反对。

天啊,这是什么洋规矩!

再说,真不好意思,一个人一顿西餐就百十来块。说实在的,我也真不愿叫学生为我掏那么多钱,因为我旅起游来才知道,这次出来并非美国官方出资,而是他们自己掏腰包。这西餐,又贵,又不好吃,何苦!

三块钱,热热乎乎、舒舒服服、饱饱地美美地来了一顿。付款!服务员却说付过了。扭头才发现我的兵们也跟踪而来。他们一个个挺腰直脖地冲着我:"老师,我们应该我们(大家在一起)。"

心里真觉得过意不去,只有道歉了。我忙帮他们点这个,要那个,都几块钱一份。我说:"吃吧!老师请客!"哈,小吃的百花园里,百花齐放,学生们看得更是眼花缭乱:

咸菜泡饭、叉烧包、肉米粽、荠菜馄饨、小笼包、椰奶紫米球、马拉糕、三丝春卷、叉烧酥角、酒酿圆子、蟹黄饼……吃鸡腿饭,还免费送汤。最后我和学生们也都来了一碗。一碗一碗又一碗。跑不过来的服务员奇怪地问,听说外国人不都是先喝汤吗?我说,我们后发现的……

那天特别难忘,因为我们竟还尝到了在绿波廊招待西哈努克的小吃:鸽蛋圆子和眉毛酥。氛围那个好啊。馋猫们各个吃得

"Oh" "Wa"，词兴大发：

"中国小吃——百碟开放！"

"中国小吃——盖了洋人的帽儿！"

"中国小吃——撑倒一片！"（他们自己编的歇后语。编了就爱显摆。）

"中国的小吃丰富！美妙！好吃！'地雷深思'（Delicious，美味）！"

哦，我还真得"深思"。心想，这有钱的美国人，也不只喜欢"阳春白雪"，对"下里巴人"也一样钟情。真是，忘了谁的名言：

"民间的创造总是最富民族性的，也是最富吸引力的。"

"我们又有新发现。非常大地谢谢老师，我们的斯达莫克（Stomach，胃）高兴！"

我也高兴啊，没想到，我们的小吃文化都这么有魅力。可不，中国的饮食文化璀璨！我可不好意思像欧洲学生那样作诗：

"还是中国饮食好！不像麦当劳——鸡腿、土豆，加面包。"

欧洲学生好像不怎么服气美国。

吃饱了，学生说，如果再吃，一定有"爆炸"事件发生。临出门，我的学生兵们一边谢我，一边教育起老师来了：

"老师忘了？你说，我们应该我们。"

是，学生们是真诚的。我们再没分开：我们一起赶火车、找旅店，我们一起参观博物馆，一起看我祖国的青山秀水，我们一起谈文化、说语言，我们一起受骗，也一起受感动。我们还差点，一起把维卡给丢了……但最后，我不得不从"我们"中分出来了。

站在机场的出关线外，看着弟子们成着群，抱着团，你帮我，我拉你进关。真的，可不像他们起初，谁也不管谁的了。真好！然而，当他们真要离开我，我忽然觉得，那一个个生龙活虎的年轻人，真像从我身上割走一样。难受，心隐隐地痛。

我扭过了头。人为什么要分别呢？分别原来这么让人痛苦。

忽然，我听到一阵呼喊，转回身，看见弟子们高举着展开的一张大纸。那上面用彩笔写着挥胳膊扭腿的大字：

"老师，我们都爱你！"

那时听见有人说爱我，真觉得脸红，不好意思。心脏幸福得咚咚跳，又想掉眼泪。

他们一块呼喊：

"老师——我们会想念你的！不要忘了我们——"

是啊，这么多年了。现在我修改这篇文章，想起我们一起生活的日日夜夜，想起那些叫我劳累，有时也叫我着急、生气，又总给我惊喜的弟子们。一切至今仍历历在目，叫人怀念。

一稿于北京

巴基斯坦博士生满莫石

下班,没上楼。邻居大娘急三火四地告诉我,一个外国人急着找我。"那人黑乎乎的,像印度人。眼睛这么大。"大娘两手比了两个圈,举到眼睛上。"眼睫毛这么长。"大娘两个手指一比画,足有一寸! 不用问,是满莫石。满莫石的长睫毛总是眨巴眨巴的,满脸真诚。

我急三火四赶到外宾楼,敲门。门缝里挤出一个大汉。满莫石,一脑门汗。他请我进门,可又立刻把门在身后关上。然后就用两个大拇指,你顶我、我顶你地比画,没出声。我明白了。满莫石的两个女人,近来总蹭火冒星的。我比画着问,两个女人开战了?满莫石点头又摇头,又加了一个手指,搅搅和和。天呀,又多一个女人。

1

满莫石是一位来自巴基斯坦的经济系博士生,他还选了我的语言课。

满莫石号称有三个女人。先说第二个,那是他漂亮的妻子——满茉莉。茉莉花透着淡淡的馨香,满茉莉不像茉莉花,更像红玫瑰,火热。在巴是幼儿园老师,现来华陪读。不会汉语,也不会英语,只会想家。

但她会用汉语对我说,她寂寞。她想她的孩子园。

满莫石的第一个女人,就是他的老母。老人安详且颇有长辈的矜持。儿子接来老母,想让老母也跟他享享福,也让寂寞的媳妇不寂寞。

满莫石请我教他妻子汉语。我挺高兴，来了。我发现他们的饭常常只是煮土豆。我知道满莫石奖学金只有五百元人民币，坚决拒绝收他的课时费，还不断给他带去羊肉小树（茴香）包子（满莫石起的名）。

满莫石的老母腿有病，我帮他请了校医院的老中医王桂英，给他母亲针灸了一个月。王老大夫还不时给他提个西瓜。老人腿不但不疼了，竟能上楼啦。满莫石捧着一百美元给王大夫，王大夫也坚决拒绝。

满莫石的长睫毛眨呀，眨呀……看得出他有许多想说的话，他全身扑地去叩告。原来，满莫石是穆斯林。他说，他在向他的主为我们求安。

满莫石说，真主把心地善良的中国人恩赐给他做朋友。

"中国人真好！心好。"他第一次遇到。

我说："是，因为满莫石也是品德非常好的人。"

和满莫石在一起时，他总在照顾你。我还告诉他，中国有许多心地善良的人。他说，是，帮助他写论文的小黄也是一个非常热诚的人。

小黄就是满莫石说的第三个女人。小黄清纯、朝气，经常帮满茉莉买菜做饭。三个女人在一起快快乐乐。满莫石常常牛气十足地夸耀他的三个女人，还会说："三个女人一台戏"。可是后来牛气不起来了。满莫石的长睫毛眨呀眨呀，沮丧地说：

"三个女人的那台戏要演砸。"

他还把五指捏拢起来放在身后来回摆动：

"屁股后起火了。"

而那"火"和他的第三个女人小黄有关系。

2

我遇到小黄的机会不多。满茉莉学汉语不容易。我进门，她要戴上头巾和我拥抱三次，寒暄至少十分钟。坐下，又立刻给我倒咖啡，一定要我尝她做的奶拌饭。斋月时她不吃，也给我做。我不好意思，满莫石说，这是他们的礼节。巴基斯坦人是我见到的外国人中最热情，也是最讲礼节的人。

因为常去，所以我不叫他们麻烦，特别是茉莉要戴上头巾。正三伏天，我说："太热，别戴了。我不是外人。"

满茉莉的脖颈上都是痱子，我给她带去了痱子粉。满莫石的妈妈在时，我不阻拦她戴头巾。我知道他们长幼有别。但小黄不注意。

满莫石说，那天，小黄来。两个女孩相见，小黄一边拥抱人家，一边拍人家的背。坏了！这在巴基斯坦，是警察拘捕犯人的动作，人家特别忌讳。婆婆生气啦！

两个女孩却没觉得有什么不妥。来外人，女人应戴头巾，小黄叫满茉莉别戴了，满茉莉听了她的话。更坏了！婆婆批评媳妇：

"人家外国人不懂，你也不懂吗？"

这都是满莫石向我"报警"的。

还有一段，那件事我倒知道。

满茉莉过生日，我想送一条刺绣手帕吧。小黄说，她准备送条手帕。于是我想，满茉莉准喜欢茉莉，那我送茉莉花。

小黄就惨了，巴基斯坦人认为手帕是用来擦眼泪的，送手帕会带来悲伤的事，特别是家有老人的，要更为忌讳。天啊，我倒吸口凉气。跨文化习俗，可得认真了解。

结果事是小黄惹的，婆婆却怪媳妇：

"过个生日，还让人家中国人知道吗？"

身兼儿子和丈夫的满莫石无论劝谁，谁都对他横眉冷对，成了

"夹在风箱里的耗子——两边受气"。

3

那天,就是满莫石来找我那天,"夹得"真有点像耗子的他,缩着肩,一脸沮丧,连说带比画。我明白了,是想请我去平息战火。

听完满莫石一通介绍。

进屋,三个女人,变成了俩。小黄早吓跑了。两张绷绷着的脸一块向我挤着笑。儿媳妇还不忘给我泡咖啡。跟她去盥洗室,瞥见婆婆的帔纱还泡在浴池里。

呀!是够严重的!巴有俗话:"要看婆媳关系好不好,就看婆婆的帔纱洗没洗。"

接哪国学生,就得提前了解人家的文化习俗。

满茉莉告诉过我,帔纱有九米。哎哟,三丈啊!每天她都要给婆婆洗一遍。

那天,满莫石把我塞进屋,自己逃之夭夭了。我也不知说什么好。反正开始,向人家道歉呗。我说,我们不懂巴基斯坦的风俗习惯,但我们都非常喜欢巴基斯坦人,诚实真心,和我们中国人一样。我还说起我们中国"老吾老,幼吾幼"的小故事。

儿媳妇给婆婆一通嘟噜。真没白教满茉莉,她竟能听懂我的汉语了。婆婆听完,起身冲过来拥抱我,还表示以后也拥抱小黄。天啊,我差点没憋过气去。老太太太使劲了。

哈,有门儿。我来了精神,说起我们一样的文化传统。

婆媳俩都高兴啦。说中国和他们是"夹夹饼,亲亲国"。还要一块给我忙活吃的——土豆和牛奶挨在一起的"亲亲饭"。

满茉莉小声跟我说:"您教我的'歇一会儿语:秃小子坐轿子——头一回',婆婆劳动了。婆婆做饭,特别好吃。您留下吃吧。"

我知道他们拮据,而且是酸奶拌土豆泥,还要手抓着吃。所以我逃跑了。

4

上课，走廊里满莫石追上我，喜眉笑眼地小声告诉我：

"没事了。'三个女人一台戏'变喜剧啦！老师用了什么'中国经'？神奇！"

满莫石的两个大拇指，先是你推我、我推你地折腾了一阵，然后紧紧地贴在了一起。

要上课，我学着他们学生腔调说了句客气话：

"哪里哪里，我是外来的和尚好念经。"

坏啦！后来我才知道，为这"和尚"，满莫石一节课都没上好。一下课，他扑到讲桌前，担心地问："老师，家里不幸福吗？"

我有些摸不着头脑。

"老师做和尚？不要家了？去念经？"

我哈哈笑了。你说，汉语真的奇妙。一句俗语包含多少文化内涵？哲学、佛学、心理学……我又讲起了我钟情的汉语语言学。

满莫石说："老师，我不想学经济了，我选汉学吧。汉语言文化太丰富了。"

我非常自豪。和满博士在一起，有说不完的课题，但总要分别啊。

5

满莫石一家要走了。记得他带着妻子向我告别时的情景，满茉莉掉着眼泪说："不知能不能再见到老师？"

她拥抱了我三次，完了又加了三次，说那是她婆婆（婆婆早一点回国了）让她带给我的。

学生要走了，我心里像切去一块。一和学生分别，我就说不出话来。我不记得我说了什么，只清楚地记得满莫石那双长睫毛的

眼睛又眨呀眨呀地看着我……他又全身扑地去拜谒真主,然后拿出一张纸,用阿拉伯文在那上面使劲地写呀写,然后捧给我说:

"我求的护身符,保佑中国老师一生平安!保佑中国老师一家平安!"

我看不懂那上面曲里拐弯的文字。但我知道那里写满了一个巴基斯坦学生的真诚。

临行前满莫石拥抱了我三次,之后又加了三次,说那是他母亲请我帮忙带给那位"中(国)中(医)"王大夫的。

于南开园

梦不能分享，不能重合。梦总拉着生命走着向往的路，不管那路有多么不同，颠簸跌宕、蜿蜒蹉跎，路标却永远指向美好。

黑人"外宾"何美莎的梦

1

八几年时,国门刚开了个缝,我还住在校外的一条小胡同里。胡同尽头有一个小院,小院北角有个小屋,那就是我和我的"那一半"外加两个儿子的家。十三点五平方米,那是我们的卧室、书房兼客厅。

小屋门口,有一间木制小别墅。那是我家的第五口——一只老母鸡的闺房。她是两个儿子的"哥们"。那本来是春节饭桌上的佳肴,两位公子不肯吃才留下的。老母鸡似乎很知恩,竟隔三岔五地给我们献上几个大鸡蛋。在那什么都缺的年月这是什么身价呀!老母鸡好像也自知珍贵,整日昂首挺胸,迈着方步"咯咯"地在屋里屋外巡视。有空她就悠闲地站在小方凳上和写作业的儿子"咯咯"对话。你要是把她关进她的小屋,她就大吵大闹。没办法,自由吗。我这个大学老师,不得不跟在她屁股后做小时工。

2

一天,竟要迎外宾。她是黑人学生何美莎。她说喜欢我的课,姓我的姓,还要"参观"我这个家。

"唉——"我长长地叹了一口气,真发愁。

"这有什么?"稳坐泰山的是我的"那一半"。"这有什么? 这是真实的。闪光的不一定都是金子。我们有的,他们还不一定有呢!"校长总是稳稳的。

不过校长现在稳坐的是小板凳,正择菜呢。

"好啊！要来客人啦！要吃好东西啦！"

真是几家欢乐几家愁。儿子们一听要来外宾，兴奋得调都变了，立即争着学爸爸总说的名言："单元房子会有的，书桌会有的，鸡蛋会有的……"

"那咱怎么欢迎人家呢？"

真犯难。家庭会议开始了：

"豁出去咱一月的工资去饭店。"校长总有干脆的办法。

"可是她专门提出要看老师的丈夫、老师的家。"

"看老师的丈夫？为什么？"

说真的，我真不知道。

"那要看我吗？"

我们小二总担心忽略了他。我忙说：

"当然要看啦！不看谁，也不能不看小美男子呀！"小二漂亮极了，"小美男子"是幼儿园给他的美号。

圆头圆脑的老大也马上发言，提出不穿橡皮膏鞋啦。是啊，这半大小子的鞋，刚买一个月，大脚指头就开天窗了。没办法，我就给贴上块橡皮膏。小二也借此提条件：

"我不穿两半的裤子（开裆裤）了！"

总之，吵了好一阵子，终于达成协议：

老母鸡必须关禁闭，否则就是盘中餐。三位男子汉必须认真洗各自的臭脚丫子，老大外语必须考过八十分，小二必须完成三幅国画，客人来了都得用外语问候。至于那天谁干什么，一律分工到位。反正，会议圆满成功。派给谁活儿，头一回那么痛快。

准备迎宾的那些日子，我们全家真是个个上了发条，真像过年一样，擦玻璃、扫房、换新床单……邻居说，苍蝇进屋都打滑。

3

8月20日，何美莎真要访问我的家了。其实两天前，小二就把日历撕到这一天了。而且儿子们的"Hao（How）do you do?"早说得滚瓜烂熟。可美莎真来时，老大从门外冲进来，圆脑袋圆眼，像一个打足气的皮球一样，一下一下地蹦，就是什么也说不出来。倒是后面跟进来的居委会二娘说：

"来啦来啦！天啊！怎么跟黑炭似的？那头发跟小细铁丝一样，还曲里拐弯的。哎哟！这可是新鲜景。放心，胡同我都让他们扫两遍了。"

"居委会怎么都惊动啦？"我慌忙向人家道谢。

"咳！'政治任务'吗，大家一起担着。看看你还需要什么？咱居委会全力支持。"

居委会大娘俨然是个大干部。正要摆开架势教导我们，大使馆的小张陪着美莎进院了。后面跟着一群萝卜头，热热闹闹，好像我们家办喜事一样。

美莎穿着大红裙子，系着大红发带，举着一枝红色的扶桑花，一团火一样就过来了。我立即送上一枝扶桑花，她兴奋得像我家老母鸡刨地一样跳起了舞。原来扶桑花是他们的国花，八月中是他们的红花节。

美莎跳完，看见我的两个儿子又惊奇起来：

"中国男人好！好！"

"好肚……好肚……"

我的两个儿子一律仰着下巴，瞪大了两双眼：

"好肚……好肚……（How do you do？你好？）""好肚……油肚"了半天也"渡"不出来。

我想笑，可爱。

居委会大娘喜欢得忍不住摸了一下老大的头。了不得了——美莎惊愕，这回不是高兴，而是满脸悲哀，抱起了老大像啃玉米一样亲吻，表示安慰。

全院的人都傻了，多亏小张一通翻译、解释，原来在他们国家摸小孩的头是最大的侮辱,居委会大娘感叹:"哎哟,这一会儿火烤,一会儿水浇的,还真是'外交无小事'。"仓皇撤离了。

4

"中国男人好!好!"

美莎进屋看见校长在包饺子。小二不知是害怕还是害羞,躲在我身后。美莎一下抱住了两个孩子,看了看孩子又看爸爸,接着惊奇:

"中国男人好!漂亮!像!像!中国人不离婚。"

美莎的话没头没脑,我有点儿琢磨不过味儿来。不过,从她一进屋,不是她"撒婆瑞死特(Surprised,惊奇)",就是我们挨个地惊奇。

我头一个惊奇:原来美莎不是美国人,她一连说了几次,她是斐济人,在美做飞行员,工资只拿白人的一半!我们小二惊奇的是阿姨的家竟在"甜岛"!小馋猫当时就想伸着舌头去岛上看看。老大呢,看着地图惊奇了好一阵子:世界上最东边、最西边的岛屿竟都是斐济!(斐济横跨东西半球)两个小家伙可长见识了,美莎给我们画了斐济的国徽,那可真是世界上最复杂的国徽。美莎说那是最漂亮的国徽。

那天美莎还让我们听了最新奇的事,见了最有意思的事。

按规定,老大向美莎赠送了他捏的小泥人;老二送上了画着大鱼的图画。美莎高兴得一个劲儿地抬她的眉毛。最后我家小二竟然也学会了,而且那眉毛就一直顶在脑门上——因为美莎捧着小泥人,抱着画儿,还想要老大床上的凉席!她说晚上要和中国人一样,躺在大街、广场上和大家说话。(那时候没有空调,大家都到空地上纳凉。)

呀——谁能想到?

后来才明白,美莎去过很多国家,只有中国最安全,在美国晚上绝不能上街。

全家又一次傻眼。后来我去了美国,发现还真是这样。

5

吃饭了,这回又轮到美莎惊奇了。美莎刚明白了饺子馅怎么进去的,又奇怪茄夹里怎么出来了肉。美莎不但看,还都起了新名字:茄夹叫"大嘴肉饼",炸虾片叫"白云flying(飞)"……而那一桌菜叫"China美男人"。怎么叫这么个名字呢? 美莎的思维总是怪怪的,大概是因为菜都是我家男子汉校长做的吧。我们的小美男子以为是说他呢,自己美了好一阵子。

那天的饭,我们从五点开餐一直吃到晚上九点多,美莎早就宣布:"肚子反对了! 肚子反对了!"可是还在吃,还不断站起来顺顺。

"哎哟! 装不下了,香得都站不住。"

可不,我们小二困得都要站不住了。最后我们都站不住了。

美莎要走了,她把二十美元塞到小二手里。结果我们全家一块上阵,大战成了一团。美莎最后败下阵来收回了钱。她说在美国,这是非常自然的事,可是在中国就真的不一样了。这回我们老大好好地表现了一次,他说:

"在中国友谊比钱更贵。"

美莎感动地说:"是这样。我们有更宝贵的友谊。"

6

说真的,那天我们所有成员都表现不错。可惜我们的大校长在最后分别时刻却露了怯。事情是这样的:

人家美莎要走了,和我们一一拥抱亲吻。亲小二,亲老大,亲了我,人家还要亲亲校长。坏啦,路灯下,我都能看见校长脸红得一直到脖子了。我忙打圆场:

"这是礼节。没关系! 没关系!"

可校长还是直着身子往后闪。美莎呢还坚持一定要亲。最后，校长灵机一动，抱起了小二送到美莎怀里。结果大家一通大笑。美莎一边笑，一边说："中国男人好！中国男人不好色！"

美莎告别了，她面向我们倒着走出了很远，两只手一直高高地举过头，紧紧握在一起。她穿的白色 T 恤衫上的"中国"两字和长城的图案，在棕黄色的灯光下特别清楚。

美莎走了。我们家的三个男人好像都变得牛气了。尤其一号大男人，时不时地还要提醒我：

"我可是人家外宾都看上的呀！"

"哈，可你说，她为何对我们这大男人这么关注呢？"

后来美莎在来信中，除去对我们全家百般地道谢，就是一次又一次地向我表示，她一定要嫁一个中国人。

"我长大也一定要嫁人吗？"我们的小美男子又有问题了。

"你要嫁也不能嫁美莎阿姨。你看你，豆芽菜一样，美莎阿姨一抬手，还不把你打到床铺底下去。"

我们的小哥哥总是挺有哥哥味儿的。

"咯咯咯——"儿子的"哥们"也总要插上几嘴。可惜我不知怎么翻译。

就连美莎的英语，我也不知怎么翻译：她的来信结尾总是"I potato you. I potato China."

我这个研究语言的竟然没有想到印欧语系和汉藏语系一样，也会有比喻语义的渗透现象。后来出国吃洋饭，知道他们最喜欢吃土豆了。原来美莎说的是"我超喜欢你，我超喜欢中国"。

于南开北村

雪地上的仲夏夜之梦

三月天了,祖国早已是枝杈吐绿,春意盎然。

我们南大的小树林一定早就换上嫩绿的上装,优优雅雅地相聚。马蹄湖的"小荷"也一定会露出"尖尖角"探头探脑比着高矮。图书馆前的湖水里,有鸟儿飞翔的影子和青春晃动的身影。

青春让春年轻。

远离祖国,才知道家的味道那么甘甜,那么令人迷恋。

祖国总是生机勃勃。南开园,更是青春集结的地方……

此时,我在拉大讲学。拉脱维亚的里加城还在冰天雪地之中。

1

那时,我刚到里加不久,回公寓的路上,忽然觉得后面有人跟着我。我不相信有鬼,我不害怕。

我猛然向后转,站定。来的是三个醉汉,看不清他们的脸,只闻到一股酒气。他们嘴里"叽里咕噜",一律倒着拳头用大拇指指着自己的脖子。天呀,是流氓吧!我大声说:

"呀捏资拿油由!(俄语音,我不知道!)"那时我会的俄语很少,还是60年代剩的一点点。

来人说:"节捏给! 节捏给!"

我不知那是什么意思,赶紧转身快步地向前走。来人又把手伸开,手心朝下地比画,像砍自己的脖子。妈呀! 还要砍我的头吗? 人也许到了危机的时候就忘了害怕。我想起,邻居说我是来这儿的第一个中国人。那他们肯定也猜不透我,说不上还怕我呢。于

是我又忽然站定,面向他们大声说:

"已急!已急!(俄语音,走开!)"

三个醉汉竟一律重心向上,飘飘悠悠地走开了。我发现他们都很年轻。我还特别看到一个年轻人,有一头好看的金色卷发。昏黄的灯光下,眼睛里写满了无奈。

2

第二天,我把这件事告诉了学生,学生竟笑成了一个团儿。他们你争我抢地给我讲了个笑话。

相传,沙皇时期,一个小镇,一座教堂顶上的十字架忽然歪倒了。人们惊呼:

"上帝啊,您有什么不满意的呀?"

"上帝饶恕我们吧,我们有罪……"

"赶快把十字架安正啊。"

"快呀!快呀!"

人们惊恐地呼喊着,焦急地议论着,仰头看着,可谁也拿不出好办法。教堂顶太高了。许多人开始哀叹:这样,上帝会惩罚我们,会降灾难给我们……正在大家束手无策的时候,人群里站出了一个小伙子。只见他高高的个子,金头发,蓝眼睛,英俊又健壮。他没说什么,迅速地脱下靴子,然后手脚并用地攀爬上通向教堂顶的泄水管道。有好几次差点摔下来,人们"啊!呀!"惊呼着,都为他捏一把汗。好一会儿,小伙子终于爬上了屋顶。在屋顶,他用力地把十字架扶起来,把十字架稳稳地立在了屋顶。人们终于松了一口气,欢呼起来。当小伙子爬下来,人们一下把小伙子抬过头。一次次抛起来,又接住他,表达大家的感激之情。

说也巧,这事被私访的沙皇看了个正着,龙颜大悦。沙皇赏给了小伙子一大杯伏特加。小伙子喜出望外,一口气都喝了。喝了还觉得不够。小伙子深深地向沙皇鞠了一躬,希望沙皇再赐他一

杯。沙皇高兴,叫大臣去拿酒,但酒没有了。沙皇看看眼前的小伙子,想了想,从腰间掏出自己的玉玺,叫过了小伙子:

"勇士,来来来! 伸过你的脖子。"

砍头吗? 小伙子吓得魂飞天外,一步都挪不动。沙皇哈哈大笑起来。

"勇士,别怕。你不是想喝酒吗? 这回够你喝一辈子的。"

说着叫人拉过青年,把他的玉玺盖到小伙子的脖子上。接着又向大家宣布:以后这个小伙子无论到哪里喝酒,看到他脖子上这个章印,谁也不许要钱。

"乌拉——"一片欢呼。

好啦,现在的人们,没记住爬教堂屋顶的危险,只记住了喝酒。

指脖子,原来是要酒钱啊! 我大梦初醒。学生还告诉我,用手掌比在脖子上,那是说他吃不饱,要面包钱。

他们真的吃不饱吗?

3

苏联解体,损失不亚于一场战争。许多在拉的俄罗斯族人的工厂关闭,机关撤走。我到这儿,看见到处搬空的楼房,黑洞洞的窗子像饥饿的人张开的大嘴,教你感到凄凉。

学生说,许多俄罗斯族人的生活很凄凉。他们必须会讲拉语,通过考试才能取得国籍(苏联时期都讲俄语)。掌握一种语言,谈何容易。听了这些,心里难过。

一天下班路上,远看像有个倒着的口袋。走近看,一个粗壮大汉正倒在路上的冰雪里,他的衣服露出了鼓鼓的大肚子,人还在酣睡。

我不愿颤动的心又颤动了。说实在的,在里加,经常能看见喝得烂醉的人,迈着猫步。有的摔得鼻青脸肿,魂不知去了哪里,但仍像立不住的杆子,挂着酒瓶子在街上晃。没人管他们。广播上也报道,哪儿哪儿又有人冻死在雪地里。如果不是亲见,真不敢相信,看着真叫人难过。

而且这位,竟倒在路中间!如果来辆车,那太危险了。要这样过夜,那真会冻死。我的头扭过去,眼睛又非得看他;脚走过去了,心又把我拉回来。可是他太沉了,拉不动。

我只好站在那等人来。好一会儿了,忽然来了一个似曾相识,一头金色卷发的年轻人。我喜出望外,不客气地叫他帮我把那醉汉拉到路边。真怕他冻死。可是没想到,那年轻人却不动。哈,这可是你们自己的同胞!我火了。接着便不客气地大骂(其实很文明地说)他们这些男公民,多么没出息。不是打老婆,就是酗酒。没了钱,就找人家要;有了钱,又是"有米一锅,有柴一灶"。

那时,我的俄语大有进步了。看他们不争气,何止是"秋风扫落叶",简直就是急风暴雨。年轻人红了脸,指指我们身后。回身看,又来了两个,拉着一个雪地拖车。金色的卷发!哈,见过面。正是追着我要酒钱的那三个醉汉。冤家,路真不宽。

这回,三个人不是一律重心向上,而是一律满脸羞涩。

很快我知道了,他们没工作。自己办了个自救组织。这不,做好事来了。

我们也算是老相识。说起追我的事,两头儿不好意思。原来我们还算是邻居。

那天,他们一再向我表示,他们不再"贪瓶了"(拿瓶喝)。后来我们成了朋友,知道了他们的艰难和苦闷,也知道了他们的梦。

4

仲夏,漫漫的暑假,漫漫的白夜。十一点多,太阳和月亮都高高挂在天上,遥遥相对。只是太阳仿佛也喝多了酒,喝红了脸,醉意朦胧,一脸黯淡。月亮却清亮清亮的。

远处天际呈现着一片清光,整个苍穹显得那样深邃。我难以忘怀这一日。

在草地上，我的这些一喝酒就重心向上的朋友们，那时都稳稳坐在折椅上演奏。有萨克斯、单簧管、铜笛、小提琴、中提琴、贝斯……一个几乎完整的管弦乐队。

个个一本正经，一脸神圣。我实在惊讶，这是那些醉汉吗？天壤之别。他们说，因为有一个中国教授听他们的演奏，他们特别有面子。在欧洲，无论我到哪个国家，只要他们一知道我是教授，那真是对我肃然起敬。他们尊敬知识。

其实在我的居住区，我总忘了我是教授，只记住了我是中国人。

在那里，我听了贝多芬的《致爱丽丝》《命运》，也听过俄罗斯的《三套车》《正当梨花开遍》《伏尔加河纤夫曲》《贝加尔湖》……他们给我演奏了特别优美的音乐。

至今，每当我在钢琴前，弹起这些曲子，就会想起他们给我的美好和受到的尊敬。

那个夏天，他们常在我的居住区演奏。我每次必到。演奏者们也为此特别得意。我和他们聊了很多。

他们告诉我他们的困苦，我不知道怎样帮助他们。想起年轻时，我被称为早晨八九点钟的太阳。想起那些话为我注入的生命力，在我心中点燃的激情。我翻译给了他们，他们高兴："第一次听说，我们是太阳！"

他们说："我们应该是拉脱维亚的太阳。"

5

开学了，铃声编织我的生活。心也没有缝隙。

一直也没再见到这些"太阳们"。真担心他们又沉入哪片迷蒙的云雾中。

后来，我要回国了。

那是我要回国的前一个夜晚，邻居们都来看我。前楼的安德烈（他是跟着我爱人学拳剑的学生），给我们安排了一个让我们特别惊喜的告别会。他先是给我们放了邻居向我们告别的录像带，我和我爱人激动不已。他又叫我打开窗子，说，有人等着给我特殊礼物。不知他们是谁，可他说有一个躺在地上的醉汉，还有演奏的青年，那些太阳！

　　在我楼前雪地上，那是隆冬啊！他们不让我出去，只叫我打开窗子。

　　拉开窗，一阵冷风进来，暖流却在我周身奔流。那个醉汉伸开两臂叫我看，冲我大声喊：

　　"拉脖他骑，啊哈尼卡（当保安）——"

　　伙伴们也喊起来，"拉脖他骑（工作了）……"

　　心在欢乐中激动不已。邻居告诉我，这是他们拉脱维亚人最真诚的表达。

　　那天，他们一遍又一遍演奏深情的《第四交响曲》，为我和我爱人送行。那是俄罗斯伟大的音乐家柴可夫斯基写给友人的。

　　最后，他们还在寒风里一遍又一遍地演奏了门德尔松改编莎士比亚的《仲夏之梦》。

　　是，我看到了他们的梦，蓝色的梦……

　　人要有梦，美好总是从梦开始的。

于拉大公寓

在美国飞机上飞

我说的是在美国飞机上飞的思绪。

我坐什么也不晕。可从美国回来，别说坐飞机，一跟我提飞机，就晕。

在国内，以及在俄罗斯坐飞机，嚯，那个舒服。眼前站着如花似玉的少女，耳边飘着柔声细语的问候，享受着吃喝细致入微的服务，座位空间也大。在美国，那真是大相径庭，感触也就颇为不同了。

叫人担忧的超重

去夏威夷的飞机上，我夹在两个"大个儿"中间。（我哪好意思说人家是胖子。）

在美国，第一感觉竟是胖子真多。一次，在芝加哥转机。几小时的等候，眼前走过的人格外吸引我和旅友。一数，二十人，竟有九个半胖子（一个小孩），而且我发现他们大多年轻，胖得也特点鲜明，洋葱头一样。那时我才明白，为什么他们的长椅中间都没间隔的把手。

在俄罗斯胖子也不少，但都是老奶奶，胖得像木桶。一次上街，看见一位穿绿色筒裙的胖奶奶。我真担心，她老人家千万别张嘴，否则一定会有人把信封提进去。（路边都有绿色的邮筒。）

此刻，我旁边的胖子也就二十出头，白白的，像一个面口袋蹾进座位里。从旧金山到夏威夷，六个多小时他竟没有动地方。吃饭？美国的国内航班竟然没饭——真是越有钱，越抠门。小伙子吃的是自备巧克力。送饮料来了,他只要了一小瓶美国白酒。

真佩服,更好奇,什么书叫他不吃不喝? 我断定,不是专业书。因为拖堂,或占自修时间讲课时,我的美国弟子们一定会向领队提抗议:"侵占我们的休息权。"

美国的书大都便于放进口袋。窄的,三十二开,却有约五厘米厚。我可以自己侧着头偷看。

哦,*How to Lose Weight*(《怎样减肥》)。

来哥伦比亚大学开会,美国同行就告诉我,现在美国百姓的热门事:1.省钱。2.保饭碗。3.减肥。

我忍不住问小伙子,书上说用什么办法减肥?

"Motion.(运动)"

他眼都没离开书,干脆地说。接着,他就告诉我,书中介绍怎样买跑车减肥;怎样挑选游船减肥……

那不都还是坐着吗? 用我们中医的说法,那是"非通络"运动,被动的。

我忽然想起我们小时的运动。那时没钱。就在院子里,跳房子、跳猴皮筋、扇毛片、玩单脚蹦地对顶……每天都大汗淋漓,但没灾没病。

现在也没有很多钱。在公园里踢毽子,打球,打拳……我还一年四季地在湖里游泳。平时,"一块萝卜,一杯茶,气得大夫满街爬"。这次我就是到夏威夷去畅游的。

不管怎样,人家是开游船啊。真是富有富的福,穷有穷的福。我还是羡慕地问:"那你一定是买游船,去运动了?"

他答:"不,买船是有钱人的事,我是去找一份管游船的工作。"

哦,原来这么减肥呀……

难怪他们国家"有分量"的那么多。

哦——可怜的头号富国的胖孩子……

不是姐的空姐

一飞就六七个小时。左边的，守着窗子却看书；右边的，守着走道却睡觉。就我这个想看景又爱运动的，夹在中间。但再怎么坚持，也不能不"方便"哇。挤出"重围"，去卫生间"减轻体重"之后，便在走道上游荡。后来看见一个可以放下的坐椅（大概是空姐坐的），坐下，凭窗看外面气象万千的云天和大地，好不惬意。但一声"no"传来，我忙回身，看见一张我意想不到的脸。国内的游客绝不会想到，这哪是空中小姐？简直就是空中奶奶。

到美国，坐汽车常常看见，和我们并驾齐驱的巨型货车。高高的车楼子里，驾驭这庞然大物的竟然是司机大妈、大婶。大妈、大婶的手在方向盘上，眼睛却执拗地投向我们。还能悠然地和我们车上的人拉话。美国伙伴告诉我，长途，寂寞啊。

而我面前的空中奶奶至少七十岁。

记得小时候，1955年，诞生了新中国第一代空姐。那可是在女孩子中最轰动的大事。就是最近，还听说，哪家航空公司招聘三名空姐，去了三百多人，条件比选美大赛还要严格。中国美女多。

这位七十岁的"空姐"眼睛是蓝灰色的，有点像铁的颜色。说话也铁味十足：

"No！回到你的座位上。否则交三百美元罚金。"

她很像他们的总统。罚这个，罚那个。

没办法，只能起身，但我真不愿打扰那位睡觉的大个儿男人。我在洗手间的走道靠边站着，总不必罚款吧。

放眼看，忽然发现我们这些黑头发的乘客，差不多都是"三明治"中间的夹馅。看景靠窗子的、方便靠通道座位的都是黄头发的。这老美，哼，嘴上说平等，实际上还是变味。

我把这不平对"空中奶奶"说了，谁知我立即遭到了猛烈攻击。奶奶说，中国不会天上掉面包，美国就更是连面包渣也不会掉了。

要想坐好座,自己先订。最好得说明情况,当然,冒肚拉稀最好。至于看景,那就得看售票员,那天有没有人给她送鲜花了。

我瘪了词。

奶奶这时,好好地看了看我,然后叫我一声"小姑娘"。我指指我的白头发,笑起来。空中奶奶却固执地说:

"你的确是小姑娘。你还没有长大。美国的真理都是竞选时说的,当选之后,那就是另外一回事了。美国就是美国。美国是他们的美国。"

我忽然想起我的一个美国学生曾在一篇文章中写过:

"美国,啊!我的祖国。但她还不属于我……"

空中奶奶用大拇指掐着小拇指尖,补充说:

"最有钱的1%。美国是他们的。我们的,也是他们的。平等?是。他们尊重我有工作的权利。但我可以告诉你,我今年七十三岁了……"

七十三了!按中国老辈子的说法,坎年。她一定有许多不容易。

那天,我第一次知道,英语也可以像俄语一样说得像机关炮。空中奶奶的机关炮一直都没教我插上话,就又忙去了。临走,叫我回座位。走了,她又退回来,一点也不笑地跟我说:

"你再到处逛。不罚款。我可向你借钱啦!知道吗?美国人正在向中国人学什么?"

我说:"不知道。"

她说:"存钱。你说,我年轻时,怎么不找个中国人嫁了。"

她又忙去了。她的背有一点儿向一边倾,也有一点儿驼了。

我求老天保佑她老人家,永远健康。

回国,得知纽约发生占领华尔街的事件。占领者说:"我们是99%。"我一下就明白了。

自力更生有吃有喝

去德国开会时知道了中午不管饭。来美国开会知道，最后的聚餐还得交钱。三十美金还算优惠，会议费交了，不知用在哪？可是就没想到美国境内飞机上没餐饭。

饮料是有的。我因为在外闯荡多了，说英语，吃喝没问题。我先生在国内，一提学外语，就说牙痛。一出国，教训深刻。

美国飞机上特殊、高级的饮料，菜汁呀、红酒呀，都在饮料车下藏着，必须自己要。

"自力更生"是我们中国发明的，却在美国"发扬光大"，有意思。

空中奶奶推来饮料车。台面上摆着的都是碳酸饮料、矿泉水、咖啡。

我说："Tomato juice.（西红柿汁）"

奶奶从下面拿给你，于是美美地喝上一罐。菜汁也扛饿啊。

空中奶奶问我先生："What would you like?（您喜欢什么？）"

先生不会说。我这忙打电传："Tomato juice.（西红柿汁）"

"No！"

人家不给。人家让他自己说。先生"特特……""特"半天，也没"特"出来。大婶"啪"地蹾给他一杯白水。老美真抠。

先生这回不说牙疼了。自己很快就学会了说"toilet（洗手间）"。不好总叫老婆帮忙呀。"Matchs（火柴）"飞机上不能带，下来，只能自己买，也会了。老婆反对吸烟。在飞机上喝什么，也学会了，不能光喝水呀。

还得说明一下：我们几个黑头发的旅友，被天女散花一样地散到各个"三明治"的夹缝里去了。

我和我先生只是出国飞华盛顿时，坐在了一起。飞其他地方，座位都不在一起。谁想帮谁，也难帮。老美人家就是"二胡练手——自顾自（吱咕吱）"。不过，我还是颇有收获：美国人处处都教你自立：旅馆里，早点，想吃烤松饼（只预备面糊汁），自己做；想喝热奶，自己热。在机场，喝热水，那可得自己带电热杯，自己煮开水（候机厅有电插座），否则，一杯热水一美金。飞机上，你要什么，自己说（英语）。

"自力更生"，足吃足喝。

我先生终于接受了我的真理："艺不压身"。平时"搂草打兔子"，带着手地学，遇到事，就派上了用场。我的英语都是一边做饭，一边听录音学出来的。后来，我的小儿子抗议了，因为他总吃糊饭。

不管怎样我也证实诸教育家一再强调的教育理论：

"心理需求是习得的永恒动力。"

"人类最殷切的需求是渴望……"

我正渴望吃点什么的时候，空中奶奶来了。

晚上，那大概是最后一次送饮料。我破例地不是"自力更生"，忍不住问了一句（就我话多）：

"这次也只有喝的吗？"

"空中奶奶"大概猜出我没吃饭。蓝灰色的眼睛翻了我一眼，走了。一会儿回来了。

这次，我还没开口，她墩给我一杯牛奶，又塞给我两小包饼干。我用微笑报以真心的谢意。她满脸的皱纹里流溢着得意和快乐，推着车走了。走了，又回过头来，生气地对我说：

"没看见？后面摆着呢。不够，自己去拿。"

哦，不知道。哈，还可以自己拿！真倒霉，知道晚了。

我笑了，说："Yes, save oneself.（自力更生）"

还头回见这种饼干：一颗一颗的，小蝌蚪一样。怎么美国也跟日本一样了？日本人送礼，一个纸包。打开，一层。打开，又一层。一层一层，一个小纸符。不过，那也温暖。

"小蝌蚪",我立刻开吃,真的觉得心里痒痒的,暖暖的。

这个倔老奶奶……

不知为什么,觉得美国的空中奶奶也挺漂亮的,挺美的。

一稿于夏威夷

人心的奔涌，是最为浩瀚、深邃的。与之相比，世间最为繁复的人工造物都微不足道。

蒙马特高地上的圣心教堂

第一次去巴黎时，我还在国外教学。给我在国内的学生迪拉妮去信，希望她给我一点儿看巴黎的建议。信回了，大信封中还套个小信封。她叫我一定要去蒙马特高地。至于为什么去？她说，到了高地，再打开那小信封。大有锦囊妙计的神秘。我好奇心极强，可是我还是强忍住了。但当我到高地时，我却忘了那封信。

在巴黎这个浪漫之都，蒙马特高地是最有艺术特色的地方。它是一个很大的山丘，登临高地，视野广阔，灿烂的巴黎尽收眼底，放眼处处是画。

1

听说蒙马特高地曾是一片布满磨坊、风车、葡萄园的乡间小村落。这里有个小丘广场。开始，人们都到这里交换快乐，端上盘儿家不长、里不短的闲事，打牙祭，度时光。有意思的是，不知从什么时候起，这里竟成了画家和艺术家的聚集之地，成了露天大画室，各种肤色、流派的画家都来这里作画。

我在高地看到的最有意思的是用艺术换吃喝——为人画像。

巴黎浪漫名副其实，作画也浪漫，真吸引人。实在佩服那些画家，他只要看你一眼，就能把你惟妙惟肖地贴在纸上，而且你的特点也一下夸张得让你捧腹大笑。

画家求那个胖男人：

"要吧。多可爱的孩子。真的，大门楼、窝眍眼。好可爱。"

"不要，不要。"

"不要钱。送给你，可爱的小姑娘。"

我看见这个胖得像啤酒桶一样的大男人，把画给了小姑娘。然后，两只手捧成两个花瓣，托在下巴下，摆着他的胖脑袋。他一定是说，小姑娘多可爱！

我忽然觉得那啤酒桶男人也挺可爱。

妇人有点不好意思地拉着孩子，让孩子向画家鞠躬表示感谢。男人拦住了妇人，他在胸前划着十字，又指了指高高的圣心教堂。

我不知他们说了什么，但想必和圣心教堂有关。

2

在蒙马特高地上，矗立着一座纯白的建筑，那就是法国著名的圣心教堂。

那天，天真的特别清亮，瓦蓝瓦蓝的。沿着石阶向上走到教堂正面，蓝天里，白色的圣心教堂显得更加洁白、神圣。

我要开始参观这世界上著名的圣心教堂了。忽然想起迪拉妮给我的那个神秘小信封，连忙打开。

信里讲述了圣心教堂建造的缘由和一个鲜为人知的传说：

1870年普法战争，法国战败。战乱的痛苦让人们对当时的政府丧失了信心，政府却穷兵黩武。巴黎民众不愿再为黑暗的政治送命，揭竿而起。他们在巴黎城中筑起路障、街垒，用以阻挡来自凡尔赛的政府军。但两个月的浴血抵抗，最终失败。当权政府竟屠城数日，将反抗他们的血肉同胞全部杀死。

战乱平复了，然而人们的心却难以平静。疲惫、恐惧、苦痛……人们厌倦了被驱使、厮杀、抢掠、血腥。无论战乱中的士兵，还是苟活的百姓，都想建造一座教堂，建造一个可以使他们烦乱、痛苦的心得以安宁的去处，一个可以忏悔他们不安魂灵的净地，一个高高的、在巴黎任何地方都能看到的、能为他们指引迷途、安抚他们心灵的圣殿。

于是,他们挖呀,挖呀,挖出了一条塞纳河。挖出的泥土,垫起了高地。然而总是不够高。

天边走来两个巨人勇士。他们听了穷苦百姓的哭诉和心愿,毅然砍下自己的头颅垫在了土地上。顿时,那片土地高出一百多米。那片高地就是著名的蒙马特高地。从奠基到落成,历时整整四十四年,人们终于在高地上,建成了在巴黎任何地方都能看到的圣殿——洁白的圣心教堂。

3

站在高地正面,仰望教堂,觉得神的威严令人屏息。圣心教堂圣洁、庄严。

学生告诉我,那是因为整座教堂都是用一种"伦敦堡"的特殊白石建造。这种石头,一遇雨水便会分泌出一种玻璃屑的白色物质,使建筑在长年累月的风雨冲刷中越变越白。

教堂风格别致。那是我看到的最令人动心的教堂。既有罗马式的凝重,又有拜占庭式多圆形结构的恢宏。教堂洁白的大圆顶就具有明显的拜占庭式风格。这和细长、高耸云天的尖塔型哥特风格有明显区别。我得解释一下:"拜占庭"原是古希腊的一个城堡。公元395年,显赫一时的罗马帝国分裂为东、西罗马,东罗马迁都拜占庭,成为拜占庭帝国,那里的建筑式样就被称为拜占庭式。

拜占庭式建筑既承继了古罗马雄浑的文化传统,又汲取了波斯、叙利亚的东方建筑色彩、造型鲜明的文化风格。

圣心教堂在世界上有独一无二的表现意识。在高地上,走上圣心教堂的阶梯,就像向天堂迈步,烟涛微茫,云霞明灭,天台一万八千丈……

就在眼前,又像海市蜃楼。

教堂中间是一座大穹窿圆顶,四周为四座小圆顶。恢宏又沉稳,很有东方情调。

教堂有三扇拱形门。门顶两侧有两座骑马的雕像：一座是国王圣路易；另一座是法国的民族女英雄贞德。

教堂后部有一座高八十多米叫萨瓦亚赫德（Savoyarde）的大钟。那是世界最大的方形钟，重十九吨。每当钟声响起，全巴黎都能听到那悠远的钟声。建造时，巴黎人说，他们特别需要那天籁之声，安抚他们浮躁的魂灵。

现在，白色的圣心教堂高高耸立在蒙马特高地上。巴黎人无论在哪个地方都能看到慰藉他们心灵的圣殿。

4

迪拉妮还在信中告诉我，建造这座教堂的资金来源很特殊：全部用资都是由衣不蔽体、食不饱腹的百姓捐的。为建造他们心灵的圣殿，献出头颅和血汗的何止两个勇士？

爱相聚在爱的圣殿。

走进教堂里，高高的穹顶，可以看到世界上最大的马赛克拼图画之一，如度梦境，周围是扑朔迷离的玻璃彩窗。太阳光从顶上的彩色玻璃投下束束玫瑰色的光束，让人感觉像在天宇。也许真有天堂，使人倍觉心灵安宁、整个身心清澈如洗。

我真不知道有没有上帝，也不知道是上帝创造了人，还是人创造了上帝，但我坚信有人不认识的世界。

我真的越来越渴望天下有一个主持公道、遏制罪恶和欲望的伟大的神灵在世。

我敬仰把苦难留给自己的耶稣；我感激那献上头颅，用生命创造了这历史文化伟业的勇士们。

我不由又想起那个卖画的男人……人要生存，然而支撑人生存的何止衣食？仰望高地上的圣心教堂，难道我们没有信仰的饥渴吗？

我越来越感觉到，人类只用金钱调动一切，只用法律规范一切，必定没有真正的美。美是由对美的追求缔造的。

"有两种东西，我对它们的思考越是深沉和持久，他们在我心灵中唤起的赞叹和敬畏就会越来越历久弥新，一是我们头顶浩瀚灿烂的星空，一是我们心中崇高的道德法则。"这是人类思想史上最为气势磅礴的名言。它刻在康德的墓碑上，在人世中铿锵发声。

在圣心教堂下，我终于明白一个道理：人民，无论上天降给他们怎样的灾难；无论谁驱赶他们做他们不愿做的事，都不能改变他们的心。他们的心是用爱铸造的。

没有谁能够拦得住爱。大爱无疆！

一稿于巴黎18区

心要一个去处

世界瞩目的时代广场（实际是时报广场），原来是一个被两条街夹出的大三角!

眼瞧着新年报时大楼的水晶球，还在问，这就是每年新年报时的大楼? 上百万人瞩目哇!

大三角的一头儿，一个立起的大长方块楼，浑身挂满了广告。白天也是霓虹灯火绚烂、红花火绿，像一个打扮过度的小贩在拼命地叫卖。

在时代广场，真的教人只感到一种浓烈的商业金融气息，一种高级电子技术手段的火辣。像美国大都会的歌舞剧，令人眼花缭乱。

然而小小的一条街，却翻滚着世界商战的硝烟、世界经济的波澜。

这里真的是疯狂。什么"艺术的极致"，我感觉不到，只感觉到广告的疯狂、比拼的疯狂、炒作的疯狂和追求财富的疯狂。每天到此七万人次!

我说："第一次知道'疯狂'的词义。"

陪我们（我和旅友）的老美同行（一块开会的会友）却说："你们没赶上新年，那才叫疯狂。谁不到时代广场过新年，那是真的遗憾。"

我在美国正值十月。老美塞给我一篇文章，那是他一个在美留学的俄罗斯学生写的。题目就特别:《激情和受罪的一夜》。值得一看。

1

谢尔盖是从波士顿赶到纽约过新年的。他住的地方较远,是一家小旅店。因为离市中心不远的旅店,已涨到几百美金一天。

他是和他一个临时朋友一块去的。

女孩叫金娜,乌克兰人。临出发,老板说,没有洗手间,要穿"尿不湿"。(要我说,要是都穿"尿不湿",人人都撅着像天线宝宝那样的胖屁股。几十万人扭来扭去,哇,时代广场又多了一景。)

谢尔盖说:"我这么帅气的白马王子,也不能穿那个呀。"

美国街上没公厕,平日去洗手间要到商店里去,而那天,商店一律不准营业,所以这就考验人的忍耐力了。

旅店老板还说,快走吧,再过一会儿就晚了,就不放人了。好几道安检,连靴子也要脱下。(不假。我来美国,在机场也是连腰带都得解下,好多人都叉着腰过安检。)

出门,正下大雪,他们先打出租,太贵,改地铁。(美国地铁很旧,也脏,远没有俄罗斯壮观。)路上等待安检的人太多,等他们到广场已经快到晚上了。

广场本来并不广阔,已是人海人山。大街上、商店门口都挤得没有缝。用俄国人的话说,像土豆粥,像桦树木段垛,人挤人。从没见过这么多人,两个年轻人心里真是激动。

开始,人们还坐在地上,但不久就站起来。因为雪在屁股下都化了,牙齿冻得在结冰。

谢尔盖说:"这真是一个特别的大世界。"

周围各种肤色的人好像早就相识。饿时,大家一块分吃面包;渴了,有人发口香糖。都不敢喝水,没厕所。快冻死了,大家一块蹦,互相撞来撞去。

等了七个小时。终于,小屏幕上交替显示出十一点四十五分和零下九点八摄氏度的字样。广场一下安静下来。大家的眼睛都盯在一座挂满巨大电视屏幕的高楼上。楼顶的支柱上有一个巨大的水晶球,人们叫它水晶苹果。

我插一下:纽约市也叫苹果都市。纽约市新年传统活动——"落球仪式",从1907年开始,已有百年历史了。

谢尔盖写道:

> 新的一年要到来。倒计时开始了。无数个人把喊声拧成一个声音:"5、4、3、2、1——"通亮的水晶大彩球,从大楼上支柱的最高端,瞬时落下。广场上空和地上都一下沸腾了。大彩球变幻出无数瞬息万变的颜色和那四周的电子屏幕、霓虹灯交相辉映。无数张彩色纸片在绚丽多彩的灯光里纷飞,铺天盖地。
>
> 大家好像听到了时间的脚步声。
>
> "Happy new year!(新年快乐!)"
>
> "Happy new year!(新年快乐!)"
>
> 在那一刻,世界好像都改变了。变得疯狂,可又那样美好。

原本不许谢尔盖碰一下的金娜忽然扑在他的怀里,拥抱他,亲吻他。许多人互相拥抱,互相拍打,抱在一起,滚在地上。手里的东西都抛到了天上。

那时心里只有快乐。疯狂的快乐。

人们喊啊,跳啊,唱啊,想起什么就唱什么。反正一直到大家都觉得精疲力竭,还觉得那美好的疯狂很短暂。最后,太冷了。不久人们大叫着:

"Happy new year!(新年快乐!)"

"Let's go home!(让我们回家吧!)"

人们开始像流水一样向各条街道慢慢流去,流不动的是地上的垃圾。

人流慢慢地涌流，兴奋在飞雪和寒风中也慢慢冷却。走在路上，大家开始说："拼了十几个小时，为了这一刻，值得吗？"

有人说，再也不来了。

只有一个小伙子说，他还得来。

有意思。原来，他在最后的一小时，坚持不住了。他还真找到了厕所，然而在他"痛快"了一番之后，竟坐在马桶上睡着了。现在，他倒是减轻了负重赶回来啦，可倒计时的苹果彩球也落下来了。遗憾。

金娜也大声喊：

"哇——我美丽的青春又少了一年！"

谢尔盖仍激动，说：

"如果有人问我还来吗？我也不再来了。但我永远也不会忘记这一天，因为我经历了。第一次知道世界上有这么多人。人们也可以这样不分国籍、不分人种地共度美好时刻……"

谢尔盖说得真好。

成千上万的人可以共度一个美好时刻，可以有一个意志……

2

那天，大家好像也只有一个想法、一个意愿。

凡游客都想和水晶球照张相。球很高，要想照上，就必须得上一个大木台。有几个青年上去了，我帮他们照了几张。

年轻人又蹦又跳，释放着他们的快乐。我抢拍下了他们这个时刻。完了，我也想照。于是爬上了大木台，学着年轻人一样跳起来，可惜老爱手忙脚乱。我白跳了，悬空的一瞬没拍上。旅友一块喊着起哄："当老师的……噢噢——儒雅也疯狂——"

你说，人有时也奇怪，成千上万的人可以有一个意志……我在国内的世博会、在集合了几乎世界所有兴奋点的2008年北京奥运会，真的也经历了。

真希望那"意志"都只是"一个"——追求美好。那样，世界就不会再有恐怖和罪恶了。

哦，我来广场前，刚刚看了世贸中心遗址。

3

天近黄昏，我们必须回去了，明天还要去布法罗。国外的路都是高额的银子铺就的。然而我们迈步、回头，看见一轮落日正在西街口缓缓落下。疲劳的我们谁都不肯离去，不肯挪步。

太阳仿佛燃烧将尽了一样，透红透红。它把那柔和的光线涂抹在大街两边像巨型长方块一样的建筑上，熔去了它们身上的赘物繁华，只剩下条条方方的几何图线。那一座座冰冷的水泥造物，因此变得那样柔和、生动。

我相信天下一定有一个伟大的神，大自然之神。只有他才能把色彩调和得如此协调、把线条编织得如此悠然，只有他才能把世界描绘得一派壮丽。

大自然总在矫正着、遏制着人的奢望、狂想。

简约了，纯净了，倒美了。

那时，我只觉心里顿时一片光亮。久久盘桓在我心中的疑问终于有了答案。

为什么？人们——无论衣食无忧的，还是存活尚且艰难的，成千上万的人们，都不辞辛劳艰苦，甚至不惧生死地奔波、相聚？

——人心想要一个去处。

人心想要一个美好的去处。

一稿于哥伦比亚大学教育学院

俄罗斯诗歌的太阳

——回望普希金

读《渔夫和金鱼》

在天津第二中学的大礼堂里,一个头发卷曲、剪得短短的小姑娘,正在朗诵着普希金的童话诗《渔夫和金鱼》:

在蔚蓝的大海边,
一所破旧的房子里,
住着一个穷苦的老头儿和他的老太婆。
有一次,老头儿向大海撒下渔网,
一次次他捞上的只是海草,
最后一次,他网到一条小金鱼。
小金鱼竟跟人一样开口哀求起来:
"老爷爷请你放了我吧! 我会给你贵重的报偿。"
"小金鱼,上帝保佑! 我不要你的报偿,你游到蓝蓝的大海去吧,在那里自由自在地游吧。"
老头儿回到老太婆跟前,
说了金鱼的事,
老太婆指着老头儿就骂:
"你这傻瓜,真是个老糊涂! 哪怕要只木盆也好。"
于是老头儿走向蓝色的大海……

老太婆后来一次次地叫老头要了大房子,又做了贵夫人,还做了女皇。最后当老头儿告诉小金鱼，他的老太婆还要做海上的女霸王时，金鱼一句话也不说，只是尾巴在水里一划，游到深深的大海里去了。

老头儿回到家，他面前依旧是那间破泥棚。老太婆坐在门槛上，她面前还是那只破木盆……

朗诵诗歌的小姑娘就是我。普希金用他多彩的笔让我永远记住了深刻人生道理：人永远都不要心存妄想。不属于你的，永远不属于你。是你的，你要珍惜。

知足，世界最昂贵的快乐才属于你。

至于诗人以贪婪的老太婆作比，来抨击沙皇和封建农奴制对人民无尽的掠夺，那是我后来才理解的。

童话是孩子心灵的梦园。我第一次读普希金真是新鲜又好奇。记得那时，我就想看看这个人，他怎么能写出这么有意思的故事？

后来读他的书，我又有了越来越多的"想知道"。普希金何以成为俄罗斯伟大的民族诗人？何以成为俄罗斯现实主义文学的奠基人？而又怎么三十八岁就结束他如此辉煌的人生？

我想知道的真多。

读《皇村回忆》

当我真的到俄罗斯时，已经远远走过了青涩，到了不惑之年。可我还有许多疑惑。伟大诗人有怎样的童年？

到莫斯科。我把行装放在中国驻俄罗斯使馆，有曾经的同行于德水三秘开车拉我，我立即去拜谒儿时就想看的地方——普希金故居。

那是一幢普通的淡蓝色二层楼房。1799年，普希金就出生在这里的一个贵族家庭。童年，他的法国家庭教师给了他良好教育，八岁时他就可以用法语写诗。他家中藏书丰富，父亲的朋友又多是社会文学名流。英卓们的造访和指教,使普希金从小就深得文学的洗礼。农奴出身的老保姆,也常给他讲述民间故事和传说。普希金不但有了丰富的俄罗斯语言,对民间创作也产生浓厚兴趣,更重要的是,农奴的苦难在他幼小的心灵中就深深地埋下了种芽。

普希金十二岁时,被送到彼得堡皇村学校。读书十二年。

彼得堡我去了。在彼得堡皇村,我住在我一个俄罗斯的朋友家,那使我有充足的时间,去看普希金特别值得回忆的皇村中学。

皇村是沙皇彼得一世妻子叶卡捷琳娜的宫廷园林。皇村中学就设在这里。

在学校,普希金深受未来的"十二月党人"的影响。他们虽然还在青少年时期,但都心怀着强烈的民族使命感。这时,普希金的诗歌才能也已初露端倪。他的考试之作《皇村回忆》大放异彩,深受诗坛巨匠杰尔查文的赞赏。普希金英年就走上诗坛,并成了一颗耀眼的新星。

我少年时就几读《皇村回忆》,至今还能记住那里的诗句:

> 沉郁的夜的帷幕
> 悬挂在轻睡的天穹;
> 山谷和丛林安息在无言的静穆里,
> 远远的树丛堕入雾中。
> 隐隐听到溪水,潺潺流进了林荫;
> 轻轻呼吸的,是叶子上沉睡的微风;
> ……

普希金写的就是景色优美的皇村。

我到皇村,曾在那里徜徉良久。我也去过法国的凡尔赛宫花园,两宫风格一样,但皇村园林更宽阔广大。一座普希金低头沉思的雕像耸立林中,思考着他永远思考不尽的人生。

湖光林色,画景诗境交融,幽静清丽,又有浓厚的文学气息。幽雅的皇家庄园,因为诗人的诗,而有如诗般的意境。

而这一切诗人都是"为了俄罗斯,为了殿堂的神圣"。

诗人在《皇村回忆》中写道:

……战栗吧,暴君! 你的末日已经近了

你将会看见:每一个士兵都是英雄……

普希金昂扬的爱国激情在当时的宫廷诗文中,就是响亮的惊雷,震撼了人们沉迷的心。当时他只有十五岁。

毕业后,普希金在外交部任职。因"十二月党人"影响,普希金的诗歌抨击农奴制度,歌颂自由与进步,同情人民。他写出了《自由颂》《致恰达耶夫》等意气昂扬诗篇。在那黑暗的封建统治下的俄罗斯,普希金的诗像一束燃烧的火苗,点燃人们企盼光明的心。

沙皇政府很快把他流放到南俄,那时是1820年。但他的笔没有停顿,他又写出《西伯利亚囚徒》《纪念碑》等战斗檄文,鼓舞在重压下的人们追求自由光明。

普希金也是照耀我们六七十年代的一颗明亮的星。那时,他的著名小说《上尉的女儿》也翻译到中国。那本书像一股风在年轻人特别是我们大学生中掠过,给我们那一代人以震撼心灵的感动。那记忆甚至影响着我们命运的轨道。

读《上尉的女儿》

第一次读普希金《上尉的女儿》,女主人一笃情深的爱让我刻骨铭心,动魂动魄。

小说表面写的是爱情故事,实际反映的是1773年普加乔夫农民起义的历史。

青年军官格利涅去俄边塞服役。途中,在一场暴风雪里,邂逅了中年男子普加乔夫。格利涅慷慨送给普加乔夫一件兔皮袄御寒，帮他逃过冻死的劫难。后来，格利涅到了要塞，和要塞司令的女儿玛丽亚相爱，而另一个军官士伐勃林却在暗恋玛丽亚。

不久，边塞炮台被普加乔夫起义军攻陷。格利涅所救之人普加乔夫原来是义军领袖。要塞司令夫妇被处死，玛丽亚和格利涅被俘。同僚士伐勃林则投靠义军，普加乔夫安排他做了要塞司令，他企图借机霸占玛丽亚。普不忘格救命之恩，放了格利涅。格利涅四方奔走，想救出玛丽亚，但最终不成，无奈，他又求救于普加乔夫。普得知格利涅和玛丽亚相爱，便在士伐勃林的囚牢里救出玛丽亚。

后来沙皇又因士伐勃林的诬告，将格利涅下狱。而玛丽亚忠贞不渝，义无反顾，冰天雪地奔走求救。玛丽亚历经磨难，最终用她最纯洁的爱救出了格利涅。

书中的结尾：普加乔夫因起义失败被处死刑。

在那高高的绞刑架下，一对贵族青年（格利涅同玛丽亚）一起，和那成千上万破衣烂衫的百姓一样，虔诚地把泪水和崇敬献给这个把爱分给人民的农民义军领袖——普加乔夫。

那时我正上大学，春在心中发芽。读书时，对历史关注得少，对爱动心动肝。玛丽亚的爱给我一生的感动，一生的记忆。我那时并不懂爱情，但我知道了忠贞不渝。

后来我便经历了在"文革"风雨中，八年的苦恋。再后来我经历着更苦的爱的磨难……至今，我仍深爱这本书……

翻看普希金生命的最后一页

去看普希金在莫斯科最后的故居，是我第二次去莫斯科。在那，我巧遇了我在国内的一个学生。在国外，那是天赐的高兴。

说来有意思，出莫斯科地铁，正不知去何处饱眼福。忽然看见我的英国学生戴娜。因为"戴安娜"，我记这个学生的名字特别清楚。我们两人一块惊讶，一块兴奋。惊讶之后，得知我们都是在莫斯科等待机票，她回英国，我来办事，回拉脱维亚。于是我们很快决定：

"去阿尔巴特大街！"

那里有我最想看的……

多少年没见了，戴娜已经变成大姑娘了。她高挑的身材包裹在无袖斗篷里。一股淡淡的香水气味，随着她的拥抱也送到我身边。我夸戴娜，戴娜也夸我。她一边摸着我浅蓝色的羊绒大衣，一边赞叹不已：

"哇——浅蓝色。老师，您永远是那么清纯，那么漂亮。老师您从不奢华。简单，却总是那么高雅。"

学生边说边摽起我的胳膊，迈开了步子。于是，我们真的漂亮着，像一股香风，随着自动扶梯飘上地面，飘出地铁通道，快乐着上了大街。然而到了阿尔巴特大街，我们的心却骤然改变了颜色，五味杂陈。

莫斯科到处都凝固着俄罗斯的文化历史。阿尔巴特大街一串仿古的街灯，在白天就显示出了历史的年轮。

普希金在1831年，与有"俄国第一美人"之称的娜塔丽娅结婚后，居住在这里。现在是著名的普希金故居博物馆。

故居对面，是诗人与夫人携手的青铜雕塑。那是按两人原貌创作的。娜塔丽娅一身婚纱，一脸幸福，典型的俄罗斯美人。普希金身着燕尾服，精神、英俊。他略矮于娜塔丽娅。令人感动的是，普希金手上，仍像当年一样，拿着一束鲜红的石竹。那是后人不断为他换上的。人们以此表达着对诗人的崇敬与爱。

那里也有着许多惋惜。

诗人在那个住处的幸福只有三个月。这位"俄国第一美人"只知道跳舞，挥霍，对诗人毫无兴趣，更不用说成为普希金的知音。婚后，诗人忙于应付流言蜚语和偿还债务，没有写成一行诗。

1837年2月8日，普希金因法国军官丹特斯故意勾引他的妻子而与之决斗。结果中弹，两天后身亡。时年仅三十八岁。

其实，这是一场蓄意安排的阴谋。

俄罗斯民族伟大的诗人，"俄罗斯诗歌的太阳"，就这样过早地陨落了。本来他还可以给人们留下更多美好的诗篇，如今留下的只有遗憾。

在俄罗斯，凡普希金的故居，我都去看了。52号的书房里和其他的故居一样，墙壁上挂着油画、地图，书架上都是书，书桌上摆放着铺开的手稿和一支蘸在墨水瓶里的鹅毛笔。诗人就是用那支笔，为世界书写了那么多不朽的诗篇。

出了展览馆，我和戴娜在那青铜雕塑下久久站立。我们都感慨良多。我的学生说："如果他不主动要求那次决斗该有多好。"然而人生就没有可以重来的"如果"。

普希金之死是他痛苦的必然。

展览馆解说员告诉我，要想知道得更多，一定要去看普希金的长篇诗体小说《叶甫盖尼·奥涅金》。

是，我问得太多了。《叶甫盖尼·奥涅金》，我在上大学时就读过这本书。 是啊，书中主人公"奥涅金"就是诗人心灵的写照。他写奥涅金，实际是写他自己。

奥涅金在那贵族的上层社会，看不到俄罗斯的前途。

从十二月革命的失败中，普希金也看不到贵族革命能够改变俄罗斯的命运希望。

奥涅金厌倦了他赖以生存的社会。他感知自己是"多余人"。

普希金逐渐意识到，俄罗斯并不需要他这样充满理想和激情的诗人，而且日渐清醒。他的心里也同样与日俱增地滋生着他的"多余感"。

普希金在被打伤后，他就说过："……我不会害怕，因为我不想活。"

活着究竟是为了什么呢？他想献身的俄罗斯，没有希望。他活着就是为爱情、为自由而歌唱的，然而真实的生活却分明告诉他：俄罗斯没有他的追求，俄罗斯不需要像他这样的诗人。没有人真正需要他，连同他的妻子！

普希金三十八岁的生命之火熄灭了。一场灵魂深处的决斗结束了。书中，他灵魂中那个"奥涅金"彷徨遁世。

普希金预知：遁世，就是他普希金不得不选择的命运。

"俄罗斯诗歌的太阳"陨落了。世界失去了一位光照四射的伟大诗人，俄罗斯失去了他们的"文学之父"。

在我读大学时，普希金的书是年轻人的挚爱。甚至可以说，影响了我们一个时代的大学生。

我和戴娜出了展览馆，站在普希金的青铜像下。想着普希金的死，我和戴娜都忍不住眼里的泪。但那天，我这做老师的，却不知如何向学生表述。我那时正在人生和事业的鼎盛时期，对人生的残酷没有深刻的感知。现在我真切地知道了：

死，不是死者的不幸，是生者的不幸。不幸之深：面对死者的离去，那是呼天天不应，唤地地不应的绝望，是穿透心肝撕裂的疼痛。那种疼痛无药可医，因为生命无法挽回。

世间的事物面临死亡时，一切努力便都徒劳、无用。那是真正的无奈，最疼痛的无奈。

普希金留下了不朽的诗篇，也留下了无尽的痛惜。

亚历山大·谢尔盖耶维奇·普希金在俄罗斯文化中占有特殊的地位。他是俄罗斯伟大的民族诗人，是俄罗斯现实主义文学的奠基人，是俄罗斯文学语言的创建者，更是19世纪世界诗坛的一座高峰。

他英年早逝。无法挽回了，永远……

只有捧起他的诗篇，读他的诗句："比海洋阔大的是天空，比天空阔大的是人的心灵。"

这是诗人的企望。

忘掉他的陨落,能做到吗? 我的心……

哦,想想,诗人还是对的。

看看,如今俄罗斯的天,蓝色。

一稿于中国驻俄罗斯大使馆

完稿于南开园

有些鸟注定是关不住的,因为它的每一片羽毛都沾满了自由的光辉,都在说着它独有的美丽。

　　民族的文化是民族的记忆,是铸在人们骨子里的印记,无论命运把你安放在哪里,它总要发光,宣布它的魅力。

黑咖啡韦大利

真没见过，这实在是个硬挤进来的学生。他叫韦大利，我记住他的名字是因为"伟大"的谐音。而至今对他记忆深刻，叫他"韦大利"又似乎不全是谐音。他总给我一种感动，一种说不出的感动。

说来，我们的相识都非常有戏剧性。

那是我爱人教我太极拳。爱人原是部队教官，做什么事都要像打枪瞄准一样，一丝不苟。"转身推手"一百八十度。当我们一起向后转，忽然发现了一个小老头正在我们身后跟我们学着打拳。六目相视，小老头立刻退到场外。一百八十度，我们转回去，他又挤到我们身后。我们再转回来，又是六目相视，三张嘴都笑了。而他那张嘴一张，便开始一刻也不停地请求我们：

"对不起，我太想当你们的学生了。"

"我太想知道中国了。"

"中国现在怎么样了？过去我们都是社会主义。"

那时，我并不明白他"太想知道中国"的意思。接着他给我们俩排了课：

"请您教我汉语。"

"请您教我打拳。"

他会一点儿英语。跟我们说话时经常英俄混用，鼻子、眼睛等五官一起动员。

从那以后，教官有了一个弟子，我多了个学生，家里多了个常客。

1

真的，我一直误以为他六十多岁了，其实他不到四十。小个、清瘦，顶着一头黄白色的直发（显然是拉脱维亚族人，拉族的头发是直的）。头发常有一撮在后面立立着，我想那是睡觉压的，又没时间管它。他跟我们学拳，永远是屁股点着炮捻儿似的赶来，又屁股点着炮捻儿似的离去，像抢占制高点。（教官说的。尽军事术语。）

后来我们熟了，我把这话告诉了韦大利。他哈哈地笑起来，笑出了眼泪。他说，点炮捻儿的是他的宝贝女儿。我特别喜欢孩子，立即邀请他带孩子到我家来。

当晚他就来了，这回坐住了。韦大利说，他特别爱和我们聊天。我们说什么，他都觉得新鲜，他就想听中国的事。其实我们也一样。我对他的孩子都感到特别新奇。

韦大利的女儿可爱极了，六岁。他的妻子是俄罗斯族人，女儿长得一定随妈妈，一头金色的卷发（俄罗斯族人头发大多是卷的）。我觉得外国人中俄罗斯姑娘最漂亮。小姑娘一双大大的蓝眼睛，总闪着好奇的亮点。只是她一直躲在爸爸的身后，扭着身子，只探出她那一圈卷发衬着的小脸蛋。我给她苹果，她不好意思地拿过去，又躲藏在爸爸的身后。我问她什么，她都是以点头或摇头作答。她太胆小了。

过了些天，韦大利又带着他的女儿来了。奇怪！这次，小姑娘却出奇地勇敢。她冲到我面前接过香蕉，麻利地剥开，大口地吃，一边吃，一边还斜眼盯着下一个。她不停地问爸爸，还可以吃吗？我惊讶小姑娘怎么变化这么大？韦大利一边管教着失礼的女儿，一边红着脸说，这是他的小女儿，上次是二女儿。不知为什么，韦大利说这些话时像个孩子，脸红到了脖子。

韦大利说，他是一匹套在一架雪橇上的公鹿，还特别强调是一架重载的雪橇。他每天都在咬紧牙关地拉,拉着一个老婆,一个老婆的妈和三个公主。五、六、七岁接连三胎。都说拉脱维亚是有名的女儿国,看来真是如此。

韦大利说,这就是他现在的生活,可是他还强调说:"拉脱维亚还在冬季。"说这话时,在他的蓝眼睛里,可以看到一种铁的颜色。而我感到莫名其妙,因为那时正是夏天。也许,是我的俄语真的太差了。

2

韦大利每次只带一个女儿来。三个女孩长得一样,很长时间我都无法区别开她们。到后来,从答话中我能分清她们谁是谁了。

我问:"爸爸给你买好吃的吗?"

答:"买,在圣诞节时。"总替爸爸遮掩什么,这是老大。

无论问什么都不说,只是害羞地躲在爸爸身后的是老二。

说话理直气壮,总是哪壶不开提哪壶的是老三。

我问:"爸爸给你买好吃的吗?"

答:"不买。他总是没钱。"

我问:"今天怎么叫你来了?"

答:"轮到我了。爸爸说要排队。"

我问:"喜欢到这来吗?"

答:"喜欢,可以吃好东西。"

小姑娘说这话时,韦大利脸又红了。我赶忙转移话题。

其实,拉脱维亚人都很想吃中国食品,连我拉脱维亚大学的同行也是如此。我理解,但我并不知道,那时候在拉脱维亚,香蕉对于平民百姓都是奢侈品。我只知道,一提中国食品,他们都会露出马上咬一口的表情。所以每当有客人来,我总是让他们尝尝中国饭菜。

3

又一次，韦大利来，正赶上我家包饺子。我们叫他一起吃，他说什么也不肯，只同意端给他的女儿一盘。女孩迫不及待，张牙舞爪的这个肯定是小三。韦大利脸又红了。他一边不断用手拦着失礼的女儿，一边看着她享受美味。

我从来都没见过，一个人脸上可以有那么复杂的感情：无奈、爱怜，蓝灰色的眼睛里还有一种深蕴的柔情和歉意……他看我的时候，送上了一抹笑，一抹苦笑。他又一直莫名其妙地说：

"拉脱维亚还在冬季……"

一直到后来，我才知道。他是说拉脱维亚刚刚独立的意思。

"拉脱维亚还在冬季……以后……"

以后，我把一小兜饺子偷偷放到他的包里。我们知道他从不接受我们给他什么。

真想知道他的生活！但当我问他时，他却所答非所问地约我们：

"你们应该去彼得大教堂看看。在历史上，那可曾是欧洲最大的木制教堂。我们拉族人的骄傲。只是命运不佳，几次遭大火。二战，又差点被炸平了。重建时，我们把它建成钢筋砖木结构了。"

"去看看吧。现在它是里加最高的教堂。拉脱维亚有名的景观。"

一种超然的平静回到他的脸上。

4

里加老城中，耸立着拉脱维亚两座最有名的教堂。一座是有欧洲最大管风琴的多姆大教堂；一座就是几遭火灾却矗立至今，并以此闻名于欧洲的圣彼得大教堂。

里加老城，半小时就能转完。石头铺路，发亮的石块述说着它已被人们的脚步磨蹭了八百年的历史。小胡同狭窄曲折,四处通连。店铺不大,招牌直观:有的挂着靴子,有的挂着陶罐……都带着遥远的古朴、遥远的故事。

冬天,地上铺着斑驳的积雪。走在小巷里,只能听到自己的靴子踩在雪地上"咯吱咯吱"的声音。寂静又单调。深巷里,咖啡小屋,摇曳的烛光透过茶色玻璃,撩拨着你思乡的心。

我在办理爱人来拉脱维亚的签证时,有半年的时间常来这儿。办事处就在附近一条小街里,穿过小街就是教堂。我每每碰了钉子后,就到教堂里坐坐,听听音乐。(爱人有过军旅背景,入境审查更严格。)

音乐是天使柔情的抚慰。那悠长、安详的乐曲,像一湍涓涓流淌的溪水,一会儿就会冲走你心田的浮萍、乱草。

夏天,小城从冬眠中醒来。花丛处处,人流如织,咖啡店和酒吧格外兴奋。北欧人因为这里有欧洲最有名的黑咖啡,且比北欧便宜得多,常常过来喝咖啡。

那黑咖啡有点药味,喝起来,开头有点苦涩,品一会儿,就有一种特殊的甘醇、清爽,教你回味……我们每每去尤尔马拉海滨游泳回来,就喝上一杯。一杯咖啡,全身清爽。

那天,我和教官约好,看过教堂,请韦大利一块喝黑咖啡。

5

韦大利如约等在教堂外。

他两脚叉开,双手交叉在身前。我忽然觉得他个子并不矮小。他稳稳地站在那里,一种超然的平静挂脸上。这和他带着女儿时常常出现的窘迫相比,简直判若两人。

韦大利的身后是高高的圣彼得大教堂。韦大利抖抖身子,有些得意地问我们:"怎么样?"

圣彼得大教堂是典型的哥特式建筑。教堂墙体和塔身越往上，越玲珑，雕塑装饰也越多，顶上是锋利的直刺苍穹的尖顶。整个教堂的墙墙角角都展示着强烈的向上的冲力。

"你们知道为什么拉脱维亚人都喜欢哥特式吗？"我摇头。

"拉脱维亚无论旧时代还是新时代，都在重压下。"

"你抬头看，你就能听到点儿什么。"

韦大利拉着我们，让我们顺着他的手向上看。

是的，抬头仰望，似乎真能听见一个声音：那是从十三世纪就开始的一声声挣脱异族尘寰束缚的呐喊……

韦大利在苏联解体前是一家工厂的电气工程师。解体时，工厂撤回俄罗斯了。现在他是教堂的电工。韦大利带我们看了他的工作室——在楼梯下的转弯处，不大，但电线、灯具、杂物都摆放得整整齐齐，处处彰显着主人的珍爱。

那天，他不但带我们看了整个教堂，还领我们上了教堂的塔楼。

韦大利特别让我们看了塔楼的顶端，那里有一个金属铸的公鸡，也叫风信鸡，有辨识风向的作用。公鸡的身子两侧分别是金色和黑色，以辨别风向。当金色一面对着城市时，表示顺风，海上的船只可以进港；当黑色一面对着城市时，表示逆风，船只不能进港。里加从 13 世纪就是波罗的海重要的贸易港口。登上塔楼俯瞰，里加老城一览无余。每个红瓦屋顶上都有一只金属制的公鸡。

我平时就看过，一直奇怪。

韦大利说，那里可有一个，谁都应该知道的故事。他还是听他爷爷说的。

6

里加最早为利弗人的居住地。利弗人也是最早的拉脱维亚人。

有一个魔鬼趁着黑夜，来到这个海边小镇。当时人们都不知如何赶走这个魔鬼。这时一只雄鸡大声啼叫起来。鸡叫了三声，天一下亮起来。魔鬼吓得跑回地狱。从那时起，家家户户在自己的屋顶上，都立起一只金属制的公鸡，驱鬼辟邪。现在风信鸡已成为里加城特有的标志。

说来有意思，我的弟弟是个画家，耳濡目染，我也喜欢画。出了国，有了空闲，我就画几笔。而我喜欢画的就是雄鸡。学生和朋友来了，一定会向我要一张画。他们还会用玻璃镜框把它镶起来，挂上，那真使我受宠若惊。开始我还美滋滋的，那天，韦大利一说，我才觉了闷——原来雄鸡是人家吉祥的标志。

两年后，我画得真的很不错了。他们画廊还给我办了画展，我们的大使馆一秘专程到场，为画展助兴。我的画还上了报纸。

其实，我自知那是中国文化的辉光。在国外，才特别感受到自己祖国文化的魅力。

啊，跑题了。其实我说到雄鸡，是因为那天，我真的感到这个一直让我觉得狼狼狈狈的韦大利心里的伟大。他整个上午都挺着腰板，叫人觉得他真像只雄鸡。

韦大利如数家珍地领着我们看教堂。那教堂年久失修，外墙斑驳脱落，墙体却还坚实地站立在那里。

教堂像一个久经苦难、瘦骨嶙峋，又精神矍铄的老人。里加城的古迹都已年迈沧桑，带着八百年岁月的风雨雕琢。韦大利向我们解释说：

"我们的国家有儿子。我们快有钱了。"

说完他又补了一句：

"儿子也爱他的丑妈妈。"这和我们汉语"儿不嫌母丑"一样。

是啊，何况她哪丑啊？

7

圣彼得大教堂是里加最高的教堂，是里加的城标。它有七十二米高的塔楼，塔楼上有一昂首欲啼的雄鸡。

圣彼得教堂和它的国家一样多灾多难。教堂多次失火。据记载，1721年这座教堂就着了一次大火，而当年的俄皇彼得大帝曾亲自指挥救火。教堂几次损毁，几次修复。每次修复，都有人想换掉教堂顶上的金鸡，但那只金鸡却永立在彼得大教堂顶上。

一个只有不到九十万人口的小城，在顽强地保留着自己民族的文化。

我终于理解了韦大利。

看过教堂，教官坚持拉韦大利一块喝咖啡。我奇怪，教官不喜欢喝咖啡呀？

教官说："韦大利就像黑咖啡。"

这回，韦大利不像说他屁股点炮捻儿时那样，他没笑。

韦大利慢慢呷了一口那需要细细品味的黑咖啡，说：

"不，我是那只雄鸡的鸡儿子。"

这回，我们俩也没笑。因为心里升腾着一种庄严……

一稿于里加老城

"军团长"和校长

"军团长"是我们锻炼的朋友对伊格里的戏称。校长就是校长。这两位"长"都是因我而改变生活轨道的人。"军团长"伊格里驶入我的生活轨道,是在一个至今都难以忘怀的大雪天。

1

在那冰雪的小国,雪大得出奇。一天,下雪,都说是鹅毛大雪。在这里,鹅毛算什么?"燕山雪花大如席,片片吹落轩辕台",雪真像席子,可着天地扑下来。

此时这里的风光"千里冰封,万里雪飘"。不是"望长城内外",而是望我的窗外,早已"惟余莽莽"……

在国内,你们见过吗?雪可以铺天盖地,甚至没有缝隙。我的窗子都糊满了冰雪,我只能从中间剩下的一小块亮处向外巴望。学生和斯达布拉瓦教授都来电话,介绍一个朋友来看我。

"别看了。这么大雪,不会来了。"校长说。

我说:"校长,听说他是心理医生。真希望他能治好你的寂寞症。"

"哼,我没有病。回国,一工作,我立即会好了。"

校长要翻车,我立即住嘴。

真是"哪壶不开提哪壶"。

2

"嘟嘟嘟"敲门声响起。来啦!我忙去开门。可惜,不是我们等的客人。门口站着我们的管理员胖大妈。一阵"叽里咕噜",我们知道了。外面雪太大,车停开了,有的房屋压塌了(这里许多都是木屋),还有的从楼上屋顶滑下的冰块、积雪把人砸伤了,反正不能出门了。那时我才知道,为什么路上总有红绳拦住的地方,原来是怕砸着人。客人肯定也来不了。

我继续唱我的"大料瓣"歌吧……

我的"大料瓣",即校长。我给他的称呼都是因地制宜,因语境不同而变化。"大料瓣"出自我专门为他作曲作词的歌:

"老瓣(伴)呀!你是我生活的大料瓣,有了你,日子才有滋有味……老瓣呀!你是我生活的大蒜瓣呀,有了你,我才没灾没病呀……"

"大料瓣"正没滋没味地在屋里踱来踱去。

"嘟嘟嘟",又是敲门声。

"胖大妈怎么回事?又来啦!"

3

开门。

啊!我和校长都差点"啊"出声来。如果不是那人开口说话。我们都以为是个站立的北极熊。

来人正是伊格里,我们后来的"军团长"。

他有什么重要的事?这么不惧艰苦?

伊格里的头上、睫毛上、脸上、络腮胡子上……浑身上下都包裹着雪。我们费了好一会儿,才帮他打扫干净,见到庐山真面貌。

伊格里壮壮的,浓浓的头发、浓浓的大胡子包裹着他一张生动的脸。现在他那双棕色的眼睛里都是惊奇。他说他第一次这样近地看真的中国人。

到了拉脱维亚我才知道。当地人对中国人的了解,甚至还停留在留大辫子裹小脚的年代。伊格说他倒不那么老土,不过他还以为中国人穿一样的衣服，留一样的发型。我们都笑了。那天我们谈了很多。

那天，我知道了人家的保健不像国内，是医疗的重要部分。

伊格里邀请我们参加他的锻炼小组。为什么？"大锅炖小鱼——闷着呢。"我开头也不知道，读者也只好等等吧。

不管怎样，校长可有事干了，一下充了电，终于找回点儿生命的价值。本来平时打太极拳只是锻锻炼而已，没想到却在这个里加城，有了意外的作为。

我说："不好意思，这回'乌龟瞧绿豆——对眼了'。"校长脑袋一晃，既不愿当乌龟，也不愿当绿豆。说：

"我们两个大男人……"他翻着眼地找，"哦，我们是'新郎找伴郎——对眼又可心'。"

两个大男人，"军团长"和校长成了铁杆搭档。

4

杜鹃山就在我家附近，那是一座美丽的山丘。

里加城的五月天，像得了疟疾，一会儿是飘飞起鹅毛大雪，一会儿又飞洒起霏霏细雨。两位"长"在骤然降温的飞雪里，一招一式地打着拳。雪停了又化成飞雨，两人又在雨水中一胳膊一腿地练习着。

伊格里的大胡子梢淌着水点，校长的头发梢、眉毛上都挂着雨珠。你们相信吗？我冷得都在打寒颤，两人的脑袋上竟冒着热气。

两人语言不通，校长的"一笑拉丝（再来一遍）"却说得响亮、流利。

伊格里像个抓耳挠腮的大狗熊。每做一个动作，他脸上的每一个部位都要紧急动员，还要伴着一声声"我的上帝"。

校长一遍又一遍地为他表演，一遍又一遍地让伊格里重复。伊格里的"倒卷肱"，我看像"猴倒卷"。

校长死心眼。教谁都要一直教得人家呼爹喊妈地求饶为止。

伊格里说,每次回家连上楼的力气都没有了,可是还在练。

伊格里在军团里,真是身先士卒,加倍努力。他说,做不了教练,就做"领练"。

那天我说:"谁也别练了,别等了。看这雨,他们不会来了。"

谁知,话没说完,我们的兵们打着伞从我的身后冒出。他们说,只要天上不是倒了热咖啡炉,他们就来。

就这样,无论是飞雪花还是洒雨珠(这里好像从不刮风),我们都聚在一起"哈哈"。我们的活动内容也五花八门:有时在草地上铺上块大桌布过生日,有时又卷到谁家聚会一通,有时他们还开车拉着我们转一圈。

伊格里是最忙的,话也最多。至于他和他的兵们说什么,拉语,我不懂。但那里一定有许多赞扬我们的话。

校长讲的却让我充满了惊喜。校长不但打一手漂亮的拳剑,还懂中医经络学。我用英语翻译给伊格里,伊格里又用拉语讲给他的兵。

在国内,我们都把自己奉献给了事业,校长更是很少着家,一个屋檐下都没时间相见,出了国才有了时间相处。哇!说实话,我真敬慕校长,刮目相看好几次了。要不怎么人家得那么多奖。

校长的中医知识让我大长见识,更让伊格里和他的兵们大呼神奇。

愉快的时间总叫人觉得短暂。

伊格里告诉我们下次相聚换一个地方。

5

至于什么地方,我们糊里糊涂。我说,晕了菜。校长说,汤也浑了。

那天,进大楼,上二楼,推开一个橡木大门(他们的门都没玻璃窗），我和校长一下惊呆了。

那是一个和篮球场一样大的活动厅。大厅正面挂着黄色的横幅，那上写的什么字不认得，下面男男女女挤了一片。啊！这是开会吧?！我们一进门，小喇叭里就一通拉语，接着一片掌声，接着我们被请上了前台。

什么叫晕头转向？那就是我们俩当时的情景。还没坐定，小喇叭里又是一通拉语，接着又是一通掌声。伊格里伏在我耳边一通英语，那时才明白是请我们表演太极拳。天呀，我哪打得下来呀。忙告诉校长，校长也有点蒙。这可真是突然袭击。校长嘴里一边说："我以为还是一块锻炼锻炼。这么多人！这么多人！唔唔，打吧，打吧。"一边站起来，脱下外衣。

人家毕竟是校长，见过世面。只见校长在台上站定，叫自己静了静，慢慢起式。随后真的像训练有素的表演家，打起拳来。先是四十二式，又是陈氏，还有武当剑，缓急顿挫各有神采。

拳行如流水，舒展自如，柔中带刚。说实在的，我没想到，拳能打得如此漂亮。那真是充满艺术美感。每个招式都有一个定式，那动之中的静式，既潇洒，又刚劲。我像看写书法，看作画，又像读诗。泼洒自如，柔中迸发着刚健。

大厅里响起了一遍遍的掌声。真是，如果以前我没有爱上校长，这次也得爱上校长。常言，三日不见当刮目相看。漂亮、绝妙。那天才知道校长的拳已打到三段手，还有国际证书。太极拳真是一种特殊的健身、健美艺术。特别是激烈的武当剑，那真是"列缺霹雳，丘峦崩摧，洞天石扉，訇然中开"，别一番天地感觉。难怪伊格里和他的兵们一定要学中国功夫。他们都叫校长"功夫天使"。

天使收式了，头上挂着汗珠，长舒了一口气。随即传给我询问的一瞥："怎么样？没给咱中国人丢脸吧?"

悬浮的心落了地，我赶紧点头。校长做什么都追求极致。我忙给他鼓掌。其实那天，他最意想不到的得意之事是：有不少靓丽女性竟冲上来,送上了鲜花和亲吻。老爱一下红了脸,不知所措地躲闪着。我忙劝,这是礼节!我还没说完,没想到,我没表演,他们也同样为我送上鲜花和亲吻。

"秃子跟着月亮走——沾光呀。"

幸福啊!我第一次感觉到他们这些礼节!真好,一下就拉近了人的心,而且我们也为中国文化,晕头转向地、风风光光地牛了一把。

6

第二天,学生告诉我,那天,里加电台以"中国功夫的魅力"广播了中国教授的丈夫、校长邢惠奎先生的精彩表演。校长用中国功夫为里加献上了一朵盛开的玫瑰。而且广播中说,有近百人参加,受到里加人空前的热烈欢迎。

最让我惊奇的是那些参加锻炼的人,很多是需要心理治疗的人:有的曾经自杀过,有的患抑郁症,有的长期失眠……他们一致说:"中国文化让他们看到了生活中的玫瑰……"

哦——庐山,这才秀出云海迷雾:

伊格里是个优秀的医生,他医病,更医治人的心理。他研究催眠术,研究运动与心理健康。伊格里请我们参加的是他的心理救助小组。他每天都在给人们做心理治疗。那天原来是一次医学成果汇报及谢师会。伊格里说,他不知道该用什么方式表示他们对中国文化使者无私奉献的诚挚感谢。

我高兴,又"怦怦"地心跳。真如大使嘱咐我的:"你是中国语言文化的使者,做什么都事关重大。"没想到,把老校长也拉进来了,而且一切都是那样意外又有意义。能为人们做点事,真好。

校长也非常激动。我们这些60年代的知识分子,仿佛就是为事业而活,生命只有和事业相连,才觉得有光亮。

校长说,因为伊格里,他那颗空空落落的心重新充实起来。

伊格里说，他永远不会忘记我们，是校长帮他开启了新的神奇的专业——中医经络学。

我说，哈，因为伊格里我又有了许多不同的朋友。拉脱维亚这本精彩的大书又打开了新的一页。

7

两年的支教期到了，我们要回国了。

鲜花、礼物、拥抱、脸颊上的吻、朋友们夺眶的泪都激荡着我和校长的心，我们说不出话来。我只感到收获的幸福和离别的痛苦在心中澎湃交汇。

我们还没上飞机，心都已超重。

在国外，想家啊，总盼着回国，可离别竟是这样意想不到的苦痛。

与伊格里分别时，除去紧紧的拥抱，我们也说不出话。他只是大睁着一双眼睛久久地看着我们。

自从我们回国，每年春节十二点，他都要打电话来，把思念和真心的祝福送给我们。我们把感动和欢乐，伴着鞭炮声回馈给他。每次通话，他会说着同一句话，"我一定要去中国"，来结束他的电话。然后，就是我和我爱人没完没了地说起他，想念着他……伊格里士卡（爱称）。

一天，电话里一个人大声地喊："明天我就能见到你们啦！我要飞中国了！"

那是带着浓烈俄音的英语。每个字母都飞扬着兴奋和喜悦。电话是从遥远的拉脱维亚打来的。打电话的他就是我和我爱人最好的朋友，兼学生，兼我们的医生：伊格里，伊格里士卡。

他是应中国武术协会、中国中医药研究会的邀请来中国交流学习的，为期半年。他在我们回国后，应邀在拉脱维亚孔子学院讲学。他说他跟我飞一个航道了，而且能够牛气地说上几句汉语：

"中医奇妙!""太极拳伟大!"

8

还没见面已激动了,相见还意外。他冲下楼来的拥抱,差点把我和校长扑倒。一通语无伦次地询问、语无伦次地回答,然后把我们拉进他的房间。

小房间一下挤得满满的。伊格里仍是满脸大胡子,大肚子,像大狗熊一样。可是竟能敏捷地像个小孩子一样,在小桌子和立柜间跳来跳去。

他不断地拿出食品招待我们,说着他奇奇怪怪的命名:扭扭(麻花)、神秘油球(炸糕)、驴蛋蛋(驴打滚),还有他最爱喝的嫦娥酒(桂花酒)。我们请他吃狗不理包子、糖醋大虾、北京烤鸭。伊格里说,中国的奇妙太多了,吃不过来,看不过来,学不过来。

那天,我们又听到伊格里新学会的许多汉语词。五味子、黄芪、莲子、心包经、心俞、肺俞……啊,忘了,伊格里是我的编外学生,在拉脱维亚就开始学汉语了。他对中国文化的执着真教我感动。

伊格里说,那一天好似他说话最多的一天,英、汉、俄、拉语都用了。要说的人,要说的事,要说的变化是那么多。

最有意思的是,他一边晃着宽厚的膀子,一副冠军的架势,满脸都是得意,一边说要给我们汇报表演。

是啊,人家是拉脱维亚少之又少的,懂中医、懂中国武术的著名心理医师,又来北京留了中国的"洋",前途无量。来中国时,他才四十六岁,而我在拉时就因为他的胡子,以为他是老大爷。

生龙活虎的"老大爷"坚持给我们露一手——表演太极拳。

静府宾馆是过去靖王爷的王府,深宅大院依旧花团锦绣,绿荫如织。一处山石前,校长和伊格里又打起了太极拳。一招一式重温着他们的艰难和温馨。

白鹤亮翅、野马分鬃、倒卷肱……

我怎么还觉得,伊格里有点儿像大狗熊在抓耳挠腮。伊格里一边打,一边自己陶醉地说着"美妙啊"。

我们要走了,他送出来,我们送回去,再送出来……要穿过马路,伊格里竟又追上来,再次拥抱。他把我们俩一块拥在怀里。我们紧紧地拥抱……

伊格里说,他的心一边被学习的内容挤得满满的,一边生出了许多对我们、对好朋友的思念。我们立即理解了他。

我们相约,不久一定再见。

其实世界上的事很简单。心遇上心就赶走了寂寞,心贴上心就等于幸福,心连上了事业就生出了自豪和伟岸。而使那校长、教授在这人生意外的一条大路上走出了荣光的,竟是他们在国内并没在意的太极拳。

我和校长都深深地感触到,祖国的、中华民族的文化以它独特的精彩、辉煌,自立于世界民族之林。中华文化魅力无际啊。

于北京

学会说"抱歉"也是一种胜利。学会忘却,空白处就可以填写新生。谁也逃脱不了时代的规划。能写上世界史诗之处是大海的胸膛。

小天鹅玛莎

你见过吗？洋白菜自己会蹦。菜摊上的洋白菜像长了腿一样，蹦了两蹦，"骨碌骨碌"自己骨碌下了菜摊。

菜摊木板底下，一个卷毛小丫头正舒着一只胳膊，用手指拨动那洋白菜……

我瞠目结舌，僵在菜摊前。卖菜大妈的目光冲我注视一分钟。于是我看到下面的一幕场景：胖大妈怒不可遏地从菜摊后面蹿过来，舒开她那手指像小萝卜一样的大巴掌。一手抓过洋白菜，一手抓住一个小丫头，接着在那小丫头屁股上猛盖着掌印。

当然，最后小丫头挣脱了胖大妈的萝卜掌，跑了。小丫头蹿出不远，转身，站定。冲我挥起她的拳头。那时我才看清，卷毛小丫头瘦得小猴子一样。

哎哟，可别小瞧这个小卷毛猴儿。

不久，我的门铃会不断响起来，开门又没人。

不久，门铃响了，来了一群小客人。我还没来得及招待他们，冰箱就被他们一扫而空。继而，逃之夭夭。

又一次，我下班后，上市场刚买了一包面包干（他们的面包干非常好吃），来了一群小黄毛猴。他们客气地你一块，我一块，一下都客气光了。我正无奈，忽然冲出一个大女孩，把我挡在她身后，双手叉着腰，一通俄语的机关枪扫射。小黄毛猴们缩头缩脑地逃了。墙角后，那个偷洋白菜的卷毛小丫头对着我，鼻子、眼睛、嘴巴一个紧急集合，发来一个警告令，也没影了。

从那天起，我有了一个保镖，兼俄语老师，兼汉语学生，兼好朋友。女孩十五岁，叫玛莎。

1

玛莎成了我的常客。帮我收拾房间,帮我上菜市场,也帮吃帮喝。玛莎带我跟她的哥儿们下克朗棋。我请他们大块吃冰糕,大杯喝格瓦斯(黑面包做的一种饮料),好不快活! 一个人在外,能有这么一个大孩子跟着你,那种感觉真是"兔子骑骆驼——蹦着高儿地乐"。玛莎不但是我的保镖,也是我的智囊高参。当然也不乏给我出馊主意。

有一次,不知怎么说起,我想吃中国的蒜苗。玛莎来了灵感,"咔嚓咔嚓"地就把我窗子前鲜花木盒里的花草拔光了(拉大公寓的窗子台前都有一个长条木盒,那里种着鲜花),然后种上了洋葱头。告诉我:

"享福吧,洋葱头苗一定比大蒜苗好吃。"

可是我们还没来得及享福,楼下邻居就大声冲我们吼开了:"脖热摸一! 卡卡节拉奇?(上帝呀! 你们在做什么呀?)"接着就是一通连珠炮。

玛莎告诉我,人家那儿下开雨了,洋葱头苗吃不成了。

又一次。

我去菜市场,一只黑褐色的大狗追我,吓得我恨不得生出四只脚来。多亏玛莎跟着我,赶走了大狗。那天还惊动了玛莎的妈妈,达玛拉(我采蘑菇的朋友)。

达玛拉先是把我从头到脚查看了一遍,然后用她一根纤细的手指搓着她女儿的脑袋门:"你要咬死教授哇?"

大概是说的这个吧,因为玛莎一劲儿偷着冲我做咬人的鬼脸。

这只黑褐色的大狗为什么追我? 你们谁也猜不到。那还得从两天前说起。

长长的暑假,学生打工去了。只剩我一个人,又没书看,百无聊赖。玛莎特别关心我。一天,玛莎要去什么地方看她表姐。要走了,来安排我。

玛莎壮壮实实,一米四五高。她说她要长到一米八五,将来长大当老师,谁不听话,她就猛踹他一顿。玛莎的大眼睛永远跳着亮花。她最爱做的动作是双手叉着腰。此刻,她就这样站在窗前,大眼睛一转,就把一个重要的决定给了我,俨然一个大人物,老有城府地说:

"这样吧,你等一等。保证让你绝不会寂寞。"

第二天,我真的不寂寞了。玛莎不知从哪儿抱来一只小冬瓜一样的小黑狗。肉乎乎的,油光的黑毛,一对黑豆一样的黑眼睛。颤颤巍巍地爬这儿滚那儿地要吃要喝,可爱死了。我给它起名叫黑娃,因为它一刻不停地像小孩一样"哇哇"叫。

一天一夜,我睡了也没一小时的觉。黑娃在绝食抗议,牛奶也不喝,奶酪也不吃。

这不,我找来玛莎,玛莎出主意让我换奶粉。去买吧,走到半截,叫狗给追回来了。狗真是神奇的动物。要不是亲身经历,我真的不信。

追我的黑褐色大狗竟是小黑狗的妈妈!达玛拉告诉我,那是因为我身上有她狗宝宝的气味,还说那只狗一定看我是中国教授对我客气了,否则……我倒吸一口气。不过,我也因祸得福。后来我经常去看黑娃,母子俩都成了我的好朋友。在我回国时,小黑娃一直追着使馆的车送我,以至于我都差点哭了。

无论如何,玛莎是我的铁杆好朋友、好哥们(她拍着我的肩说的)。

2

玛莎是我住区的领军人物,不但身后有一群萝卜头兵,后面还有一群苗条的、不苗条的、公的、母的、大个的、小个的狗。他们各属于不同的萝卜头主人。玛莎说，他们也是教授的朋友。每次和玛莎及她的兵们相见，还得接受他们这些四条腿朋友的亲吻，一个一个摇头摆尾过来蹭你、舔你，真受不了。

玛莎自己跟人家介绍说，她是中国教授的老师。真的，她给中国教授开的课可丰富极了，也是我从没上过的。

她带我采蘑菇，也带我到大叔、大婶的菜园子采浆果、醋栗果什么的。她领着萝卜头去采果子，叫我在后面拉着她的狗。采果子，当然是打过招呼了。每次都让我和主人们点点头。她和主人小声"咕噜"一阵。"咕噜"的什么，我不知道，听不清。但有一点，她一定说我是教授了，因为主人的脸上总有敬意和微笑。人家心里怎么想的，那是后来我才明白的。后来，认识了玛莎的妈妈，说起笑话，她告诉我，这帮馋猫们都是打着招待教授的旗号去采人家的果子。为此我笑了好一阵子。人家准想："这个教授，也真够嘴馋的。"

玛莎是个心地善良的好孩子。每次，她只允许她的兵采一小把什么什么果，而且不能踩人家的菜地。有时还要帮人家拔草、灌水。他们园子里都有一口井，井口有一个长长的压杆。我也爱压。一抬，一按，清清的水蹦蹦跳跳地就奔向垄沟，划出一条晶莹的小溪。

主家都挺高兴孩子们帮他们干活，也给他们拿来吃喝，当然都先给我尝尝。

有一次却让我目瞪口呆，大跌眼镜。

那一天，玛莎领我们东拐西拐，走了好一阵子，到了一家很漂亮的花园。主人年轻，也很漂亮。只是见了玛莎，那张好看的脸上骤然来了点儿不自在。不知玛莎说的什么，也不知玛莎跟她的兵们发了什么号令。这帮萝卜头兵们上了发条似的，一反常态，简直就是帮小土匪。猛摘、猛抢，用帽子猛装，拿头巾猛包，然后招呼也不打，扬长而去。玛莎拉着我，直跑到我们楼前的草地上，孩子笑得满地打滚儿。玛莎笑得前仰后合，一边捂着肚子，一边发着狠地说："可出口气了，可出口气了。"

为什么？用玛莎的话说，我很久都在面包口袋里……

3

有一天，我还在面包口袋里……

我最爱游泳了。在拉大公寓这儿，找不到游泳的地方，馋死啦。我的高参把手挡在嘴边小声说："咱别告诉科西嘉他们。就咱俩，我带你去一个好地方。"

那个好地方，原来是里加城边的一个小村子。叫什么，没记住。到那儿，我们就像走进了油画一样——拉脱维亚农村更漂亮。

无边的绿野上，路像一条单根的琴弦绷在原野上。我和小玛莎在那琴弦上弹拨着《快乐的波尔卡》。小玛莎就是琴弦上蹦蹦跳跳的音符。

行人不多，车更少，相隔很远才有一座农舍。对称的三角大坡顶，低矮的门窗。玛莎说那些房子，比她的爷爷的爷爷的爷爷都大了。农舍外，树枝编起的栅栏。栅栏里的干草堆，屋前堆放的桦木段都显示着原始、古朴、宁静。那和我在德国、法国农村看到的整齐得像沙盘制作一样的景色截然不同。

那是一种不经意的艺术，一种没有化妆的清雅，一种散淡的自然美……

看不够。

看这儿，看那儿，我又一定要到人家农户家里去看、去聊，还想吃人家的烤肉。那烤肉，国内绝对没有。用一种树叶包上，糊上泥，埋在地里，用一种什么树枝烧了烤。可惜，"熊掌难熟"。没吃上，也没了时间游泳。当我们把面包、奶酪、鸡蛋都吃光时，我们想，一定得赶车去了。

落日藏进了树丛里，把醉人的玫瑰色抹在一条弯曲的大路上。

夕阳在召唤我们回家了。

我们在一个小车站等待回城的公车。车站有遮雨厦子，有长凳。坐下了，刚想舒展一下我那叫苦的腿脚，身边挤过来一个干瘦的小老头。小老头衣着料子一般，却是新的，难得看见这里的男性穿这么整齐（街上常看见醉汉）。老头嘴上留着一行短刷子一样的胡子，像刚刷过酒瓶子，上面都是酒的泡沫。他身边停着一辆自行车，旧的。车的前后、车大梁包里都是酒瓶子。此刻，他牙签一样的瘦脖子已挑不动他的脑袋了，但他还在举着个酒瓶子喝。与其说喝，不如说倒。他坐下，立即"吭吭悠悠"地转向我：

"中国人，漂亮。哦！有钱。哦！我没钱，没钱。"

"老婆不要我了。我去死，没钱，没意思，我去死……"

"喝酒！伏特加！喝酒！"

是俄语，简单的句子。我都能听懂。

他一边说，一边把他那满红丝的眼睛直凑到我面前，把酒瓶子举过来要我喝。我忙向后躲闪。站在我身旁的玛莎一步过来，把小老头儿往边上一推，一屁股坐到我俩中间，像座小山。她扭身，捏着拳头对着老头的鼻子说："你敢碰我老师一下！我要打扁你！"

哎哟——我高兴得心里那份温暖呀。一下想起，我年轻时，刚会迈步的儿子帮我使劲拉着粮食袋："让我扛！让我扛！"汗滴禾下土啊，总算长出小苗苗。而这个小姑娘，我没洒什么汗水，居然是棵可以遮风挡雨的大树了。幸福啊——

我还没来得及幸福，小老头儿用一个酒瓶子"咚咚"敲自己的头。我急忙抢过他的瓶子。小老头儿真叫人可怜。看他穿戴得那样整齐，真的是准备去死吧。我对玛莎说："他要自杀，劝劝他吧。有时，一句话，也许就能救人一条命。"

玛莎一下扭身向我："他是兔子！都死了才好！"

"兔子！都叫他们死！都叫他们死了！"

按错了哪根弦？我从没有看见过玛莎生那么大气。她声音很大,显然,她是故意说给老头听。

拉脱维亚人把抛弃老婆的人叫成"兔子"。

小老头儿听了玛莎的话,一下像坐在了弹簧上似的弹起来:

"是儿子的老婆不要我了,我早没老婆啦。我又丢了工作,我没钱!"

"我没钱? 我都喝了它! 我死了也不给他们留!"

哦,弄错啦。不是兔子。

玛莎缴械投降了,像撒了气的气球似的。她温和地请老人听她说话。于是我们劝呀。玛莎不断地用俄语帮我忙。我们俩恨不得把世界上的"死"都给掐死。

最后,从来不喝白酒的我,也破例让人家灌了几口伏特加。损失惨重,脑袋像顶了水斗儿一样。那里的人有意思,你不喝,他就跪下,这个老头儿更厉害,你不喝,他就说去死。谁扛得住? 结果,我和玛莎为此还错过了一趟车,差点没留在老头儿那。晕晕乎乎的我似乎还神志清楚:

"玛莎今天怎么啦? 发那么大脾气? 头一次见。"

终于有一天,我明白了。

4

一天,玛莎红着眼睛冲到我房间,叫我从窗子赶紧向外看。我的窗前的小路上正走着一个壮实的男人,四十多岁,一头卷发,一抹很帅的小黑胡子。

玛莎躲在窗后,用手比作手枪。嘴上发出"啪啪"的声音,一边向那男人开枪,一边说:"打死你! 兔子! 打死你! 兔子!"

那是她的爸爸。

那天,玛莎在我家哭了。我知道了玛莎家的许多事。我从玛莎的"面包袋"里出来了。明白了为什么玛莎妈妈总失眠、胃痛(我的药盒都给了她），明白了玛莎妈妈为什么那么忧郁、瘦弱。还有那次，为什么玛莎发着狠地摘人家的浆果。那家女主人正是她的后妈，而且还是她妈妈的老同学。

人心竟这样难测……

我也第一次知道了玛莎，这个十几岁的女孩，心里的苦痛……玛莎说过，她永不嫁人……

那天，玛莎告诉我，她要和妈妈去俄罗斯西伯利亚了。妈妈是俄罗斯人，她的外祖母、姨妈都在那里。玛莎说她愿意走，又舍不得走。玛莎告诉我，她好不容易有一个我这样好心又能和她玩到一块的外国教授。玛莎妈妈说，我是上帝赐给她们的一颗星星，是上帝给她们的补偿。我心里高兴又难过。真想把她们带回我的祖国，但我不得不与我的好朋友分开，分离得又那样遥远。

"多情自古伤别离"，没想到，一个十五岁的小朋友，这样让我难以割舍。

5

去送行，心里隐隐地痛。玛莎的爸爸也在那里，他默默地一趟一趟提着包裹，连同他的愧疚都放到车上。因为我看到他的眼睛里也装满了痛苦。玛莎的妈妈临开车才走出房间，她在极力地演绎着微笑。玛莎最终也没有去拥抱她的爸爸。在她的眼睛里，我看到的一个孩子最复杂的目光。玛莎临走跟我说：

"人为什么要变？我要像你一样当老师。我要教男生，教他们都要像齐格弗里德王子那样，不当兔子……"

齐格弗里德是柴可夫斯基的《天鹅湖》中那个忠贞不渝的王子。玛莎带着一个纯洁少女的梦走了。

我送玛莎一个玉石镯子。我知道小玛莎喜欢玉的纯洁、石的坚强。小玛莎送给我一对玻璃小天鹅，她在告诉我，那是她的向往。至今我都放在床头柜上……

后来我回国了，没几年，玛莎给我来了信，告诉我，她终于找到一位和齐格弗里德一样的王子。他们还有了一只可爱的小白天鹅（小女儿）。

小玛莎长大了。

我求上天，永远保佑我纯洁可爱的小玛莎。

一稿于拉大公寓

会道歉的瑞士人

1

都说瑞士是一个非常礼让又非常安全的国家。

从怕偷、怕抢的意大利进入到瑞士，哈，真有点儿到了解放区的感觉。挎包不必再攥着口，也不必抱在胸前。我把我的包痛痛快快地向后一甩，坏啦，正甩在身后一个姑娘脸上。慌忙转身向人家道歉。姑娘一脸痛苦地把好看的鼻子、眼睛挤在一起。我忙胡噜人家的脸，问人家疼不疼。多亏照相机挂在脖子上，多亏包里是面包。姑娘的脸不一会儿就舒展开来，一脸笑容地告诉我，没事，叫我走吧。

我这才放心。走了没几步，姑娘又追上来。用英语向我道歉。干嘛向我道歉？两个人用英语说了半天，我才明白。

原来，我抚摸人家姑娘脸蛋时，把人家眼镜拿过来了。这不，还在手上呢。有意思的是姑娘追我的时候，我正跟旅友说我的记性多么好，谁的手机号码只要跟我说一两遍，我就能给人家回电话。

这回大家都大笑起来，让我快还给人家吧。姑娘临走还向我表示歉意，打扰了我。

瑞士真是一个有礼貌，又爱道歉的国家。温暖。

听说瑞士的爱道歉，还真有点历史缘由。我在拉脱维亚就有过一段与瑞士有关的经历。

2

我在拉脱维亚大学时，赶上一次国际唱歌节。四年一次啊！

涌来的国家有多少？有多少人参加？至今没算清。因为他们国家的报纸都说是史无前例的。

那天，拉脱维亚，这个寂静又美丽的波罗的海小国骤然沸腾了。往日的安静与突然的欢腾，反差之大，让我和我爱人都惊诧不已。第一个让我们吃惊的就是我们拉大公寓的管理员大妈。

大妈平常总像个糖面座儿一样堆在椅子上。就算不戴眼镜，眼睛也从上面翻着看人，白眼球多。一来学生，她就咕哝着嘴叨叨。叨叨什么，我不懂，反正是不满意。此时，她竟用英语大声地把她少有的快乐和兴奋，一股脑端给了我们：

"Chop-chop！Wonderful！Have not happened！（快！快去！美妙！从没有过的！）"

从没有过的！

大妈的脸像盛开的菊花。大街小巷更是笑开了，人声鼎沸，真有火山骤然喷发的感觉。我的心也随着欢乐盛开。

欢乐可以快递。

真是从没有过的。原以为唱歌演出只是台上演，下边看。

但在唱歌节那几天，拉脱维亚全国到处都是舞台，到处都是观众。只要你到大街上，就能听到歌声。房子窗前的盆花、白桦树的枝叶好像都在摇摇晃晃地唱，连小河溪水也从薰衣草下跳跃出来，引吭高歌。

没有想到，我住的拉大公寓附近的杜鹃山就是一个演出场。夏天的杜鹃山是一个披满绿色的大山丘。小树苗、草丛都出落成大姑娘，打扮得像去见情人，楚楚动人，漂亮极了。我常到这里散步。在国内的人无论如何也想象不到，往日那是怎样的寂静啊。走路，冬日，你会只听到你踩在脚下积雪"咯吱咯吱"的声音；夏日，你会听到野草在微风中，叶子挤来挤去蹭出的"沙沙"声。走路，你会听到你自己"咚咚"的心跳。今天，哈，成了欢乐的海洋。这么多人，是从天上掉下来的吧？

每天都这样该有多好!

3

那天,最叫人兴奋的竟是从瑞士来的"歌鞭"表演。鞭子也要唱歌?不信,听听。

绿色的坡地上,瑞士歌手,他们穿着白色的衬衣,红色的坎肩。在早晨的辉光里,他们勾勒着亮光的身影,像跳动的皮影。曲线鲜艳、明快。而他们的影子在阳光里,一会儿拉长,一会儿缩短。生动!从没有见过。

他们挥动着一个鞭梢长长的鞭子,学生告诉我那叫"歌鞭"。每抽一下,鞭子就响起一声清脆的声音。你们一定不信,即便不在山谷,在草地上也有回音。那可真是"绕梁三日而不绝"。那天没有"梁",那便是绕天、绕地三天而不绝。因为至今,只要一提"歌鞭",我好像仍然能听到那清脆又悠长的鞭声。而那舞动的长长的鞭梢在蓝天上,更是画着一个一个柔美的曲线。好几个人同时在蓝色的天幕上画着惊喜和欢愉,一个接一个。我说:

"真像很帅气的英文字母:happy!(快乐!)"

我的学生却说,不对。那是:"Excuse me.(对不起。)"

学生给我讲了一个瑞士传说,还说,老师听完,一定会后悔一件事。为什么后悔?先听他说。

很久很久以前,在瑞士伦茨堡的一个山洞里,住着圣诞老人圣尼古拉斯。每年12月,在他的命名日那天(现在的圣诞节),他都下山,进城给孩子们送礼物。那时还没生日派对呢。后来,他老了。每次回来,他都非常累。他进洞时,非常吃力地踩着山洞的石阶,一节一节地挪步,挪下去。这情景被孩子们看到了。孩子们喜欢他,想帮他找个不用走路的方法。

一个孩子出主意:我们把豌豆撒在他的台阶上。他不用迈腿就能很快地进屋了。

一天，圣尼古拉斯又进城给孩子们送礼物了。回来时，他已经累得抬不起脚来。他吃力地挪动着脚步，可一下踩在石阶的豆子上，便连滚带滑地摔进了山洞。圣尼古拉斯生气了，于是他再也不想出来了。

孩子们真后悔，他们想跟老人道歉。可是无论他们怎样呼唤老人，圣尼古拉斯就是不出来。或许老人听不见吧？

怎么办呢？

大家想啊想。最后，他们决定做个鞭子，在洞口甩响，圣诞老人一定能听见，原谅他们，再出来。

我问学生："出来了吗？"

"当然。要不怎么有今天的圣诞节？可是直至今天，孩子们还坚持甩鞭子，还有大人们也都来参加。谁都不愿忘记，生活给他们提的醒。而且在新年时也甩鞭子。"

听了学生的故事，我才明白为什么叫"新年歌鞭""圣诞节歌鞭""道歉歌鞭"。最主要的是明白了，为什么那天鞭子一响，孩子们就唱着喊："Please forgive ——（请宽恕啦）"不少伙伴也就拥抱起来，听说他们都曾经吵过架，翻过脸。

想起我们国内动鞭子，这观念可真不一样！

难怪瑞士人这么爱道歉。

4

嘻！我不明白，干吗我后悔呀？想起学生开头说的话。我忙问。

学生说，宿舍管理员大妈总是对我们管三管四的。"酸奶油里挑橡子。"（大概就是我们鸡蛋里挑骨头的意思。）

"您别再对她总是客客气气的了。找碴儿痛痛快快地跟她打上一架。"

谁叫她总刺刺地，鸡蛋里挑骨头。然后再去远远地（别碰着她)冲她甩上一个响鞭子,然后再冲她唱一句:"Please forgive——(请宽恕啦)",然后再跑过去和她拥抱。

"多好,那时我们有什么活动就自由了。"

学生,我的参谋部,总给我出主意。当然也有馊的。

一提和她拥抱。噢,天啊,那还是算了,算了吧。我可不敢和她拥抱。

又高又壮的管理员大妈会把你憋死。这里的大妈、大婶的胖胸脯都跟发面盆里的发面一样。第一次见面,管理员大妈拥抱我,我差点憋过气去。

哈——总之,何等快乐!何等新鲜!何等温暖!

来到瑞士,又是何等快乐!何等新鲜!何等温暖!

5

何止温暖,简直是享受。任何时候都无可比拟的享受。

在这个欧洲著名的天堂小镇琉森(Luzern),人也飘飘欲仙。多亏我坐在了草地上。这里大街的边上就是大片的草地。

坐在草地上,看着如诗如画的美景,呼吸着带着青草味的空气。心想,年轻的旅友们大嚷小吼地告诉我:"到瑞士,不买表,傻呀?"

不当神仙,也不能当傻子呀。

到琉森名表店,我的年轻旅友们,一下就把名表的柜台淹没了。等我进门,我看见的是一排屁股。买表,那场合真跟不要钱一样,简直就是抢。我们几个年纪稍长的,只想饱饱眼福都挤不上。那表的价格一定不菲,可还是没想到,最便宜的也要三万多人民币。小张买完,在打电话:

"老倪,那十七万的,我没舍得买。买了四万多的。"

"……"(对方可能说:那你不就亏了吗?)

"亏不了。我买了三块,还有三个包。你又要牙疼了。哈。"

老张、老刘、老邢、老何我们几个,一片唏嘘。唏嘘之后,谁又不敢说出来没准又是个"小三"。

小张全不介意。"别猜啦。老倪是我老爹。那都是给闺蜜捎的。"

是啊。都想要块瑞士表。

那天,表的柜台前,一片黑头发。小迷(专迷名牌。大家给的代号)也花三万多买了一块手表。还没退税,就不走了。当时她发现她的名表坏了的样子,还像在眼前:

小迷过度化妆的脸上,眼睛已经够大了,还非得抹一圈黑。她一表示惊讶,天呀,两个大黑铃铛一样,吓死人啦。而她举着表在眼前,什么也说不出来,只是一声一声地:

"啊——"

"啊——"

大家问了半天,她也只说:

"三万六千块! 三万六千块! ……"

那天,她说这话的时候,我们的车已在去因特拉肯的路上了。

大家都说,咱还是当傻子吧。

磨盘似的大表盘,戴在小细胳膊上。真不知有什么美?

我想,大概也是"萝卜快了不洗泥"。不过这个表"萝卜"可不简单。

6

车上司机告诉我们,做表可不那么简单。听他们老一辈人说,一个有名的钟表大师进了监狱,狱卒给他找来工具,让他继续做表。

在狱里,大师每天都干上十几个小时。可表做好了,拿出去,误差都挺大。不好卖。出狱后,大师还做表,结果误差却非常小了。工序完全一样,真奇了怪啦。后来,一个心理医生帮大师找到了原因。

完成一块表,需要二百多道工序,需要投入极大的热情和精力。一个人只有在心情完全放松和愉快的情况下,才可以做出误差极小的钟表。

我去过埃及。埃及人断言,建造金字塔的不是奴隶,而是自由人。因为金字塔建造误差非常小。现代建筑几乎没有能像金字塔如此精确的。如果是奴隶,心中充满了抑郁,就不可能建造出那么精准的建筑。道理是一样的。

瑞士名表都是手工的。大家说,做小迷那块表的人,一定是失恋了,要不就是有什么倒霉的事。

反正小迷倒霉。

倒霉。没多久,到因特拉肯。我们刚进旅馆。就听说,那块手表的销售员接到电话,就赶来道歉了,并答应退换手表。

都说瑞士是个礼让、善于道歉的国家,还真是如此。

7

出门能遇到一件好事,无论是谁的好事,心里都会觉得甜甜的。瑞士的每一座小城,都让人感到无比的惬意。我去过优美的俄罗斯,波罗的海三国……那里优雅、美丽,但总有一种忧郁。瑞士,如果有天堂,一定是这里。

在琉森湖畔,波光粼粼的湖面上,湛蓝湛蓝的天在水里。水中的天格外深远。水里湛蓝的天镶嵌着起伏的峰峦。那隐隐的远山在水里的天空中画着淡淡的曲线。

这一切在水中,如梦幻一般,如同藏着许多不为人知的秘密。

我坐在湖边的石阶上,一位老妇人也坐在我旁边。一拉话,得知她是本地人。于是我把我能用的赞美之词都给了瑞士:

"瑞士是天堂。"

老妇人却平和地摇摇头:

"你看不到那湖底。瑞士人也有不光彩的家丑。瑞士人会永远记住历史的耻辱，永远向世界道歉。"

那天，我第一次听到瑞士在二战中的龌龊。

二战中，瑞方向德方提供了一点五亿瑞士法郎贷款。战争中一直维持了同德国的经贸、金融关系。而且侵吞了犹太人的财产，充当德方的金库。最可悲的是，瑞方拒绝犹太人的避难。

我当时真不知说什么。因为我一直认为瑞士是世界上五个中立国当中最中立的一个。只怪自己的无知。"没有天堂。瑞士人也是凡人。"老妇人紧接着说，"错了，就要接受批评。瑞士人总说'不管怎么转身，屁股总在后面'。"

她告诉我，他们的外交部早已发表声明：表示瑞士在二战中对不起纳粹的受害者。对瑞士严重丧失立场与软弱的问题，代表政府向国际社会做出了道歉。

是啊，"道歉"其实不只是一种行为，而是一种道德、一种良知。

老妇人那天仔细地看着我。忽然发现什么似的说，中国人原来也这么文静、漂亮、不吵闹啊。

我说，中国人有过辉煌和灾难，有过愚蠢和动荡，但没做过任何伤害别人的事。至今都是"己所不欲，勿施于人"。

中国人现在心里很平静。自己过好自己的日子，叫别人也过好日子。不准备冲谁说道歉。

那天，在琉森湖畔，不知为什么，我想家了。在外面跑久了，我忽然想起四川九寨沟。那是我看过的世界上，最美最清澈的水。

一稿于瑞士琉森

功夫天使

1

盛夏的一天,我和老爱去尤尔马拉海滨游泳。

回来,刚从火车站通道走出来,就有人把小甜点和糖果塞给我们吃,还把我们拉进他们的跳舞圈。车站外更是人声鼎沸,音乐悠扬。琴声、鼓声以强烈节奏鞭策着人们,让你不由自主地便跟着跳起来。那音乐像新疆乐曲,非常好听。舞步也简单,前进三步,后退两步,跳着跳着人群就围成了圈。

不过不苟言笑的老爱不会跳舞,不是撞前面就是踩后面。而我们俩中间,不知何时插进一位中年妇女,个子不高,也跟着欢跳着。老爱踩她,她踩我,我们又是叫又是笑地挤出人群,聊了起来。原来那群人是从以色列来拉脱维亚的旅游团,一高兴就跳起舞来。中年妇女倒是本地人,叫玫瑰花。玫瑰花打量着我们,得知我们是中国人,立刻高兴地嚷起来:

"中国功夫! 中国功夫!"

出国就知道了,外国人对中国了解寥寥,最多的便是"功夫"。我们告诉她,我们也练太极拳。玫瑰花深陷的大眼睛一下飞出了火花。

她说,她和她的许多朋友正想学太极拳呢!

玫瑰花眯起她的大眼睛,一副迷恋之情:

"中国功夫神秘!"

玫瑰花请我们一定教她中国功夫,还请我们到一个什么地方。说实在的,在国外,寂寞的我们巴不得有朋友,巴不得到什么新鲜的地方去看看。

2

去什么地方,不知道。那天,我们只知道玫瑰花接我们去见她的朋友。

那是一栋大楼,里面有许多活动室。在楼下,我从一个房间敞开的门缝看见,有印度人在佛像前烧香,周围坐着好几个人。那天,我又感到人家印度文化传播做得真好。因为大街上常看到印度人在舍饭。我想排队,没好意思。主要是想看看他们吃什么。后来看清了:酸奶油拌米饭。要用手抓着吃,我马上转头跑了。

那天,房间里又在舍饭,一股奶油的香味,人不多。上楼,好几个人出来迎接我们,其中有位中年妇女。

呀!玫瑰花。几天不见,怎么长高了?我正在糊涂,又来一个玫瑰花,一双深陷的大眼睛。她忙给我介绍,个子稍高的是她的妹妹,叫玫瑰树。玫瑰花、玫瑰树。天呀,本来外国人的名字我就搞不清,她们长相又一样,以致很长时间我都分不出谁是姐姐谁是妹妹。而更晕头转向的,还在后面。

那天上了二楼,推开一扇无窗的橡木大门,我和老爱真一下愣住了。

房间里一排一排地排满了人,连角落的桌后边都挤满了人。

那天,才知道玫瑰花带我们来的地方是拉国的首都文化中心。不少国家都在这里设文化室,日本人、印度人常在这里开展文化宣传活动。不过他们房间里的人,哈,我有点不好意思说,"财迷鬼撒芝麻——稀稀拉拉"。

我们的房间最大,来的人也最多,都挤到门外了。我们高兴,激动得心"怦怦"地跳,真如大使嘱咐我的:"你是中国语言文化的使者,代表着祖国的形象,在这里的一言一行都事关重大。"但万万没想到,我来支教,把老爱也拉进来了,一切都是那么意外。

自己的传统文化在国内时并未感觉有什么特别,到了国外才知道,中国功夫竟然这么富有魅力。我感慨良多。

"流水下滩非有意,白云出岫本无心。"

"有心栽花花不发,无心插柳柳成荫。"

老爱说他的学生何止是"柳成荫",那是"桃李满拉脱维亚"——成林啦。

老爱的太极拳爱好使我们有了许多新学生、新朋友,而他们竟是我们完全没有想到的那么新奇。

3

每次到文化中心,都觉得是在翻看一本文化大书。

一次,打太极拳。

老爱这个教练做什么事都较死理儿,打起拳来更是就差用尺量了。教练一边打着拳,一边对我说:

"喂!助教!老婆!注意!他们脚尖的方向!看两姐妹的胳膊,那叫打拳吗?用力!手心向里……"

我这个助教还真难"助"。教这些西方人打拳,简直是"土地爷抓蚂蚱——乱套了"。"倒卷肱"像猴子抓耳挠腮,"怀抱琵琶"像抱个大木桶,胳膊腿都不知往哪放,看得我忍不住要笑。他们一边打,还一边喊救命:"我的上帝!我的上帝!"

放松放松就行了吧?不,还非想学会。尤其两姐妹更是把太极拳打成了舞蹈了。确切地说,像以色列舞蹈——我有过一个比我还大的以色列学生伊妮,她给我讲过他们的逾越节,也给我表演过他们的舞蹈。打得美呀!我真不想纠正她们。

我说,你们打拳像跳舞。

两姐妹说,他们总跳以色列舞蹈。聊起来才知道,两姐妹和她们带来的朋友,大多是犹太人。

犹太人!出国前我只从书中、电影中看到过,当他们真的站在我眼前,我完全分辨不出来。两姐妹伸出胳膊:"看,我们的皮肤有些苍白。头发比俄罗斯族人颜色深,大多是黑棕色。男人的毛发更重。"

4

那天我也才知道,犹太人喜欢跳舞也是有历史原因的。相传,犹太人在埃及受埃及人奴役。他们决心逃出来,经过千辛万苦终于渡过了红海。胜利了,女先知米利安拿起手鼓,跳起舞来。众人也抑制不住地跳起来。从那后,不管在海滩上、广场上、街巷里,敬神、庆祝胜利、庆贺丰收、欢度节日都要跳舞,甚至他们还有跳舞婚。犹太人立国后,世界上几乎没有哪个国家或民族如此热爱跳舞。即使是吉普赛人,也难以与之相比。

一天,两姐妹和她们的朋友,特地为我们跳起他们的舞。他们说,要让中国的"功夫天使"休息休息,看看他们的"功夫"。我第一次注意到,这些犹太人皮肤白皙、身材柔美,个个都很优雅。

看着这个优秀又受尽苦难的民族的胞民,我心中五味杂陈。

大厅里没有人穿鞋子,但能听见心在行走的脚步声。舞在涓涓波涌,流水行云,柔软的衬衣衣袖云一样、雾一样地舞动着。让我感觉心魂都在随之舒缓、飘荡。

那舞有很多的旋转,旋律优美、悠长,我觉得有些哀怨、伤感。

那舞源自一个多难民族的魂魄,在千百万个心灵的寻觅和抚摸下生长出来,在痛苦与欢乐时抛洒、流淌……

他们旋转着,身后是命运的拉扯。岁月的眼睛告诉我:

二战时,两姐妹随母亲去了莫斯科大学,侥幸从法西斯的死亡搜索和屠杀中逃脱。大学毕业,两姐妹被分派到拉脱维亚的一个发电厂,成了有为的电气工程师。

两姐妹有过幸福的童年,却都没有幸福地找到她们的另一半。什么原因? 她们向我耸肩、摇头,说不清。或许是因为她们信奉犹太教,而这里的人大多信奉东正教,犹太人不跟异教通婚。

后来拉脱维亚独立了,她们却都失业了。她们和同胞们,钱袋拮据了,时间富裕了。大家聚在一起,温暖一下彼此的心。

他们旋转着,他们跳着他们祖辈就跳的,寻找生路的舞。

1970年,德国向二战受难的犹太人道歉,并在德国设立犹太人救济所。那时,两姐妹便准备去德国了。

5

这里的雪,下起来就像铺棉絮一样,给你铺天盖地的装点。我家附近的杜鹃山银装素裹。

功夫天使——教练,步履轻捷,身轻如燕。他挥舞着长剑在飞雪中作画,像飞流直下的瀑布,像划过云天的闪电,像五线谱的高音谱号,潇潇洒洒。

语言在那真实的美中,总是显得苍白。教练的剑在异国,被这些崇拜者检阅着、宠爱着,变得如此优雅、好看,也"搅得周天寒彻"。

功夫天使那天打得格外动情。妹妹站在教练身旁,一招一式地录着像。姐姐站在远处,仍然在一招一式地模仿。

明天,两姐妹就要走了。而我明天得带学生为国内深圳在拉的商展做翻译,不能送她们。

此刻,我们只有紧紧地拥抱。我告诉两姐妹,春天我们也要回国了。姐姐和妹妹的眼里都涌出了泪花:"真羡慕你们,你们有祖国。"她们告诉我,有生之年她们一定要去一次耶路撒冷。

那天真冷。雪花都可以立在你的脸上、眼睫毛上,我的心也在结冰。

两姐妹走了,不是去她们的祖国,茫茫雪中,带着许多的依恋和遗憾。

我和教练还在拉脱维亚,我们是那样想念我们的祖国,我们的家。

6

每次通过来信得知她们的近况,我们都很高兴。

我知道了她们先是在汉堡学德语,一年后会给她们安排工作。

姐妹俩在学德语的时候教学友打太极拳,学友们竟称她们是"中国功夫天使"。她们说她们的功夫天使是中国的邢惠奎。

回国后,我有一次要去德国汉诺威开会,本来约定相见,但由于会议时间紧迫,而她们又在波恩,相距太远,所以没见成。

但我收到了她们的明信片,写道:"不要再为我们分别而难过了。"

她们告诉我的一句犹太俗语,让我至今难忘:

"天上的云总会飘走,太阳才是永恒。"

于南开西南村

游历，一定要逛大街。都说看一条街，就看到一个国。民情、民思、民想、民求、民心，见一斑而知全豹。

希腊雅典的女人街

到希腊雅典，那么多文化古迹还没看完，非要逛街！逛逛街也可以，还非上女人街！特别那些男士，还有我们家那位"帅哥"，平时别说逛商店，一说要去，就烦透了，要吐。这回可是奇了怪了，也嚷嚷着要去。

太阳这是从哪头出？

1

女人街，男人也不少。商店里也不是只有女用商品。

我的年轻旅友小张，大家叫她小迷。因为凡是到了商店门，她都要问，哪个是名牌？而且就算进了海鲜超市，她都要买化妆品。

大家一阵七嘴八舌，到底买什么？

身后走过来一位戴着头巾的姑娘。她像听明白了我们在争论什么，拉着我们跟她走。一聊，原来她是埃及人。再一聊，竟然是和我同一班机从埃及开罗飞过来的。真有点老乡的感觉。又再聊，了解到她去过中国，学过汉语。得知我是汉语教师，她立即拥抱我，叫我老师，还让我叫她"学生"。我们国际汉语教师真好，真是桃李满天下。

学生亲切又神秘地表示，要带我们去买在希腊最该买的东西。

什么呢？她要我们猜。

她说先不能告诉我们，只告诉我们，那是植物中的皇后，六千多年前就在地中海国家种植了。在地中海国家中，希腊的最好。

在希腊,克里特岛的又是最好中的最好。克里特岛我们去过,在岛上玩过好长时间。在海滩上晒过太阳,海里游过泳,看落日。羡慕地、久久地看那藏在橄榄树后的蓝白色小房子。

"是橄榄。"

学生点头又摇头。她解释说:"是橄榄汁。那是地中海的液体黄金。"

小迷说:"橄榄油哇!"她怕胖,没了兴趣。

"那是橄榄汁液。它是上帝赐给我们人类的长寿果汁。"

小迷又要张嘴。我们大家都替她问了:

"能美容吗?"

学生说:"能啊。不但吃能美容,还可以直接涂脸润肤。"

这回算小迷问对了。为此我们知道了埃及艳后的故事。

2

历史上,有文字记载:绝世美女、古埃及艳后克里奥帕特拉(Cleopatra),之所以能够博得罗马共和国凯撒大帝的垂爱,除了天生丽质外,她永葆青春靓丽的秘籍就是橄榄油。每天清晨,她都细细地用橄榄油涂遍全身,连同她的头发。艳后细嫩光滑的皮肤,乌黑发亮的头发,整个人都光彩熠熠。艳后成为绝代佳人,橄榄油立下不可小视的功绩。

"这是只有我们埃及人才知道的秘密。"埃及姑娘骄傲地说。

埃及金字塔壁画中,皇贵身旁,都有小心翼翼地捧着陶罐的侍女,陶罐内盛的就是橄榄油。

"那是毫不掺假的保健果汁哇。"

我们还知道,克里特岛上的老人,因为每天吃橄榄油,都活一百多岁。

那天,我们无论年长者,还是年轻的,头一次有了一致的决议案:

"每人买两瓶。"

进了店,发现琳琅满目的橄榄油都是大玻璃瓶子装的。店长好心劝我们到机场免税店买,可以省一多半钱。

人家不为赚钱,我们感动啊。出商店时,大家都争着跟店家握手道别。

在女人街,我们总得买点什么呀。

更有意思的是,买了一样东西,竟没花钱。不信,你看。

3

"女人街"其实就是一条几百米的石头街。卖的商品也平常:鞋、服装、玻璃制品,还有金银的工艺品。皮革饰品店、地毯店、小咖啡店……刻有古希腊遗迹标志的纪念品店挺多。价格都比国内的精品店便宜。

女人街上还有许多卖海绵的小贩。海绵挂在一个铁丝架子上,四欧元一块,真正产于大海。还有卖彩票、糖果的小车。无论男女小贩都是一副守株待兔的样子,悠哉悠哉。

一个卖糖的小贩更有意思—— 一兜棍糖才五十分。我们一个天津的哥们嘴馋,递上了一欧元。小贩竟没零钱找,反倒把糖送给了哥们儿。

"不要钱?!"

是我这个不专业的翻译的,大家不信,又问。小贩表示:

"是。没准备零钱找,对不起。"

"啊!"

这回,我们大伙一起"啊"。

接着,我们分吃了棍糖。真感到格外地甜。

想起上次来欧洲,在荷兰买面包,不找钱;到意大利买面包,店家故意少找钱。希腊给我们大家的印象,用这里的谚语说,真是"橄榄油拌蜂蜜,又掉到了葡萄酒大罐里"。

4

在希腊感觉希腊人淳朴、率直又热情,不忙着赚钱。店里店外都是一副"姜太公钓鱼——愿者上钩"的姿态。商铺两点半就打烊。希腊人早起晚睡,中午觉必不可少。一觉睡到晚上,商店晚上再开。晚上人们睡足了觉,一杯咖啡,一杯红酒,听听音乐,外加一顿夜宵。然后就开跳没完没了的圆圈舞,甚至一直要跳到累得晕了菜,晕在哪就睡在哪。

"……我又度过了一个良宵佳夜。在我快乐的钱罐里,存放了一份快乐。"

"在存钱罐里储存快乐。"这是我在希腊常听到的一句话。

在希腊真是明显地感到快乐比赚钱重要。

在小街上,吸引人的好像并不是商店,而是街头的艺术家们。

石头小街不宽也不长。走在石头铺就的小街上,重叠着一千多年前人们的脚印,心里有一种特别的惬意。那天我意外的收获,竟是在这里的大街上听到最富民族特色的音乐。走几步就会有街头艺人的演奏。

听!两个中年男子在演奏《卖木瓜》。

"这里的人休息就是音乐。"

他们问我:

"听说过吗?希腊的快乐狂欢之神,狄俄尼索斯(Dionysus)能用琴声让树林和山石移动。"

我相信。音乐何止能移动山林,它能使人心移动。

5

"美女——"老伴叫我。啊,解释一句。我叫老伴"帅哥",老伴叫我"美女"。我们总是自己编织快乐。同来的年轻人一致说,别看我们的头发白了,我们是真正的美女、帅哥。真受鼓舞啊。

是啊,快乐是特殊的漂亮;浪漫是真正的帅气。能让大家一块儿愉快,那就是又帅气,又漂亮。

"快过来——"老伴又一次催促我。

我赶过去。呀! 两个小男孩,五六岁,坐在街中央。他们拿着一个像手风琴键盘那么大的琴。竖着只有键盘,没有见过。他们一边吹,一边按着上面的键盘。发出的音乐,从没听过,像吉普赛音乐,触动心魂。

我一下听入了神,像回到了遥远的拉脱维亚。我在那儿经常去听吉普赛人的音乐会。

希腊真是个悠闲的国家。生活的一切,他们都是那么享受地去做。

小家伙盘腿坐在石头地上,闭着眼,摇晃着身子,一副好享受的样子把天堂的乐曲播撒到小街上。随着他上下飞快移动的手指,一曲美妙的乐曲便敲开你的心扉,带你在那似天堂的小街游逛……这里,快乐和快乐排队,悠闲和悠闲成行。没有谁争吵,也没有谁匆匆忙忙地赶路,时间在这里仿佛都放慢了脚步……

他们的警察也有意思,看见孩子们坐在街心便把他们抱回便道。警察一走,孩子们又坐回街心去。我和老爱竟一直看他们这样来回了五次。直到孩子们坐到便道上,警察也悠闲地听起了音乐,才算完结。

我快跑遍了全世界,包括最富裕的美国。可聊起来也都是艰难,说话人脸上的肌肉好像都累得沉重。比较下来,我感觉希腊人最快乐。

希腊人还在经济危机中,人均每月八百欧。但,凡我和希腊人聊天,他们总是说他们是富翁。他们有古老的文明,有蓝天白云、大海岛屿,有橄榄和健康,还有圆圈舞和快乐。

快乐就是幸福;健康就是财富;有人就有希望。

我看着这个沉醉在音乐里的孩子,心里忽然生出了疑问:他们的生命状态对我们难道没有启示吗？

我在那里痴痴地琢磨，傻傻地想……

6

"喂——别入境啦！"

如果不是我家帅哥招呼我，我真不知要听多久，想多久。

帅哥忽然说："走吧，要不来不及了。哪卖军刀？"

"买军刀？"

"瑞士军刀。给你弟弟。"

此刻我才恍然大悟。原来，我家最不愿意逛商场的帅哥，今天非要上街，是想给我一个惊喜。他要给我弟弟买一把最好的瑞士军刀。

在国内，他俩是最好的哥们，什么活都一块干。最愿意干的，也是我最反对的——抽烟。弟弟一来我家，得！二比一。虽然被赶到平台上，两个难兄难弟还是抽得热火朝天。

我也正想给弟弟带回点什么。赶紧迈腿，可想想，又觉得不对。我惊讶：

"可现在，我们还在希腊呀！还没进瑞士哪！"

"呀！是吗？！"

"哈——"

这回，我们年轻的同行们都绷不住了，大笑起来。旁边一个希腊大汉，莫名其妙地眨着一双大而绿的眼睛，竟也跟我们傻傻地笑起来。

大家看着这个没头没脑凑过来的大汉，问他，知道我们笑什么吗？他摇头。大家更笑了。

在轻松又快乐的国度，真是人人心里都盛满了快乐。

不信，你们也来。

我在这里，看到了人心最美的原野；听到了最执着、最投入的演奏；看到了最温和的执法。还有一位最粗心加迷糊的旅游者。

一稿于雅典

世界的十字路口

已经进了时代广场，还一劲儿打听。过路人说：

"这就是。"

呀！这也叫广场？

"这就是大名鼎鼎的纽约时代广场。"

被问的人，又重复了一句，来回答我惊异的目光。

这不过是两条宽街交会出的一块不规则的三角地段。用我的洋学生的话说，也"太不大"啦！

想起八几年，去北京接来华留学生。回津路上，学生强烈要求看天安门。我告诉他们，有专门来京的语言实践课。他们却一块嚷：

"等不及啦——"

大轿车把学生拉到天安门，那真是"鸭子听雷——只会呱呱，说不出话"。个个都傻眼了，"啊！哇！"地惊叫。只有外国教学领队说出他们的惊讶：

"广大！广大！"

"平地的海！伟大！"

"太广阔的大了！"

人真是这样，"不识庐山真面目，只缘身在此山中"。没有比较，就不觉差异。说实在的，刚刚打开国门的时候，我们是搓衣板、煤球、大白菜，看人家国外：洗衣机、电视、小汽车……那时觉得全是外国的好，特别是美国。

今天，我终于到了美国，到了纽约时代广场。

哇！这么小！没有雄伟，没有辽阔……人好像比国内还多，只是哪个国家的、哪种肤色的人都有。熙熙攘攘，摩肩接踵，这倒真是"世界的"。而最为强烈的感觉：

这里是广告的集市，广告的狂澜。无限缤纷的商家世界，到处膨胀着无限的商业欲望。

地上有车轨，两边不是剧场，就是咖啡馆。抬头看吧，夹街的高楼把天切出了周边不规则的大三角。高楼外墙上，挂着各种巨幅电子广告牌。大白天也霓虹闪烁，流光溢彩，像招揽生意的媚眼。电子屏幕上，以数秒钟的速度，变换着商家各种创意的广告短片。从那巨大的屏幕上，既可以看到各路老板，对于财富刻意的张扬，又可以感到世界金融财团厮杀的莫测风云。黑白黄变幻的面孔、极少着衣的女郎、无数颜色的怪异图形在飞快地闪烁。你似乎可以听到，推销商品声嘶力竭的叫卖。具体卖什么商品，又叫人满头雾水。

我在一块有奇形怪状图形的大屏幕前，看了半天也搞不清是卖什么的广告。问过路人，她向我撇嘴、摇头。只说，上这儿的广告费都上千上万。

真不知道，出那么高昂的广告费，还有多少钱做商品？要不，假的多。不要以为美国就没假的，我带回来的咖啡伴糖，小袋上写着"sugar（糖）"，一尝，绝对是代用品，像糖精。我至少请了三个客人帮我鉴定。

这里的荧幕制作费数字惊骇。听说，纳斯达克交易所的标志与股市行情表荧幕，高达三十六点六米，制作费三千七百万美元。光是租用这个位置，每年就花费至少二百万美元。这还是优惠价格。

看来，这里的宣传功能，真的已经远远超出了广告的本意。这里是商家呼唤财富的阵地，也是财团炫耀豪富的竞秀，还是电子制作大师挖空心思一争高下的沙场。

真是没有舞台的舞台，没有导演但比导演出的影片还要绚丽的世界商家模特秀。

眼花缭乱。就这么一个三角街，怎么这么有名？

2

其实，这里最早是个铁匠、马商的集散地，也盛产地痞无赖。到了二十世纪初，这里成了娱乐业的汇聚处。随着歌舞剧的崛起和盛行，商业文化把这里变成了一个挨一个的剧院大排档。宾馆、餐厅一时也席卷而来。这里成了纽约卷着潮、滚着浪的文化热地。

在国内，总不明白百老汇是什么概念。到了这里，才知百老汇原来只是个街区，汇聚着近四十家剧院。现在，百老汇代表着美国商业艺术成就的顶峰，代表着美国戏剧艺术的精粹。而一个演员真正获得成功的标志，就是他的名字能出现在这里剧场的霓虹灯广告上。

同样，一种产品的成名也如此。

到美国时，有人告诉我，一定要到时代广场去看看，那是"疯狂艺术的天堂"。而我到这，实在感觉不到有什么艺术的享受。那艺术，说穿了，就是变着花样地在这里做广告。非要说艺术，也不过就是"叫卖艺术"。但那确实是一种商业文化，那是商品经济中特有的文化。

纽约亿万富翁市长彭博说过："不到纽约算不上到过美国，不到时报广场算不上到过纽约。"也许这并不夸张。因为你到那里，你就知道，什么叫商品经济，什么叫竞争。

"时代广场"就是商品竞争最好的诠释。

3

美国正是用足了这种竞争。

"时代广场"就是因巨大的商业文化的比拼,而成为世界的瞩目之地。

不过也有例外。

有一个大屏幕,我喜欢。在那大屏幕上,我看到了自己:我挺胸抬头,叉腰,踢腿,扭身子。还有我一直保持军人风采的老爱,还有那些决心和我们一起跑遍世界的同行学者们,都摆着"posture(姿势)"。大有叫他们看看中国人的感觉。好高兴!

来美国才知道,相当的美国人都过得太享受了。我曾在芝加哥机场等候转机,数了从我们眼前走过的二十个人,竟有九个胖子,而且都是葱头式的。

我们……忽然,后面有人说话:

"绝对是健康美,您更有一种优雅美。"

这可不是我在孤芳自赏。后面又出现了三个黑人小伙子,他们不禁在赞美我们这些中国人。

聊起来。他们是"from south America(从美国南方来的)"。不知为什么,他们认定我是老师。而且他们说,他们去过中国。他们谈话的内容和表情都是对中国的羡慕,说到他们美国:

"不说失业。在一个没有战争的国家,还要出国打仗。你不觉得奇怪吗?"

"我们美国人活得揪心又累得慌。"

这和我十几年前第一次出国的感觉真是鲜明的不同。

记得在瑞典斯德哥尔摩港口,我们正不知如何是好。在去市内的车站,我们没有换到瑞典克朗,没敢上车。一个美国男人指着我手中的钞票,牛气地说:

"让他看看,这可是美元!上车!"

牛气啊,不过那时是美国人牛。

说实在的,我早就想"我们"牛气牛气啦。

在时代广场,我一直在那广告的海里寻找着,三个美国青年问我们找什么？我说：

"中国的。"

他们说："不用。在每个美国家庭都有。"

而我告诉他们，不仅是"中国制造"，在这个向世界展示的窗口，一定有"中国创造"。我们为人家打工的年月，也要一去不复返了。

我们正在走向高科技。

4

我们走过了时代广场。

后来才知道"时代广场"至今已有一百多年的历史了。

"时代广场"得名是因《纽约时报》总部的迁入，驰名于世界是因为新年倒数活动。

"时代广场"实际是我国媒体对"时报广场"的误译。不过，这实在是歪打正着，倒也更恰切，它真的是诠释了美国的时代。

在这里，没有我在彼得堡看到的满是锈斑的电车，没有波兰歪扭的篱笆、老旧的木屋，没有荷兰到处停放的破旧自行车，没有韩国路旁单调的水泥单元住房及简陋的文化历史印迹，也没有瑞典斯德哥尔摩漫长的下雪天……那都是我曾亲见的。

但美国真的也没有俄罗斯特有的忧郁美，优雅美；没有欧洲浓烈的艺术氛围，包括东欧那种凝固着历史意味的艺术气质……

这里明显的富足，得天独厚的好气候，但似乎人们还缺少点什么……

在去看自由女神像的游船上，我习惯地给两位大概有八十多岁的老妇人让了座，她们一下就把我当成了她们无话不谈的亲人。一会儿，她们家里的事，什么儿子不接她们电话呀，倒是两只小猫多么乖；什么她们的小院草坪，每月需要八百美金的修剪费呀……都告诉我了。

她们有房子，有车，有子女，只是没有人听她们说说话。

下了船，我忙着赶我的车。走出很远，竟发现她们还在后面追我！两个步履蹒跚的老人，摇晃着她们笨拙的身体，使劲地伸长着胳膊向我招手……

好容易有一个倾听她们的人！

时间有时真无情！我心里特别难受。

走过苏联许多国家时，我就想去美国了。

美国一直是一个带着光环的梦：我想知道，哪种社会形态，人民更幸福。我在美国从东到西，从北到南。现在我站在时代广场忽然困惑了……那些抗议的，竟代表99%！又为什么？

来美国之前，也听说时代广场代表着美国财富和文化的巅峰，看看，"世界的十字路口"。

是，这是世界的十字路口。站在这里，真的也觉得茫然……

心中的路遥远，憧憬那种伟大的追求。

一稿美国布法罗

云是天空的灵感，艺术创造是心灵的栽种，而那浇
灌的水一定是从心的泉引出。

蒙马特高地的盛宴

我第一次去巴黎还在国外教学。那时,我乘汽车从拉脱维亚,过立陶宛、波兰,穿比利时、德国,进巴黎。那感觉变换鲜明:在东欧,感觉着原生、古朴,在西欧,感觉着精致、现代。只有一进巴黎,一种浓重的艺术氛围扑面而来。巴黎像一个盛装的古典美人,分分寸寸装点着散淡的优雅,寸寸分分深蕴着艺术的魅力。到处是艺术,从哪看起?

去信问了我国内的法国学生。学生来信:

"去享受蒙马特高地的盛宴。"

从爱开始

我在巴黎的住所就选在高地后面的18区。出门,就感觉18区像建在山丘上一样,石头铺的小路起起伏伏,也勾着我起起伏伏的思路。当我沿弯曲向上的石阶小路向高地走去的时候,阵阵的激动在心中也像石阶层层相加:巴黎捧向人们的都是文化的盛宴!真的,都叫人妒忌了。

蒙马特高地是一个处处都有传说的地方。

高地的山脚下,就有掩埋着感动了小仲马的茶花女的墓地。小仲马笔下的《茶花女》又感动了一个时代,现在仍在继续感动着人。高地的起头就始于爱……

那是一种什么样的爱呀!惊天地泣鬼神,叫人肝肠寸断。我从来就不认为只有"千古江山……金戈铁马,气吞万里如虎"的伟男人们的豪气才叫人心动,茶花女的爱一样天长地久,因为那里没有一点儿类似今天的交易。

艺术的攀缘

走上石阶，似乎山重水复，在小路转弯处，又有一处铸在墙上的特殊墓碑。

特殊的记忆，特殊的爱。那是为法国著名雕塑家扎恩·马瑞（Zan Mare）而建的。他生前总在雕塑半个人，他在宣泄爱的遗憾，苦苦寻找填补爱的缺口。扎恩去世后，人们在石墙上，也雕塑了他半个人：一个头像和露在石墙外的一只胳膊，一只腿脚，一只手。以此来纪念这个追求爱，而把想象留给后人的艺术家。

我几乎走遍了欧洲，真的，找不到有哪个国家像法国这样，总是以意想不到的方式，给你腾飞的思维。扎恩的艺术就在不断告诫你，你一定要在你的心中留一点空地让你起飞，让你降落。世界、人生需要你填写的太多，需要你思索的太多。那里需要一颗追求的心，也需要一双想象的翅膀……

喝杯苦咖啡

在始于爱的高地，我沿爱的小路拾阶向上。转出小路便是坡形小街，一样是石头漫路，但都铺饰着精致和美丽。每走几步，就向你翻开一页文化历史的华章，而且都是光彩夺目。

高地上有一家古老的小咖啡馆。哲学家卢梭、伏尔泰生前都在这儿以咖啡催生他们的文思，世界大文豪奥诺雷·德·巴尔扎克生前就常来这里喝咖啡。

说来有意思，这位世界著名作家，一生经济拮据，债台高筑。他和一群画家、艺术家常来这里相聚，也来这里躲债。这些才华富有而钱包匮乏的人类精英们，喝了咖啡却付不起小费，以致咖啡馆濒临倒闭。直至一天，一个画家给咖啡馆画了一只张牙舞爪的猫。人们都想来看看这只奇特的猫，小咖啡馆才得以复生。

世间有时真滑稽：创造财富的贫穷；享受财富的富有。直至今日，好像也不例外。创造了无价精神财富的巴尔扎克，在债台高筑中无奈辞世。

一个人，血肉之躯的人，巴尔扎克有着怎样的文思，一生流出那样多的文字！巴尔扎克又有着怎样的一双眼睛！他在19世纪，就昭示出一个金钱社会的末日。怎样能有那样洞察世界的深邃，那样博大的爱和追求！

巴尔扎克就是人间奇迹。

高地上的这个咖啡馆，铺面不大，貌也不惊人，慕名而来的人却惊人得多。那天，我没能挤进去喝上杯咖啡。我倒没有遗憾。因为我想，巴尔扎克生前喝的咖啡一定特别苦。

真苦！

巴尔扎克一生疯狂写作，日夜颠倒。昼夜十二个小时不停笔。为了提神，他喝了五万杯不加糖，不加牛奶的咖啡。写出的文字之多之优秀空前绝后。

巴尔扎克生在一个特殊的家庭中。父亲原是一个农民。在1789年大革命中当军需官。他巧妙钻营，成了暴发户，混迹银行，五十岁时娶了一个银行家的女儿，即巴尔扎克的母亲，那时她年仅十八岁。他们生了伟大的巴尔扎克，却没给他一个有爱的家。

巴尔扎克从小被寄养在一个宪兵妻子的家。特殊的生活，让他既深知社会底层的痛苦，又知社会上层的奢靡和冷酷，饱受了社会的世态炎凉。

巴尔扎克的心装满了对这个罪恶世界的悲愤。他的代表作《人间喜剧》揭露了巴黎上流社会的种种丑陋。伟大的雨果在他的葬礼上说：

"《人间喜剧》揭示形形色色的现实，让人看到最阴沉的现实和最悲壮的理想。"

巴尔扎克的九十六部小说把世间万象勾画得淋漓尽致。只要读过巴尔扎克的文字,闭着眼都可以看到他笔下人物的魂灵——把金钱当作上帝的"葛朗台",在金钱社会挣扎的"高老头"……都栩栩如生,历历在目。

想想,在今日世界,许多人物难道不也似曾相识吗?

巴尔扎克的深刻在于,他用小说讲述着一个大千世界的真理。他预示了一个把一切都拧在金钱上的社会的悲剧命运。

唐代杜牧就有诗:"折戟沉沙铁未销,自将磨洗认前朝。"

经典的伟大就在于,它是警示的钟。

可惜现在想起来,去听听这钟声的,大概不怎么多了……

吃块会跳的兔肉

说来有意思,创造辉煌的"家"们,却没有辉煌的日子可过。文豪喜欢喝咖啡,付不起小费;画家喜欢上酒吧,付不起酒钱。他们又偏偏喜欢聚会,天南海北地召唤灵感。高地上一个"狡兔酒吧"成了他们聚会的好处所。

"狡兔酒吧"得名有意思。老板自己爱艺术又爱钱。他请一个有名的画家,为店里作了一幅画作:一只滑稽的大爪兔子从一只平底锅上跳起。从此这只兔子就成了艺术家们的所爱。连大画家毕加索也慕名而来。

颇有心计的老板嘎点子挺多,允许那些钱包羞涩的艺术家用画抵酒钱。大画家毕加索也乐此为之。于是一个用会跳的小兔子招揽生意的老板成了大收藏家。

听说,1989年,半个世纪前毕加索在"狡兔酒吧"用来换酒喝的一幅画,在纽约拍卖行拍出四千多万美元的价格。都说,如果毕加索活着,他一定会把"狡兔酒吧"买下来。因为拍出的钱连买酒吧付款的零头都用不了!可当初,只是一次小酒钱。

真是"不知哪块云彩下雨",现在也是,"不知哪块云彩下钞票"。

还有浓浓的野味

蒙马特高地真是托举着文化的盛宴。各种文化艺术似乎都争先恐后地在这儿聚集，到处散落着惊奇。目光投到哪里，都让你为之心动。

法国最大的露天画廊，最有名的绘画村就在这里。不算宽敞的空地上，法国艺术史最重要的派别：野兽派和印象派都在这里诞生。

野兽派，那可是野味儿十足。

野兽派是1905年至1908年，在法国盛行一时的一个现代绘画潮流。

野兽派是对循规蹈矩的学院派的背叛。野兽派画家热衷于运用鲜艳、浓重的色彩，追求更为强烈的艺术表现。往往用直接从颜料管中挤出的颜料，以直率、粗放的笔法，创造强烈的画面效果。他们的画有点像非洲黑人彩画艺术，有明显的东方写意手法，充分显示出追求情感表现主义倾向。

其实野兽派是得名于一个记者的戏称。那是因为那些画家都把内在情感、个性，极端释放出来，创造了桀骜不羁的艺术风格，昭示了难以驾驭的野性。

野兽画派流行只几年，很短。成就没能创造很大的影响，但推动了绘画发展的进程。

看巴黎的绘画艺术，要始于野兽画派。野兽画派对于印象绘画流派绝对有重要作用。有人戏言，那可是一股冲破一切宫廷圣殿传统画派的野味儿。

野味儿新鲜！不同一般。

最环保的视觉享受

在19世纪后半期，诞生于法国的印象绘画流派是法国绘画史最为灿烂的宝玉，堪称西方绘画史上最辉煌的艺术流派。

毕沙罗、塞尚、郁特里罗……印象派大师就是从这片高地走出的。

我至今对画都不能说懂。但无论在国内还是在国外，凡有画展我都不放过。在俄国、法国看了许多画展。对比才明白，印象派画为什么在绘画史上，起到了划时代的作用。

印象派的产生打破了绘画表现神话、宗教、历史的程式约束。

到卢浮宫，你就可以看到一大批表现神话、宗教、宫廷的画作。

印象派让绘画走出传统的园囿，走下神坛，走出宫廷殿堂。那简直就是绘画史上的一场革命，是绘画史上的创举。他们扩大了绘画题材。画家走出画室，到乡野、街头。表现沐浴在光线中的自然景色，把生动印象、变幻不居的光色效果记录在画布上，留下瞬间的永恒。

印象派直接在自然之光下写生，直接表现画家的感官印象，"让艺术面向当代生活"。他们为此也获得了绘画史上最为辉煌的艺术成就。

印象派清新的风格，为后世的绘画界留下深刻影响。印象派画作至今都是人类艺术珍宝。

在巴黎马蒙坦莫奈博物馆我看到了他们的著名画作：马奈的《草地上的午餐》、梵高的《向日葵》、雷诺阿《红磨坊街的舞会》、莫奈的《日出·印象》……

在那里我知道了印象派的创始人是马奈，但真正使印象派走向高峰的却是莫奈。

看莫奈的《日出·印象》时，真的是从没有的感觉：那就是使你感到在那静止的画面上，光的灵动。那里完全没有古典主义那种格式化的构图。画作画的是一个港口的日出。站在那里，你会忘记了你在看画，而就是在日出的大自然中。天际，一轮红日燃烧起一片云霞。水面，朝阳给那海水镀上一层颤动的红光。远处的船、吊车只隐隐显出轮廓。画家用的是光线、色彩。难以想象，一个平面的画却叫你看到立体的，生机勃勃的世界大千万象。

那可真是最绿色的视觉。那是莫奈1872年的作品，那时人们就向往着自然。

如今，蒙马特高地仍延续着印象派清新的艺术的风格。在这里，我看到再现大自然和缤纷人世色彩的画作。相信一定有人再续这划时代流派的辉煌。

如果说巴尔扎克揭示了人世的丑陋和黑暗，那么一大批印象派画作就是用大自然的光线、色彩直书了人世的光亮。

蒙马特高地一处就托举起世界文学、绘画、雕塑艺术的高峰。让你看人生，看世界，看过去，看未来。

蒙马特高地的文化艺术盛宴真是叫人享用不尽。

哦，忘了，学生在信中提醒我：

"老师，听说您还要去意大利。盛宴之后，想着减肥呀。"

一稿于巴黎18区

荷兰造像的梦幻

步入阿姆斯特丹大街,你会觉得自己忽然变成了一个小棋子。大街不宽,中间是有轨电车道,两边是自行车道,两道中间是一排路标,造型像放大的国际象棋棋子,地上是格格。想想,走在单调的水泥马路上,你会觉得路无尽地长。而在那儿好像走在棋盘里,感觉异样,新鲜得让人兴奋。

艺术能把最乏味的变得美妙!新颖就是魅力。

沿街的商店也充满艺术感,建筑造型风格奇特。商品百式千样,每样商品都只有一件。商店门前的招牌更让你忽发奇想。二楼商店的一扇橱窗两边,各趴着两个向里巴望的人。好奇心一下被勾得痒痒的,一定得去看看。靠近细看,才知那人是塑像。向里巴望,原来是间幽雅的咖啡厅。

哈,当然得进去喝上一杯啦。

艺术的力量是神奇的。有魅力的创造绝对需要艺术细胞。

荷兰的造像艺术,能用得如此出神入化是有历史渊源的。历史上,它得益于法国艺术家杜莎夫人蜡像艺术的滋润。

忘了哪位名人说的,第一个把女人比作鲜花的是天才,第二个把女人比作鲜花的就是庸才、笨蛋。杜莎夫人蜡像是世界的"第一个",是创造。至今,她的蜡像艺术都极为绝妙。

阿姆斯特丹蜡像馆是她在世界的第二家展馆,很负盛名。

去画家梵高的故乡荷兰,蜡像馆一定要看。商业细胞发达的荷兰人,传承艺术和再造艺术的能力都值得称道。无论是在馆内的蜡像,还是馆外的造像艺术,既吐露着杜莎夫人对艺术真实的追求,也飞扬着梵高曾从煤矿巷道中爬出时,对生、对阳光的渴望。

在那里的鉴赏总是给你惊诧的愉悦。

1

从蜡像馆说吧。杜莎夫人蜡像总馆在英国伦敦。我去拉斯维加斯，才知那里也有一家分馆。我国香港、上海也有。

参观荷兰的杜莎夫人蜡像馆时，我还在国外教学。老外同行没进门就嘱咐我：

"Be careful！Illusion！（小心！错觉！）"

一进门，迎面台上忽然打开一面小窗，一位小姐向我们问好，老外同行忙回答。

我还没来得及答话，眼前走过来一位小姐问：

"Where is your ticket？（您的票？）"

呀，上面的是蜡像，下面的才是真人啊。

老外冲我耸肩，撇嘴，意思是自己先"老外"了一把。

真开心！荷兰人鬼幽默。

老外同行是德国人。我叫他"老德"，好记。去蜡像馆是他的主意。介绍死认真，连年头、名字都给我写在纸上。

杜莎夫人生于 1761 年，原名叫玛丽·格劳舒茨（Marie Grosholtz）。母亲给人做管家，父亲阵亡于法国普鲁士战役。从那以后，玛丽便跟随母亲的雇主菲力·歌德施医生学艺。歌德施对蜡像制作极有天赋，他太了解人体结构了。1770 年，他在巴黎创办了第一间蜡像馆，并展览了玛丽为法国著名的剧作家伏尔泰、美国驻巴黎大使富兰克林的造像。

那造像之真，还闹了一场笑话：一个老美大概是"老乡见老乡"，看见自己国家的大使竟忘了那是蜡像。冲过去拥抱，结果给撞回一个屁股蹾。撞回来都没撞明白：

"怎么？当了官就变得这么冷冰冰的了？"

荷兰人揶揄老美是很自然的。美国的华尔街最早属于荷兰人。那是荷兰移民为了抵御印第安人建的街墙（Wall Street）。荷兰人总说老美的笑话。

那次展览，玛丽的造像天才一下就引起世人的瞩目。那年她才十七岁。

2

玛丽为她的老师歌德施所作的塑像更是空前成功。人们观看时都是如梦如幻，叹为观止。玛丽的声誉也不翼而飞，法国国王路易十六及玛莉王后也为之垂青，随即邀请她入宫做皇室的艺术教师。玛丽在凡尔赛宫一干就是九年，负责路易十六皇妹的艺术教育，而她也享受了宫廷的璀璨生活。

凡尔赛宫至今都是欧洲最为宏伟又豪华的王宫建筑。我在法国的凡尔赛宫，整整看了一天。富丽堂皇，那真是艺术的圣殿：绘画，雕塑、工艺美术、建筑、园林……可见玛丽在那里，受到的是当时世界最全面的艺术熏陶。

然而，不久便爆发了法国大革命，路易十六被处死。玛丽被认为是保皇派，也被关进了监狱，可1794年又奇迹般被释放了。

拯救她的奇迹就是她的蜡像艺术天才。

获释后，她被命令为死去的路易十六及皇亲制作死亡面具。为求逼真，她经常在断头台旁捡拾被砍下的人头来制作蜡像模本。在恐怖和血腥之下从事艺术创造，对一个年轻的姑娘是什么样的考验啊！玛丽做了，完成了，为艺术。造像栩栩如生，她是那时震撼人心的唯一。

在玛丽那双纤细颤抖的手下雕制出的许多面具，至今都保存在伦敦总馆。玛丽在恐怖之中制作的蜡像成了那一时期的鲜活历史。

真正的艺术永远都镌刻着时代的记忆。

3

下楼,楼梯不宽,转弯把角,见到一座蜡像,觉得颇有魅力。那是一位正低头看入场券的银发老先生,真栩栩如生。阳光里,他手上的汗毛都清晰可见,真想知道那工艺的秘密。教官(我爱人)一向奉公守法,警告我:"人家不许摸。"

说完,先下去了。我弓身细细地看。听介绍,蜡像的头发都是一根一根植入的。这汗毛也是吗?忍不住伸出一个手指轻轻地摸。谁知那"蜡像"居然开口说:

"What are you doing?(您在做什么?)"

我吓得跌跌撞撞跑下楼。站定,又觉不对,慌忙跑回去道歉。谁知和正下楼的银发老先生撞了个满怀。老先生像孩子一样冲我笑开了,连连地说:

"Sorry,only joking.(对不起,开玩笑)"

这个玩笑让我的同伴们笑得前仰后合。好几天,想起来就笑一段,开心一阵子。不过我倍觉万幸,多亏我没去摸人家的脸蛋。

其实,人生的艺术本来就灿烂、缤纷。

4

艺术也让玛丽的人生充满传奇色彩。

1795年她的老师歌德施去世,玛丽接替了蜡像的所有工作。后来她嫁给了工程师弗朗科伊斯·杜莎,人们便叫她"杜莎夫人"。

唉,没办法。不光是欧洲,连俄国女人一出嫁,名字也陪送了。我们中国女性还算庆幸。有自己的姓。玛丽没了自己的名字,却坚守着那个时代独有的蜡像艺术事业。

杜莎夫人蜡像馆承载了欧洲厚重的历史。欧洲所有重大事件,包括法国大革命、拿破仑战争,重大风云人物几乎都在那里重现辉煌。每一具蜡像都惟妙惟肖。在那个没有报纸、电视的时代,杜莎夫人的蜡像馆向大众展示了立体的新闻。

走进荷兰的这个蜡像馆，便走进了多彩的历史，可以和那些缤纷的人物直面相见。

那天，我在蜡像馆里两个多小时，几乎见到了世界所有名人。蜡像主要属政治和文艺界。从荷兰女王、丘吉尔、撒切尔夫人到梦露，大有时光倒转、走进历史隧道的错觉。不是让你却步，就是让你惊讶。

你尽可和这些光彩照人的一代风流，或表敬慕，或示异议，或探秘籍，反正对方永远是面不改色心不跳，永驻他曾经的辉煌……

那些人永远不知劳累地站在那里，因为有一个不知劳累的人——杜莎夫人一生都在为蜡像艺术孜孜不倦。后来杜莎夫人去了英国，因为战争，她无法返回法国。除去创作，她还要到大不列颠、苏格兰各处巡展。1835年，她七十四岁高龄时，在伦敦贝克街设立了一座永久性的展馆，工作直至1850年辞世。

杜莎夫人真是鞠躬尽瘁。她是真正的艺术大师，为蜡像艺术开一光耀的先河。

杜莎夫人的蜡像创作是世界上的第一次。由于她的影响，欧洲的造像艺术也发展得炉火纯青，造像的神、形之逼真，真的令你真假难辨。

是，艺术审美的最高境界在迷离之中……

5

可我真有点怕再"迷离"了。

出蜡像馆门，道边的空地，不断有让你如坠迷雾的雕像。同行旅友又打起哈哈，让我别又去摸人家男人的手臂。

在水坝广场，老德又警告我一番，先走了。教官说，他这看准星的眼绝不会"迷离"。

我们看见一位老人，脸手都涂着白色，着白色罩袍立，在烈日之下的高台上。真像雕像，第一次见！有过教训，不敢去摸了。那人的脚下有一小盒，只有不多的几个荷兰盾硬币。我也忙放了一个。心里有点难过，想和他说话，问了好几句都不理我。我又怀疑起来，那人大睁的眼睛竟许久也不眨一下。

是一座真的雕像吧？我试着用一个手指去摸他。不动。

"不是雕像，衣服是布的。"我抻那人的衣襟，那人一直伸开双臂，摆着拥抱人的姿势，仍不动。

"是蜡像，只是穿了真的衣服。"我判定。

教官看准星的眼也不准了：

"真的。眼睛一直不动，是雕像。"

可忽然，蜡像伸开的两手变成两只大爪要抓我，脸上龇牙咧嘴地冲我定格。我吓得忙后退，接着我们都笑了。于是我们有了这样的对话：

"Are you for food?（为吃饭吗？）"

"No."

"Why?（为什么？）"

"For art. For beer.（为艺术，为啤酒。）"他接着说：

"It is interesting to watch people coming and going.（在这，看人们走来走去，有意思。）"

"Do you feel tired?（你不觉得累吗？）"

"Of course. But I like.（当然，但我喜欢。）"

为艺术……

无论谁，无论什么时候，艺术都是劳苦铸造的。

我说他辛苦。他问我，看了杜莎夫人蜡像馆吗？我说，当然。他说自己不算什么，杜莎夫人活到八十九岁，一直工作。

哈——迷离！惊诧！真是审美的最高境界……

一稿于阿姆斯特丹

在拉脱维亚过春节

在拉脱维亚，过什么节，人家邻居们都邀请我们夫妇参加。春节了，我们也决定请他们来，一块高兴高兴。

邻楼的娜达莎会英语，我们交流最多，我想邀请她一家和几个朋友来。娜达莎，俄罗斯族，两个孩子的妈妈，小女儿七八岁，可爱极啦。她是我的俄语老师，教我的第一个单词是"外婆"；第一个句子是怎么要零花钱。

苏联教育学家苏霍姆林斯基说："教学的决定因素在教师。"

学吧。

娜达莎，专职家庭妇女，大学毕业（可见苏联的教育还是非常普及的）。因为有时间，所以她总来串门。

节前，我问她想吃什么？她一脸兴奋，想都没想就说：

"扒拉芹菜。（俄语音）"

炒芹菜？

奇怪！我立刻到厨房，拿出一棵芹菜。她说："No, no."她找我要了纸和笔，这么画，那么画。

哈，"扒拉芹菜"是饺子呀！

我说，春节当然得吃饺子啦。娜达莎闭起眼睛享受地说：

"Wonderful（美妙）！"然后忽然睁开眼睛说：

"木喏咖——木喏咖——（俄语音，很多很多）"

我答应她，叫她吃个够。我们做涉外工作的人都知道：日本人请客，饥肠饿肚；中国请客，肚皮撑破；俄国人请客，酒瓶子堆上醉卧。这回来拉，知道拉脱维亚人请客，奶酪堆里坐。

我的邻居大多是俄罗斯族和拉脱维亚族人。

1

这天，我们早早起来。我把我画的大公鸡、大鱼、写的福字还有红吊钱儿，跑东串西分送给邻居。教官（我爱人）在部队就是包饺子好手，与兵同乐时练出来的。他和面、弄馅，我打下手。一通上弦，放快转儿。当一切准备就绪的时候，忽然发现没有篦帘。饺子摆哪儿？太多，凑合不了。于是我跑去找"国民党（俄语音，公寓管理员）"。

"国民党"那可不是好找的。

"国民党"是个特胖的巴布什卡。整个一个木桶安了两条腿，罩了一件大罩裙。她总是刺儿刺儿的：什么不能叫你的那么多学生随便进公寓呀，什么早上九点半前不能大声关门呀，晚上学生不能使劲踩楼梯板呀……

平时我叫她"国民党"，反正她也没有高兴的时候；刺儿时，我就叫她胖刺猬。学生见她，一句"拉布店——（拉语音，您好）"，然后就用汉语叫她"生浆果大妈"（倍儿涩）。

谁叫她那么刺儿，反正她也不懂汉语。我和学生一块"哈哈"。

在门房，她的办公室，当然胖刺猬的刺参参着。可当听明白我要包饺子，而且还是请客后，"木桶"不腆胸叠肚了，居然起身离开她的办公桌。一连好几个"哈拉硕！哈拉硕！（俄语音，好！）"又加了好几个"欧亲！（俄语音，很、非常）"。

"欧亲哈拉硕！（很好！很好！）"

要麻烦她，她的态度还非常好，真是头一次！更没想到：管理员从她管理的柜子里，搬出一摞一摞被罩、床单（那是给我们换洗用的，我们住的是公寓）。最后抽出了两个隔板给我。管理员平日那似乎总在生气的脸，今天竟像绽开的老菊花。我有点奇怪，管理员还非得帮我搬着板，送到我的房间，放下了板子，还不走。事后我才知道，她是想亲眼看看，从神秘中国来的中国人，是怎么包这神秘的饺子的。要知道，我是他们当面见到的第一个中国人。

遗憾，当时我们不知道人家的苦心，一劲儿让座、让茶把人让走了。

为了大家来了不手忙脚乱，我们紧赶慢赶，想把吃喝都准备好。可没想到，晚六点半请客，四点多一点儿，娜达莎就窜过来了，还跟来了她的邻居亚霞。原来她们也早就想知道，那饺子馅是怎么进到皮儿里去的。出了国，我才知道国外对中国真的了解甚少。而且外国人好像比我们笨，特别在吃的方面。

我们包饺子的表演尽量慢一点儿，可是客人们仍说看得眼花缭乱。她们咂嘴咋舌，看着那面疙瘩在木棍下转啊，转啊，一眨眼变成了一个小白片儿。小白片儿托在教官的手里，放上香喷喷的馅，两手一挤，就变成了一个白胖胖的小饺子。大肚弥勒佛一样，往板子上一坐，富富态态，神神气气。娜达莎和亚霞一会儿"Very nice（太妙了）"！一会儿"卡拉西瓦亚（俄语音，漂亮）"。她俩跃跃欲试，可无论如何，教官那两个手指一扭一扭捏出来的小老鼠，她们也学不会。包饺子还凑合，只是张牙豁口的，东倒西歪。学了一会儿，娜达莎忽然不见了。不多时，她又回来了。这回我们打太极拳的朋友、摘蘑菇的朋友来了好几个。他们说今天的聚会改地方了。我至今也不知那是谁的家。反正比我家大，其实我家就够大的啦。

朋友们端着板子，我的菜板、教案夹子、网球拍子转移了，上面都摆满饺子。我和教官扎着围裙，端着面盆，提着擀面棍跟在后面。还有一帮要学包饺子的呢。最后面是几个起哄的黄毛丫头、鼻涕将军们。

真不知这叫什么队伍。那天真有意思，我们想起来就笑一阵子。娜达莎和亚霞各端着一板子饺子，一边走，一边这么扭，那么扭地跳舞，还不断地招呼邻居们。邻居们都从楼上的窗子，探出头来想看游行。那情景还真是头一次经历。邻居们说他们从没有这么热闹过。

2

到了那个不知是谁的家。嗬！早有好多人了。管理员也出面在那儿管理，她的架子又端上了，神气十足地在指挥大家搬桌椅、摆鲜花……

我和教官的心里可打起了鼓。好家伙！这么多张嘴，可别不够吃，可别没面子。中国人请客，最怕吃得大眼瞪小眼了。焦急之中，我们把胡萝卜用上了，又加上了猪牛肉馅（他们的肉馅都是猪牛肉混在一起的）。胡萝卜馅饺子，头一次包，真担心。至于那饺子的形状就更可想而知了。与会人员，谁都想试一把。结果最后一板饺子真是胖的、瘦的、仰面朝天的、扭扭着的，多姿多态，百花齐放。

天黑了，我们终于要开餐了。奇怪，我们俩被最后请进了方厅。当我站在方厅里，相信教官的心也一下子"咚咚"地激动起来。大家一块喊：

"大个萝巴染了娃奇！（俄语音，热烈欢迎！）"其实人家说的是"达布萝巴"，我听成"大个萝卜"。

厅里布置一新。屋里的墙上挂着我送给他们的大公鸡、大鱼的国画，还有红吊钱儿都郑重地镶在玻璃镜框里。我那个怎么也写不满意的福字竟挂在正面墙上中央，还正好倒镶着。（后来知道，他们根本不知道那字的倒正。）长桌上，一圈盘子盛着各式各样的食品，那是各家的一个拿手饭菜，还有就是各种奶酪。中间是四个极漂亮的金边儿特大碟子，他们说那是准备盛饺子用的。屋里四周点上了蜡烛，鲜花上挂上彩带，彩带上歪扭地写着汉字：

"好！中国！"

他们怎么会写汉字？

这时，厨房门开了。呀！我的学生！我说呢？他们早就问我，什么时候过春节。平日,一提叫他们来我家吃饭,他们个个都会叫起来。而那天请他们来,却神情怪怪的。

啊哈!原来是串通啦,幕后策划呀。

哇!高兴和快乐碰在了一起;惊讶和喜悦搅在了一堆儿。

幸福的滋味——甜呀!

3

煮饺子啦!心和饺子汤都在沸腾,是鼎沸!

原来一切都是他们早商量好的,他们要给我们惊喜。不过那天,我们也给了他们一个惊喜:我们飞快地跑回家,飞快地换上我们去大使馆和拉脱维亚国宾馆才穿的中式晚礼服。当我们神采奕奕地出现在他们面前时,他们都喊起了:

"卡拉西哇呀!卡拉西哇呀!欧亲!欧亲!(俄语音,太漂亮啦!)"

接着就喊:"撕吧洗吧!撕吧洗吧!(俄语音,谢谢!谢谢!)"

盛装与会,在他们国家是对人最大的尊重。

开餐前,"国民党"管理员俨然是个大会主席,"叽里咕噜"一大段慷慨激昂的演讲。学生告诉我,是讲形势大好。嚯,也跟我们以前一样。后来可能都是些赞美我们中拉两国友谊的话,因为我不断收到大家对我们的微笑致意。而我和教官的肠子,却在那四大盘子的饺子上打着结:

再讲不完,就都坨在一块了!

可怜我们的饺子!

果然,等我们吃时,除了上面几个能夹起来,都成了多层馅饼。他们也真会吃。用刀子切成厚片。哈,第一次知道,我们的饺子堆,切下来,放在碟子里,真好看——白的隔皮,红的胡萝卜馅,绿的三鲜馅。这真是:中国饺子,洋吃法。

那天,"国民党"的最后一句我听真切了。那是上大学时,在苏

联电影上经常听到的。后来知道,拉脱维亚独立前都说俄语。管理员振臂一呼:

"大娃力士!(俄语音,同志们)姑傻一切!姑傻一切!自大萝卜也!(俄语音,请吃,请喝吧!)"

大家一块喊起了:"乌拉!(高兴时喊的万岁)"

"大的那!(俄语音,干杯)"

我记住的,都是谐音,反正是真高兴。其实,那天并不是大年三十。因为除夕夜,使馆请我们去过节。当然,也一样难忘。总之,在国外,我真想天天过春节。不想家。

那天的春节,不知过到了几点。反正,我们尝了好几国的饭菜:波兰苹果派、爱萨尼亚奶酪、德国小红肠、俄罗斯鱼子酱、乌克兰腌肉、拉脱维亚特产熏鳟鱼、黑大列巴……那时我和教官都是小口地尝尝,怕人家见笑。现在想来,真后悔,怎么不也像他们一样狼吞虎咽。

现在想来,真想回趟拉脱维亚。拉的熏鳟鱼特别好吃,苹果派、鱼子酱、黑列巴……现在想起来,都还满口余香。

也是那天,我才知道,原来我的邻居是好几个国家的人。

后来,如春笋一样立在餐桌上的伏特加、香槟、他们自己酿的格瓦斯酒(一种由黑面包发酵酿的酒)都底朝天了。

4

后来……我也如入云端,因为那儿的风俗是你不喝酒,就呼啦跪下一片。不喝,就不起来。

后来,我还模糊记得,最后还要评选最佳食品。三鲜饺子是亚军。我俩真为我们的三鲜饺子暗暗喊冤:一棵小白菜头,也就有国内白菜的一半大,相当于八块人民币啊!好几棵。我们一直担心的胡萝卜饺子,竟是冠军!没想到!

他们吃饺子时,才有意思呢。开头,大家还绷着,客气客气。

几杯伏特加"cheers（干杯）"之后，我们的饺子就被风卷残云，一扫而光了。多亏我教他们使用筷子，还多吃会儿。他们拿着筷子，个个喊爹叫妈，说古代中国人，就发明这么难的筷子，以后中国人什么都能做到。中国人聪明呀！

我和教官可是另外一股肠子：担心大家吃不够。我们有点奇怪，饺子怎么显得少了点。后来娜达莎的小女儿卡佳偷偷对我们说：

"我们冷冻起了一板饺子。妈妈说，三月感恩节时，再给你们惊喜。"

卡佳还说，因为我是她的学生，才特别跟我说"秘密"。哈！还有埋伏，真让人感动。

后来柳达弹起了钢琴，大家唱起了歌，跳起了舞。这是他们的风俗。吃完，一定要跳。他们说，这里没有鞭炮，"我们给你们放炮"。于是，他们一边跳舞，一边嘴里"嘣嘣、梆梆"地叫。

那一天，我们真的感觉到了，什么叫心花怒放，什么叫陶醉。真开心啊。

欢乐在这堵车啦！

后来，我们俩不知怎么被送回了家。不过有一点我清楚。我坚决没接受他们的风俗习惯：晚会后，男主人一定要把女客人抱起来，送回家。我说，这是我们中国的春节！他们没办法。老爱，教官也坚决没接受他们的风俗。按规定：晚会后，男客人一定要把女主人抱起来，随大家走上一圈，再回家。

天呀，教官和我都倒吸一口凉气。那天真的，也不知有几个女主人，而且，除了娜达莎苗条点，个个胖得都可以论堆儿。黑灯瞎火，倒地，你都不知扶哪头儿。而且，几个女主人，好像都希望被中国男人抱抱，一劲儿往前凑合。西方的女人，哈……教官瞧着几个特大号胖子，一个劲儿冲我喊救命。

最后，还是我的学生救了驾。当老师好哇！

至于再后来,就是我们的称呼又多了一个词。我们也没办法。原先,他们叫我们"柯塔亚(俄语音,中国)!"我们挺美。春节后,孩子们遇到我们,除去问安之外,前面又加了点什么,那就是:

"饺子! 兹得拉无一切。(俄语音,您好)"

没办法! 哈哈……

现在想起这个春节,我们还要笑上一阵子。从没有过的新鲜,从没有过的中拉合璧。

一稿于里加

"上帝无论赐给谁'高兴',你都不要放过。"在存钱罐里,你要储存快乐,因为快乐,分给别人,就加倍快乐。

尤迪斯先生的哲学

大客车要上路了，放好包，放好那颗欢跳的心，再接着睡那场睡不够的觉。忽然从车前座冒出一条大汉——大脑袋有些谢顶，额头油光瓦亮，大鼻子。他晃了一下脑袋，大声地问候："早——上——好！"嘴张得异乎寻常地大，声音异乎寻常地响亮。洋腔洋调一下把欢乐装上了车，车内立即爆发出一阵大笑。人们可找到了情感通关的大桥，齐声喊："你好——"大汉得意地环视四周，一脸美滋滋地收获着大家对他的喜欢和赞赏。然后用他蓝绿色的大眼睛朝我飞眼，送来了得意的炫耀。我立即报以赞许和会心的微笑。为啥？

从雅典卫城返回旅馆，一车的人累得蔫头耷脑地下了车。三十六摄氏度的高温，即便有冷气，司机的秃脑门还是油光闪闪。下车时，我忍不住用英语向他道了一声辛苦，大汉立即自报家门："尤迪斯。"还张开胳膊想要拥抱我，我赶紧逃跑。不过后来我偷偷教了大鼻子怎么用汉语说"早上好"，这才有了早上的那一幕。

我和司机的友谊也由此开始流淌。先从希腊海港帕特雷（Patra）流。

我们游览了爱琴海上最美的小岛，在蓝色的爱琴海游了泳，转了处处铺满诗意的小街，看了藏在诗意中蓝白色的小屋，欣赏了小屋窗台上向外探头探脑的三角梅……

我想，那是上帝最得意的画作，实在不愿意跟它告别。

出雅典城，到了希腊西部最接近意大利的海港帕特雷，我说了再见，心里却有一千个不舍。

"心随湖水共悠悠。"我一下"悠"到一艘巨大双体游轮上，开始了最舒服的海上之旅。我可以说那是我一生中最享受的旅行。游轮上十分宽敞，不像坐飞机，糗得跟豆馅儿似的；自在，可以到处逛；吃喝都是我第一次见的美味西餐：鹰嘴豆、鱿鱼圈、腌橄榄，最新鲜的海味配一杯雪利酒开胃。其实我根本用不着开胃，大海便是上天给我的最好的盛宴。在这里，每时每刻都能看到大自然最瑰丽的景象。

那从未见过的深蓝，像诗歌，像音乐……只有大海能把世间最完美、最欢快的蓝色给你，让你在无际的、纯净的海洋牧场上驰骋你的心。

大海气象万千：远处海上的游轮每每驶过，立即犁起一道雪白雪白的浪花，随即飞来一群白色的海鸥追逐翻滚的浪花。海鸥恣意翻飞，跳动的白色装点着蓝天和深蓝的大海，一切是那样生机勃勃。我的心随着海鸥的翅膀在蓝天和大海间书写着我的惬意。

可惜，到了意大利港，我们得和大海说再见了。走下告别大海的旋梯，兴致索然。爱人忽然叫我："看！"

呀！我们的大客车！尤迪斯竟得意地出现在我们面前，此刻他的大鼻子更像翘起的悬崖。一问，才知他不愿离开我们，竟把他的大客车开上游轮托运过来，然后伴我们一路游欧洲。

够哥们。都说希腊人友善、热情，真不假。我情不自禁地说，司机真好。领队说"no"，捻着手指说"这个（钱）也好……"司机在希腊一天薪水五十欧，跟着我们一天能赚三百欧。但后来我知道，大汉绝不只为钱。尤迪斯一脸深情地用汉语说："我喜欢中国，自在。"

希腊人有一种天生的自豪感，脸上永远是快乐、悠闲、牛气哄哄，跟面部严肃、"一脸冻土"的北欧人一点也不一样。

"我们希腊在公元前就做贡献了，我们有雅典公民法庭。"

是啊，这个大鼻子的贡献现在就不小。意大利小偷多，车经常被划被偷，我们的车却安然无恙，更棒的是一点儿也没耽误行程，在哪停、哪吃、哪不堵、哪抄近,他门儿清。大鼻子功不可没。

存车,他能在两边只有巴掌大的距离时,把一辆超长大客车轻松倒进车位。哇,眼晕。集装箱一样的车厢在他的转盘下,无论是在窄窄的石头小巷,还是在蜿蜒起伏的大路,都像一个滑动的琴键演奏着优美乐曲,时而颤音,时而婉转。悠扬的华尔兹,一时一刻,一个音节都不耽误。鼻子顶着红包(上火)的领队也不横了。尤迪斯脸上倒是永远悠哉悠哉,他那像阿尔卑斯山一样的大鼻子也总是陡峭,牛气外冒。你什么时候问他"累不累",他都会说:"我工作,我享受。"我感动,我真的感动。

都说希腊人做事随意,尤迪斯心里却有一个铁盘表:开车每两小时必须休息一次,同一个人开车一天不能超过八小时,不能连续开七天。这是法律,即使有钱赚、能多开,也不会开。第七天,尤迪斯叫来他的替班。我说,那你赚不到钱了。大鼻子依旧神采飞扬:"'我们需要得越少,我们越接近上帝。'这是我们希腊哲人的名言。我出力工作,大家喜欢我,有高兴的蓝天、顺畅的路,我是大富翁。"他指自己的鼻子说着自己的人生哲学。

我翻译的绝对正确。他说"顺畅的路"时,手比画的是从他的大鼻子到心。每天他都规规矩矩在车上的机器上打一个小卡片,上报工作时间,绝对自觉。

我说:"多开了,也没人管呀。"大鼻子忽然严肃地摇头:"希腊人渴望律法。"说完又指了指心。

这下我明白了为什么希腊没有车祸。

"当你的脸向着阳光,就不会有阴影。"他把他的大鼻子朝着太阳说,"天平上没有能称过生命的金币。大家快乐,你才快乐。"他真的总让我们快乐。我从北欧到南欧,从未接触过像尤迪斯这样快乐又充满哲学智慧的人。我最喜欢他,他也不富裕,却永远是那样享受地工作。

真如希腊哲人所说,"每个人身上都有太阳"。尤迪斯让我心里充满阳光。我夸尤迪斯，尤迪斯更是文思大发，他说自己能拉一车的希腊哲学名言。尤迪斯说："宁愿做快乐的猪，也不愿做痛苦的人。"我赶紧跑，这两样我都不想做。快乐也不非得做猪哇！

　　中国早有古训："念人者乐。"我还是听咱们老祖宗的吧。不过，"快乐，记住要分给别人，才能加倍快乐"。这是尤迪斯在这趟欧洲之旅中带给我的启示。我谢谢希腊人尤迪斯先生。

波罗的海的国际唱歌节

"第十届国际唱歌节在首都里加城隆重开幕!"这条每个字都洋溢着喜悦兴奋的消息,一下席卷了整个拉脱维亚。举国上下,从城里到乡村,处处都翻滚着欢腾的热浪,回荡着热烈的歌声。

我和先生都被这骤然降落的欢乐惊呆了。往日寂静的拉脱维亚大学公寓,大门"呼呼"地推开又合上。邻居出出进进,打招呼的声音都提高了调门。拉国的人总是面部严肃,此时原是冰冻的脸也突然开化了一样,每个部位都飞扬着喜悦。还没弄明白怎么回事,我们就已被赶来的学生大呼小喊地拉上了大街。

哈,大街小巷都在鼎沸,真有火山骤然喷发的感觉。我的心也随着欢乐盛开。

欢乐可以传染。

奇怪的开幕式

进老城,在伽利汰大街圣彼得大教堂一侧,我们的好朋友韦大利和学生帮我们爬上一堵围墙。学生还用我教他们的歇后语说:"小兔子骑骆驼——乐颠颠。"

我赶紧说,我们这可是骑在墙头上。欢乐从心里往外流溢。

居高望远,对面街口涌出的队伍一览无余。入场式新鲜啊。

歌手的洪流正从一条不宽的街里涌出,他们来自挪威、瑞典、丹麦、瑞士、德国、英国、俄罗斯等十几个国家。还有拉脱维亚各民族的歌手,男的、女的、老的,连同孩子的队伍。他们穿着各式的民族服装,鲜艳、热烈,既古朴又奇异。他们满载着笑声、歌声、乐器声,从四面八方向这儿涌来。

上天怎么一下抛扔下来这么多人！我来拉一年多了从没见过。

人们手里拿着彩带、花束、乐器……奇怪！竟有人抱着石头、拿着斧头……干什么？

在街的入口，有一道用鲜花和树枝编起的大门。

学生们忙给我解释。

来这儿的赛歌队伍都要过三道门。第一道门是里加的幸福门，把门的人会问：

"你怎样过里加的门？"

拿着斧头的人回答：

"把坏心肠丢在门外，只有好心肠才有幸福。"

我们看见，拿着斧头的人一边挥动斧头，像把什么妖魔赶走，一边跳着舞蹈。当大家看得满意了便鼓掌放行。接着是第二道门。

第二道门是用石头摆起的门，叫健康门。人们带着石头走过来，存放在那。

学生告诉我，里加从前就是小渔村，都是低洼湿地，人们在穷困和疾病中挣扎。后来人们每出去一次，就带回一块石头，来里加的人也都带块石头过来，慢慢铺成小巷、小街。从那时起，人们开始建起城堡，驱赶疾病，抵御敌人。

如今，里加老城的大街小路都是石头铺地。那磨得锃光瓦亮的石头都在说着久远的历史，说着这里的人们像石头一样坚强地活下来。

第三道门是挂满彩灯的门，叫光明门。人们拿着花环，捧着鲜花。进到第三道门后，就把鲜花铺在路上，戴上花环。他们咏唱着，表达永远崇敬太阳，顶礼膜拜太阳，象征把黑暗留在身后，前方永为光明。

开路的队伍走过，后面是各国的歌手。每个国家都有一个旗手,高举着国旗,雄赳赳地走来,表演他们自己国家的歌舞。

唱着,跳着,昭示他们民族的独特和辉煌。每个人的心都在乐谱中跳跃,激情和欢乐在迸发的歌声中飞扬。

高兴的时刻倒哭了

我和学生随着音乐高兴地哼唱着,开始数着国旗,想知道有多少国家参加。

有红底白十字的旗飘过,那是瑞士的;蓝底边上有个黄色十字,那是瑞典的。我们发现北欧国家芬兰还有丹麦的国旗都和瑞典的构图一样,只是颜色不同。英国的是米字旗,德国的是横着的三色条旗,俄罗斯、拉脱维亚也是构图相同,只是颜色不一样……

忽然我的目光定住了,心在激跳。太久没见啦!大红底色,醒目的黄色五角星。

中华人民共和国的五星红旗,最为鲜艳。

我们的国旗,我祖国的国旗!

五星红旗后面,走着的是中国浙江少儿歌咏队的孩子们——我祖国的亲人。

我和爱人一下激动起来——我们很久都没看见自己的国旗了,我们很久都没看见自己祖国的亲人了。眼一下模糊了。只觉得热血在周身奔流。

先生很长时间都在部队,是个坚强的军人,我从没看他掉过眼泪。可是那天,我们两人竟不顾学生就在身旁,一起哭起来。

我们这一代人和新中国一块成长。战火纷飞的年月,我们在母亲的怀里,是无数先辈用生命和鲜血保卫了我们。艰苦的恢复建设中,我们长大了,我们抛洒汗水,收获辛酸也收获坚强。在那风风雨雨的岁月里,我们和祖国一样艰难。我们有过冲动,有过困惑,有过埋怨,然而在这远离祖国的异国他乡,才知自己对自己祖国的爱是那样刻骨铭心。那爱是从我们小时,祖国用血泪和汗水种在我们心里的。

没有离开祖国的人绝不知道思念祖国的滋味。都说出国才知更爱国,真真如此。

那天,我们就站在墙头上,听着久违的乡音:浙江少儿歌咏队的孩子们唱的《春天多美丽》《茉莉花》,在国内也听过,却从未那么教人感到亲切、温暖、令人激动……

那天,真是群情热烈,人们一直给我们的歌咏队鼓掌。孩子们唱了一遍,又唱了一遍。那天最后,当孩子们唱起"让我们荡起双桨"时,我们也忍不住大声跟着孩子们一起唱起来了。那是我们做孩子时就唱的歌。

从小唱的歌就像藏在你的灵魂里。唱啊,世界的歌唱节也是我们的节。

回到公寓,说起此事,我们大家都笑了。站在墙头上,竟唱起了《让我们荡起双桨》。我和先生还不由自主地做起划船的姿势。泪水不都是软弱。

学生说,你们那么激动,真怕你们掉下来。当时周围的人,都先是瞠目结舌,然后竟在胸前画起十字,一度庄严。

学生说,唱歌节的第一个节目就是中国人唱的,歌的名字叫《我的中国心》。

学生说:"我们也感动了,也想掉泪。"

歌可以不分国界,不分肤色,不分年龄,一样融化人们的心。

那天,我忽然明白了,无论命运把你抛洒到哪里,无论在什么时候,祖国都在你心里。祖国就是你生命的根。

高兴的时刻倒哭了。

新鲜的事还有呢。

唱歌节都是"心歌"

学生跟我说,他们民族的歌就是道加瓦河上纤夫的号子。

是，我每天都从那条河经过，他们的号子音调很高，音域广阔，非常优美。

我小时在我家乡大清河边也常听纤夫号子。那伴着他们沉重的脚步、从他们胸腔里发出的声音，总是一下就拨动了人的心。现在想起来都让人心魂震颤。

音乐是用音符诉说的语言。

我是搞语言的，无论走到哪里，凡与语言有关的都深深吸引着我。

拉脱维亚人的歌令你感到那样悠长、辽阔、宁静，像看到无边的山丘、原野和蓝天。歌是直接反映生活、直抒胸臆的。你们有过这样的感觉吗？你在听歌，却可以看到一幅幅优美的原野图画……

拉脱维亚的"音乐""民歌"有一种久被压抑而呼出来的独特。它真的不同于任何一个与会国家的音乐。言为心声，歌更是心声的宣泄。历史上拉脱维亚曾几度被占领。

我真庆幸自己赶上这里四年一次的歌唱节，才能听到世界鲜有的这样有个性的歌。

德语的歌铿锵；俄语的歌辽阔；瑞典语的歌绵长……

世界的歌像灿烂的云、变幻的霓裳，真有一种看一个巨大的万花筒的感觉。

都 是 歌 手

从未看到过的表演，也从未见到过人们这样快乐。

那一天，我们的一个最严肃的邻居爷爷，外号叫"奶酪"（大概是凝固的意思），也笑得在草地上四脚朝天。我的学生笑得就差打滚了。那时总像开爆米花锅一样，笑声从人们的心里阵阵地迸发而出。

不信？我说了，你也得笑。不过我先说我的感受。

那些天的歌唱节，每件事都是我从未看到过的。

从未看到过那么多国旗、穿那么多样民族服装的人；从未听到那么多种语言的歌……从未看到过的火热，那是真正全民的、世界的。演出也不是只在一处，老城、新城、郊外，连我们附近的杜鹃山，那几天也在欢腾。

杜鹃山有一个很大的露天演出场。就着山丘修建的一排排座席，坐满了欢乐的人们。我真是奇怪，这些人真像是从天上掉下来的，平时可很少见到人影。

台上挤着各种年龄的歌手，各种体型的，男的、女的。无论是女人的大裙子，还是男人的衬衫、裤子，都有非常漂亮的图案，特色鲜明。只是我分不清是哪国，哪个民族。但有一点最清楚，那就是无论哪个节目，都是最自在的状态。

自在得谁想唱，谁就可以挤上台去唱。他们表演没有什么队形，反正是一大堆人。也没有人报幕，一拨下来，又挤上一拨。

那天，更有意思。演着演着，几个在台下的孩子大概觉得还不够尽兴，于是一个接一个地往台上爬。这些"小歌手们"最多三四岁，大木台前的台阶需要他们四肢并用才能爬上去。于是我们观众看到如下的情景：前面的男孩爬上去，下面的女孩上不去，赶忙去拉前面男孩的短裤。聚精会神看演出的大家看到了什么，就可想而知了。不能不大笑的是，几个孩子一个拉一个的裤子……

哎哟，这群小可爱，让我们看见了最可笑的演出——一串两瓣的白屁股！

这不，那一天，不但我们，就连"奶酪"爷爷也无法"凝固"了，笑翻在草地上。我和先生还有学生们笑得肚子疼了好几天。

我还要特别说明，那几天，我的同行，拉大教授斯达布拉瓦也来了。教授是拉著名的汉学家，永远是正襟危坐。我很少看见她笑（不像我，爱说爱笑）。那天，她自己笑得眼镜找不到了，笑得擦眼泪了。我们大家赶忙一块在草地上找，找来找去竟发现就顶在她自己的脑袋上。学生说，这回可有了词，再见到教授时，就提起这段,看他们老师还那么严肃不?(学生都怕教授)我可不那样。

大家这通笑啊。笑可以合奏。

那天,最让我骄傲,让大家最感动的,是我们中国浙江少儿歌咏队的孩子们。他们不但唱了许多中国歌曲,最后竟能用主办国的拉语(拉语很难)唱起了拉脱维亚的儿童歌曲《小蜜蜂》。嚯——全场一下欢腾。那简单欢快的曲调打开了全场人的歌喉:

> 小蜜蜂呀,小蜜蜂,
> 飞到西来,飞到东。
> 高兴呀! 快乐呀!
> 嗡嗡嗡——嗡嗡嗡——
> 你采来甜蜜,放到我心中。
> 嗡嗡嗡——

草地上、树杈上坐着的;台上、台下;老人、孩子;男人、女人都在使劲地拍着手,摇晃着身体忘情地大声唱……

从没有过过这样的节! 从没有。

有的,就是自在的表现,自在的高歌,自在的欢乐……

快乐的音符,在美丽的波罗的海海湾跳跃;国与国不同语言的歌,在心与心中间画着优美的连线。

歌可以穿越时间,可以跨越国界,可以融合民族的心。人们要唱歌,天下人们的心都向往着欢乐……

一稿于杜鹃山

开心豆原产希腊呀

世界我快跑遍了。只说欧洲，从北欧、东欧、西欧到南欧都已经走过了。朋友问我：

"你最喜欢哪个国家？"我毫不犹豫地说："希腊。"

"为什么？"

我说："因为特别开心。"

开心豆开心

老爱为出国，专门买了名牌裤子。结果刚下飞机，那门面之处的拉链就不给面子了。只好买条拉链吧。

进了一家文具小店。

老板有趣。毛发像长错了地方：脑瓜顶上一根没有，都蓬松在脸颊上。一双圆圆的棕色大眼睛。哎哟，活像个大考拉。我不敢笑。"拉链"单词不会，又羞于表演，只能一遍一遍地在老板面前拉一下，划一下。好一会儿，老板那双棕色的大眼睛更圆了。他像明白了，却跑出门。把两个老外留在他的店里！好一会，他回来，拿来一个尖头的切菜小刀给我们，表示不要钱，大概是他自己用的。

小刀寒光闪闪，我和老爱的心里却热浪滚滚。

没办法，老爱终于指了指裤子上的拉链。老板哈哈大笑，转身又跑了。不知从哪抓来一把开心豆，他翘着手指捏起来一个，让我们细细地看那豆。

小豆挺着个肚儿，咧着个口笑。

哇——我们一下也大笑起来。老板偷偷给了老爱一卷胶布。

开心呀。其实这样的开心,刚开了头。

见面就开心

吃着老板的开心豆找餐馆,遇见一群游客。一位大妈,一见如故。名字叫什么"哈密瓜斯亚",记不住。记外国字,我的经验就是谐音。虽然我的美国老师批评这是汉语思维,可我还是不改。

"哈密瓜"好记。新朋友长得也甜甜的、丰丰满满,说话清脆响亮,笑声和话语分不开,举止却高雅。真不好意思叫人家"哈密瓜",于是叫了她最后一个音:"呀(亚)",她也不客气地叫我"嘿(何)"。

希腊人不使用招手和摆手的动作,特别是在人面前摆手,那是蔑视人的行为。于是我们"嘿""呀"地招呼着,欢快了好几天。

哦,还有,见面要有亲吻礼,哪怕是分别一会儿也要有礼节:左一下,右一下,还有一下,贴面。亲吻还要"吱吱"出声。

我说这些是针对我家大男人。人家女士凑上前,他总躲,害得人家好没颜面。我还得赶紧去说明,道歉,后补。

大家千万注意呦。否则,人家会认为你没礼貌,没教养。

希腊人性格爽快,待人非常热情。和他们相处,一下就让我这颗出国的心松了绑。说实话,我到哪个国家都不如在这里,更不像在北欧或俄罗斯。他们脸上总挂着"请勿打扰"(那儿常年见不到太阳)。

在这里,处处让你感觉着熨帖的温暖,真高兴呀。

心可以开花。

希腊人让欢乐相聚。

吃了"丰饶之角"的美味

出国最大的困难是点菜,即使懂英文,也点不对,更甭说希腊语了。我们竟点过三道汤。光喝汤,找厕所也不容易。有了当地的朋友,那就"如鱼得水""得吃""得玩"了。

我们在这里吃了希腊传统饭菜。那是我在国外吃的最鲜的海鲜,同时又是最健康,最美味的食品。

烤章鱼圈(Kalamarkia),外焦里嫩,有鱼油的作用。烤海鲜是希腊特色美食。

葡萄叶肉饭卷(Dolmadakia),散着草香。葡萄叶是希腊最常吃的水果叶,可惜我们的葡萄叶都扔了。

酸奶汤(Tzatziki),酸奶上面有黄瓜丝还浇蒜汁,清醇开胃。有一种从没有尝过的香甜酸。吃印度菜担心拉肚子,但在希腊,大可放心地吃。蒜汁,顿顿有。

菠菜奶酪饼(Spanakopita),主食,绿色,没有菠菜的涩味,降血糖。

乡村沙拉(Horiatiki salata),什么水果都有,关键是有秘制橄榄,满嘴留香、有后劲,有一种橄榄的醇香。希腊人喝咖啡都要加一点橄榄油。买橄榄油一定买原榨的。

我抄下的字母,是为了我的读者。如去希腊,一定尝尝。只要发出字母的音,侍者就给你端来。

还有一种叫"帕斯提特索烤"的宽面条。这是希腊专有食品。

希腊烤肉,包在卷起的口袋饼中吃。脆香,不油腻。

我最喜爱的是那盘烤鱼,"亚"说是只用橄榄和盐做的,纯鱼味。配甜点:杏仁蜂蜜饼。希腊甜点过甜,但满满都是蜂蜜。

吃时,当然别忘了,要饮"蕾契娜"(一种淡黄的葡萄酒)。那是希腊历史最悠久的"国酒",不喝那酒,可就不叫到了希腊。

我们十二人吃了那么多样,每人只拿了八欧元。一份烤肉口袋饼只要两欧。在瑞士,我只吃了一盘炒豆干加米饭(也就有一口多米饭),就要十七欧元。更重要的是还保了健。

回国我还想吃,没有啦。

哈,那天吃得美。但"亚"的问题让我哽住了。

"亚"问我,知道为什么这么好吃吗?

这就是"丰饶之角"产的美味。

希腊神话奇幻绚丽。"亚"给我讲起了一个神话故事:那还是宙斯的父王当政的时候,那时有一句谶语:"宙斯父王的王位将被他的孩子推翻。"于是,宙斯的父王为保住王位,准备自己的孩子一出生,他就将其吞进肚里。宙斯的妈妈心疼不已。因此在宙斯出生时,她包了一块石头,偷梁换柱地替换下了宙斯,又把小宙斯藏在一个小岛上。

妈妈找来一只母山羊喂他乳汁,一只雄鹰给他带来仙泉。每当他哭叫时,仆人们就跳舞、唱歌,敲打铜盾来掩盖他的哭声。这样他一直未被父亲发现。虽然危险,但宙斯依然快乐地成长起来。

宙斯刚会走的时候,一天,他和母山羊玩,不小心碰断了山羊一只角。仙女赶忙为母山羊治好了伤。妈妈立即把神奇魔力赋予那只角,然后送给了这个善良的仙女。后来这只羊角竟能产出各种美味食物。希腊的美味从那时就开始了。充满母爱呀!

我到希腊,朋友每每请我品尝美味就说:"这是'丰饶之角'产的。"开始总不明白,听了这个故事才豁然开朗。

啊,不能光说美食啦。希腊有俗语:"好事像天上的星星、海里的鱼。你高兴,它就数不清。"

"亚"说还有惊喜给我看。

希腊人真的让幸福不间断。

转不完的圆圈舞

每到一个国家,我一定要看人家的传统歌舞,那是人家原汁原味的民族文化艺术,国内任何歌舞团都复制不到位。到希腊更渴望。

上游船,赶去看表演,已座无虚席。遗憾没座了。我和老爱刚在一边站定,好几个大妈大婶让座。大妈大婶都是"重量级的",竟想挤在一个座位里,而且是不容推辞地让我们坐。老爱在一圈女性的热情包围中不知所措。我的朋友"亚"赶来,不知从哪搬来椅子,大家这才坐下。

在希腊人中间,真的就像老朋友一样:坐定,她们又塞来点心和饮料,都是自己做的。欢声笑语也随之像散包的豆似的一阵一阵地爆出来。

我说她们年轻、漂亮。

她们却一块大笑说:"都退休了。"

一问,原来希腊四十岁就退休。

我说:"听说,你们不喜欢存钱。"

她们说:"不用存。已故父母的养老金都可继承领取。"

福利真高!我惊讶得禁不住"呀"起来,我的朋友"亚"以为我叫她,忙探过身来,结果又一阵大笑。

我原以为大家都是游客,一聊,才知"亚"她们都是雅典本地人。他们每年都到岛上避暑(我去时是10月,可气温还三十多摄氏度。到11月,岛上就没有游客了)。她们说,烦了、累了,就到海岛来过神仙的生活:吹吹海风,吃吃烤章鱼、烤肉口袋饼,跳跳舞。没几天就又像打足气的皮球一样,满处蹦去了。她们在岛上都有自己的小屋。11月,天凉了就回城里。简直叫人羡慕不已。

"亚"说,在游船上会看到世界上最快乐的跳舞,那个舞能让每个人的心在琴弦上快乐地跳跃。

名不虚传,士兵舞那种快节奏的旋律、激情的音乐,连吉普赛舞都比不上了。我在俄罗斯看过吉普赛舞,那种快乐的节奏已经让你快乐不已。但这里的舞更胜一筹,真的让你快乐得喘不过气来。

然而快乐之舞的起源却是沉重的。哦,我借此先说说著名的希腊换岗仪式好了。

雅典市的宪政广场,规模不大,但很有特色。广场背景墙的浮雕是一个仰卧的士兵，是为纪念在抗击土耳其的独立战争中牺牲的英雄而雕刻的。

两名身着民族服装的卫兵庄严守候，一小时换一次岗。换岗士兵的着装在欧洲闻名。

卫兵荷枪，穿着鲜艳夺目。白色紧腿袜，红色翘头鞋，鞋头上装饰着一个大穗子团，头上戴着红色的小帽子，帽上一条斜搭下的黑色长穗，英姿勃发，漂亮至极。特别引人注目的是男兵穿短裙。作家海明威曾戏称希腊的士兵是"穿着芭蕾舞裙子打仗的男人"。"亚"告诉我，那宽摆裙子有四百个折褶。

为什么是四百个折褶？"亚"叫我等等，之后再告诉我。

那天在船上跳舞的，正是这样装束的两位高个小伙子。两个人的长腿激动着全船人的心。令我印象深刻的是他们的舞好像只有小腿的动作。

带有我们新疆乐曲特点的舞曲，鞭策着他们的双腿。只见他们的腿飞快地上下左右跳动、旋转。红色翘头鞋画着好看的弧线。

空气里搅拌着欢快、鲜明的节奏，优美的旋律把快乐送到每一个人的脸上。

最后，人们都情不自禁地跳起希腊传统的圆圈舞。那舞步简单又好看：前三步，后两步。圆圈就跳动着转起来。

希腊传统的圆圈舞是男人女人分开跳。而那天不分男女地一起跳，在场的大家都卷在快乐的漩涡中。没人拒绝欢乐，都在欲罢不能的境地。"亚"拉着我们也进了圆圈。

"亚"告诉我，她和她的朋友，每年都要上船来跳舞。

快乐会让人怀念。真想把圆圈舞带回祖国。

开心永远难忘

当黄昏降临的时候，我们的船要靠岸了。

一个穿着希腊民族服装的男人，吹起了萨克斯，站在船头向每一个人告别。那曲子是我在夏威夷听过的《友谊地久天长》。

那是可以跨越五湖四海的歌，悠扬的曲调带着隐隐离别的伤感。我真不愿下船。

不愿分离，我们这些只相处了几天的异国朋友紧紧相拥，一次次贴脸亲面，亲吻声一声高过一声。我感觉"亚"哭了，我俩的泪流在一起。

是啊，人真有意思。

一个素不相识的大妈，也挤进来拥抱我，一边说中国人温暖，一边塞给我一把开心豆。"亚"让我收下，并告诉我，艾伊娜岛以盛产开心果闻名，他们的开心豆小而香。我才知道开心豆原产地并不在美国，而是希腊。去过美国，美国人远不如希腊人快乐，美国的开心豆也不如希腊的好吃。

那天分别时"亚"才告诉我，士兵裙子上那四百个折，表明希腊历史上受奥斯曼帝国奴役的四百年，也是为了纪念岛上抗击土耳其而牺牲的四百名战士。

这个欢跳至极的士兵舞，就是希腊独立，他们为挥洒胜利的喜悦心潮而跳的舞。

"亚"说："我们希腊人总跳这个舞，就是想不再苦难，不再分离。""亚"还说，为了医治被奴役的创伤，希腊人把小豆豆叫成开心豆。

是啊，古希腊伟大的哲学家苏格拉底几千年之前就说过："在这个世界上除了阳光、空气、水和笑容我们还需要什么呢？"

人们如果都变得这样聪明，多好。

于南开西南村

文明历史,那里有辉煌,也有疼痛。辉煌镌刻在丰碑上,那是人们追求的凝聚;疼痛留在岁月里永不重复。

留在岁月里的威廉皇帝纪念教堂

在德国柏林,站在威廉皇帝纪念教堂(以下简称威廉教堂)前,我的一个最不爱讲话的学生莫名地向大家宣讲:"虽然这教堂的残损是耻辱的记忆,但也让人们记住,惨痛的历史不应重复。教训也应让它留在岁月里。"

她是我的德国学生利里安雅。一米五高,绰号小豆豆。小豆豆抱怨,妈妈生她时完全没有想到有她。妈妈先生出了一个膀大腰圆的哥哥,就在大家都以为结束了的时候,"咚"的一声又掉在产台上一个,这才知道还有个小不点妹妹。在她过满月生日时,外婆做蛋糕又忘了放酵母,结果蛋糕又小又皱,所以现在她就成了"小豆豆"。然而小豆豆对我,却像对她的外婆一样好。

此刻她完全像一个大学者,自告奋勇地讲着威廉教堂的历史。

1

威廉教堂是德皇威廉二世在1891年为纪念他的祖父,德意志的第一任皇帝威廉一世而下令建造的。设计者是当时声名显赫的皇家建筑师弗兰茨·施韦希特(Franz Schwechte),德国科隆大教堂也是他的杰作,风格却完全不同。

威廉教堂有五座钟楼,主钟楼高一百多米,是当时柏林的最高建筑,内部的装修非常精致。我看过世界上很多教堂,建筑风格差异鲜明:拜占庭式是洋葱头圆顶建筑;哥特式多有相交成尖角的斜线,教堂顶像冲天的狼牙棒;希腊式多用直线;罗马式多用弧线和直线交错,比较平实。而威廉教堂是一座带有哥特式元素的新罗马式建筑,这让它成为当时柏林城西的一个亮点。

像教堂、寺庙这类建筑从来都是人们精神凝聚的场所,中外都一样,只是外国多教堂,中国多寺庙。

二战时,威廉教堂,这个与上帝相会的地方,或许真的受了上帝的关照:一颗炮弹从主钟楼的尖顶洞穿到底,虽然几乎炸去了一半的教堂,但还剩下了六十多米的主钟楼外壳。周围的钟楼成了瓦砾,主钟楼依然挺立。

二战后,有人想拆了旧楼重建,但遭到柏林人的非议和反对。最终双方达成一致,将旧教堂保留下来,并在周围建起了新的教堂。

"谁也不能复制历史。拆了旧教堂,就是拆去了历史。"

小豆豆的话像名言。

2

小豆豆那天真像我们的老师,带我们看了真实的历史。

站在新旧两座教堂前,感慨颇多:

战火之中,威廉教堂饱受创伤,甚至整个柏林都险些夷为平地。完全失去理智的希特勒,竟下令炸毁柏林的所有建筑和设施,包括数十万无辜市民藏身的地铁。

有损于民族形象的教堂残骸,就算拆除也说得过去。但柏林人选择勇敢地留下耻辱的记忆。

旧教堂重建只是把圆筒墙外壳加固了,改作纪念馆。钟楼的残骸仍然原样保留,就连钟楼上的大表也永远停在被炸的那一刻,仿佛是座无声的警钟。

新教堂的中殿是座八边形的建筑,虽然不如旧教堂高,更像一座纪念碑,但带有明显的现代气息,展示着德国现代建造工艺的骄傲。小豆豆说那是个惊叹号,时刻提醒着德国国民,曾怎样被自己国家的元首欺骗。请记住历史!

新教堂有超过三万块玻璃窗,彩色的玻璃被切割成不规则的小块,重新组合成正方形嵌入混凝土铸成的墙壁格子中。照射过来的光线被玻璃碎片折射出去,犹如宝石一般。

新旧教堂以鲜明的反差向世界昭示:一个诚实的民族,经历了战争的惨痛却未忙于洗刷掉自己的耻辱,而是要永远记住这个教训,并重新建立起自己的尊严。这当是一个民族怎样的可贵呀。

白天走进教堂,那感觉真是异样。阳光从玻璃窗照进教堂,呈现出忧郁的蓝色,也许那就是天堂的颜色。一块块蓝色的小方块组成了天宇,闪烁着无数晶莹的光点。幽幽的天宇之下,立着一尊巨大的耶稣圣像,大张着双臂,从空中俯身向下,仿佛在看着大千世界的芸芸众生。我敬仰这位伟大的奉献者,也有许多疑问。

对德国,我情感复杂。我看过德国伟大的歌德、席勒、海涅等人的传世佳作,听过伟大的贝多芬、管风琴之王巴赫的不朽乐章……

可我也在俄罗斯看过卓娅的墓碑,在荷兰看过犹太小姑娘珍妮藏身的阁楼,看过那些卫国战争的英雄儿女们惨遭德国法西斯凌辱、杀害的照片,也读过《卓娅和舒拉》《古丽雅的道路》《青年近卫军》……出国任教时,我又见到了德国法西斯在拉脱维亚的集中营,那里的大地都在呻吟。至今回想起来,都感到心在流血。

都说上帝创造了人。可我真的不明白:同在德国,为什么有那么残酷、疯狂、邪恶的希特勒,也有善良得像一只小羊羔的小豆豆?

在小豆豆的讲解中,有一句话让我们每一个人深思:

"认识和记住自己的错误也是一种特别的美丽。"

3

下午,我赶去了洪堡大学。小豆豆叮嘱我一定要去看。

洪堡大学建于1810年,爱因斯坦曾在这里任教,马克思、海涅,还有我们的周总理都曾就读于此。那个善良得没法再善良的小豆豆,也曾在这里接受教育。

洪堡大学门前是创始人威廉·冯·洪堡的雕像。我深深地鞠躬,谢谢这个好老头。重要的还有,到洪堡大学看了名人录才知道,原来小豆豆的外公也参与了威廉教堂重建的设计,我这才明白为什么她那样责无旁贷地做了我们德国二战历史的主讲讲师。

"认识和记住自己的错误也是一种特别的美丽。"我重复着这句话。

真想念总要把我搂在怀里的小豆豆,想念那份让你心里痒痒的开心和温暖。小豆豆利里安雅齐耳的短发总是湿漉漉的,像刚出生的小羊羔被老母羊舔了个够。总是文文静静的,站在那儿不说话,可说出话来,却掷地有声。

我不会忘记,她说起残破的威廉教堂时的那句名言:

"那是一颗德国人的虫牙,疼痛会让你保持记忆。让疼痛留在岁月里,永不重复!"

草于德国柏林

勃兰登堡门的记忆

1

八天,开会、讨论,憋得我们这些代表个个眼发绿。刚宣布休会,跑呀!

早听说,去德国柏林一定得去看勃兰登堡门。

在大街上走,好惬意,就像穿过树林一样。大道两旁一行一行的菩提树,绿草如茵。走在菩提树大街时,体验绝对新奇。我一会儿睁眼,一会儿闭眼,因为只要你放眼望去,就会看见白花花的、两瓣儿的屁股在草地上晾晒。人们不分男女地在阳光下,享受着大自然的恩赐。后来我才知道,那就是欧洲著名的菩提树大街。

哈,我知道为什么著名了。

一种少有的自由放飞的感觉冲出心扉,原来人可以这样自由自在地活啊!

大自然造物的真实、人世间不损害别人的自由、纯净健康的企望和追求在这里得到诠释。心骤然敞亮,四通八达。

我想起天津水上公园的湖泊曾布满铁丝网,理由是"禁止游泳,有碍观瞻"。那时我才知还有文盲、文化愚昧!今天他们终于在美与健康的呼声下拆除了丑陋和无知。

不要隔阂!事无巨细,历史总在说着必然。

站在勃兰登堡门前,觉得它分外宽阔。但就在这里,美苏两大阵营冷战时,却赫然垒砌出一道隔离墙!历史皱起皱褶,自由被切割。心骤然压抑,堵塞。

我想起我的一个德国学生说的话:"历史总要进步。人类一定会从野蛮、愚昧、独裁、恶欲中慢慢觉悟过来，摒弃隔阂，走向文明。"

2

那是在国内，去西安的路上……

大家挤在一节车厢里，吃穿用度都在一起。很快我便发现，那些打着哈哈的洋学生们，其实心里是国界分明。

我发现，大个德国学生舒迪特（绰号老叔）常对一个日本同窗土肥投去不屑的白眼。

餐车碟盘勺筷的碰撞声中，不知谁提起了日本不肯给中国劳工赔偿的新闻。老叔还说了一个"黑瞎子偷蜂蜜——死不认账"的故事，他一边说，一边还龇牙咧嘴地表演，随即爆出一阵阵大笑。这时土肥气哼哼地挺直身子，站了起来。

伴着火车车轮和铁轨碰撞声，"日德大战"烽烟滚滚。

土肥和老叔鼻子对着鼻子、脸对着脸地冒着火星。

大家一起劝："不要隔阂！不要隔阂！"

我劝阻了他们。

我相信人们总会进步。

3

西安，一个充满奇迹的地方。走近它，谁都会为它历史遗存的完美博大而震惊，谁都会为之感动。在这片古老的黄土地上，中华民族的先人镌刻了无数的辉煌。

当我的学生们走过至今世界上保存最完整、规模最宏大的古城墙，看过了被誉为"东方维纳斯"的彩俑，拜谒了气势恢宏的唐女皇武则天的乾陵，读了石质历史书库的碑林，参观了秦始皇陵及兵马俑坑……无论哪国的学生，心里带棍儿、带刺的，都心生敬仰。西安深厚的历史文化积淀，浩瀚的文物古迹、遗存昭示着中华民族的才智。谁能不为之感喟!

4

几天的旅程总算平安,没事啰——我和领队松了一口气。

谁知天有不测风云。半夜十二点了,鸡啄米一样,敲门。我们的小男生土肥忽然拉起了肚子,发高烧。真是"哪壶不开提哪壶",出门最怕学生生病。再说,日本留学生明天还要去上海机场,回日本。

赶紧去医院。平日里坚持武士道的土肥完全瘫软在床上,德国老叔不容分说地把他连背带抱地去了医院。得输液,我陪吧。

那天,有意思。本来学生病了,我的心里"十五个吊桶——七上八下",一扭脸,差点儿笑出来。老叔蜷身坐在椅子上,一会儿画十字求上帝保佑,一会儿合掌拜佛爷,到最后:"猪八戒保佑,孙悟空保佑,可别是感冒。"(欧洲人特别怕感冒。)

我赶他回去他也不走。

那一夜,我也就差烧香磕头,连猪八戒我也想拜上了。

等到天亮,终于退烧了,化验结果也出来了:"无病菌。"我们如释重负,不是食品有问题。

土肥又有神有气儿了,问:"那为什么?"

小护士说:"问你自己。"再赠送一个白眼。

"日本旅游书上介绍说一定要吃。名不虚传呀! 太大的美味!"土肥回答。最后小男生还不好意思地嘟囔:"唔唔,壮阳。"

看着这个小男人,真有点哭笑不得。

小护士困了一夜烦透了,没好气:"哼——吃顶盖儿了。"说着便带着一阵风走了。

回到宾馆,被学生赞美、感激。日本学生说,"老师是家人",那感觉真是"菠萝蜜倒进了樱花蜜"。而我真正感到甜蜜的是——当我告诉大家,谁把土肥背到医院,又在医院忙了一夜帮我照顾土肥时，几个日本弟子的表情是我从没看过的复杂。他们用眼睛找着舒迪特，憨厚的老叔早已趴在餐桌上打起了呼噜。

我没看见谁拥抱谁，但听到他们都在说：

"我们不要隔阂！"

5

我在德国，在那被十几万人推倒的柏林墙前，似乎又听到那些年轻人的呼声：

"我们不要隔阂！"

柏林墙被德国人特意保留下了一段，上面都是涂鸦，写满了历史的斑痕和年轻人的梦。

为了跨越这道隔断自由的墙，有一千零六十五个人献上了他们只有一次的生命。在这些心怀着美梦的、追求人类美好的勇敢者中，最小的只有十八岁。他跳墙回家，被打死。

隔断自由的柏林墙于 1961 年 8 月 13 日，一夜之间冷冷地横立在东西德分治线上。它是在人们的睡梦中偷偷立起的。多少亲朋爱友从此开始了咫尺天涯的苦痛思念。

德国学生告诉我，一对新婚不久的恋人，新郎有事去了东边。没想到从那天起，新娘便开始了二十八年的苦等、盼望。那真是："吹箫人去玉楼空，肠断与谁同倚？一枝折得，人间天上，没个人堪寄。"

分别的又何止恋人……

东西德共处一条街的楼房，连相对的窗子都得砌死。

那石块是砌在人的心上啊，一砌就是二十八年！

6

1989 年 11 月 9 日，也是一夜之间，经过两德人民二十八年拼搏，在超过十万人的欢呼声中，柏林墙轰然倒塌了。

两德人民相互将对方拥入怀中，紧紧地拥抱，长久地亲吻，肆意地抛洒泪水，忘情地狂欢。成千上万的人彻夜不眠地畅诉分别的苦痛与重聚的欢乐，享受着亲友重逢的幸福和喜悦，享受着祖国统一的自由。

人类是一定要进步的。无论谁去阻拦、谁去分割，破碎的、错误的历史永远都无法阻挡人类对美好的追求。

我特意在保留下来的柏林墙边穿过来，走过去。我想欢跳——为庆贺拆除了这有形的柏林墙。

我还渴望着拆除世间所有无形的墙，无论是国外的还是国内的，让心与心畅通无阻。

翻照片，看到我的学生，哪国的都有，都在一起。噢——何止不要隔阂，更不要战争！想一想，如果人们从那无意义的厮杀中转过身来，把用于战争的一切都用于人类和平发展，将是多么轻松和美好。

一稿于德国柏林

希腊橄榄青青

我的希腊梦，儿时就摇摇晃晃地起飞了。一本打开的《古希腊神话》为我铺就了起飞的跑道。

开始是被书中新奇的从未见过的插图吸引，而当我刚刚能把一个个方块字连成句子时，我看到了一个充满奇幻的世界：

在遥远的天边，有一片深蓝色的大海，那就是爱琴海。在那蓝蓝的大海上，有一片伸向大海的土地叫巴尔干半岛。半岛的四周散落着许多岛屿，岛上长满了青青的橄榄树，那就是希腊，一个古老又美丽的国度。书中那些离奇的故事就诞生在那里。

古希腊神话是古希腊人想象的造物，长期经口头传说，被后人整理成册，故事广阔浩繁，是西方世界最早的文学形式。

那是怎样的奇妙绚丽啊。

天神雅典娜的出生惊世绝伦。希腊的保护神、智慧之神、战神雅典娜竟从威力无比的宙斯的头颅中诞生。当希腊最伟大的女神雅典娜，从父亲开裂的额头站立而出时，顿时整个宇宙气象万千。

雅典娜手持长矛，身披战袍，金光四射。明眸所及，雄伟的奥林匹斯圣山震颤，大地惊叹，大海浪击长天……雅典娜威震到无边无际，也灿烂到永远。

人神都惊诧不已，倾心诚服。云是天空的灵感，神是人的向往。

哇——那是一个怎样神奇的地方？真想看看。

未知，总鼓动着远飞的翅膀。

2

当儿时的梦真的降落在希腊这片土地上时，我已走过人生的大半征程，也差不多走遍了世界。去过最富裕的美国，也去过人均收入最高的瑞士、瑞典，却总觉得真正的富有在希腊。

那是令人深思的富有。悠悠厚重……

希腊，这个仅有十三万多平方千米、千余万人口的国家，却是欧洲文明的发源地。这个依偎在美丽爱琴海怀抱的古老国度，为世界奉献的是人类稀有的文明盛宴。

走上这片橄榄青青的国土，看不完凝固的历史文化，读不尽远古的文明。

当你循着古希腊人的脚印，登上一百五十多米的石阶，穿过一道道高大的廊柱山门，走上"高丘上的城邦"——雅典卫城，真的顿感天外有天。三面绝壁的山丘上，展现着公元前580年的人文奇迹，荟萃着古希腊文明最杰出的古建筑群。

卫城原是防范外敌的要塞，后又建起宗教的高堂玉宇。在英雄时代，卫城是奋战沙场的士兵们心灵的殿堂。最早、最负盛名的帕特农神庙，是希腊人至今膜拜的"雅典娜圣殿"。

神殿四十六根巨大的大理石支柱，巧妙地校正了视觉的错觉，刚健又柔美。柱间九十二堵刻满神话故事的殿墙，完美、自然地相连。大殿长宽使用了最美的黄金比例，整个建筑生机盎然。可惜，现在仅存林立的廊柱，但依旧巍然，散发着沧桑的辉煌，傲视着光阴和暴掠，诠释着文明的永生。

站在那历史的遗迹前，我觉得人真渺小，又觉得人真伟大。那些粗粝、坚硬、死寂的石头，怎么就变得如此壮观又生机盎然？仿佛真的有了生命。

神殿建筑气势恢宏，庄重气魄，又和谐优雅。令人沉醉的壮丽，动人心魄。

遥望雅典卫城,白色的帕特农神庙遗迹,在蓝天里傲然挺立。那是卫城的标志,是希腊民族精神和审美理想的完美凝聚,是古希腊灿烂文化永久的辉煌。

文化是思维的载体。

文明,有的诠释帝国的无上权势,有的显露王朝的奢靡豪华,有的昭显人类的睿智进步。

希腊文明如此珍贵,为什么?

或许因它浩浩的思想,睿智的思维……

3

仰望着神庙,听着小G的讲解。

小G是雅典大学东方语言文学系的学生,希腊人。男生,却像小姑娘一样,文文弱弱、白白净净,满头的卷发。站在那里,玉树临风。讲解时像背书一样,声音抑扬顿挫,态度极其认真。他说他在打工。小G身后是一位中年妇女,那是雅典大学特意推荐的学者。学者讲希腊语,小G用汉语翻译。我想他的翻译不是"信、达、雅",但一定有创造:"不是吹,我讲解时,下面的人,那可是鸡鸭无声。"显然忘了"鸦雀"的翻译。

是无声,因为下面只剩我一个人。

小G的讲解分星劈两,纲举缕析,不厌其详,乐此不疲,不愧是学者的学生。那天我明白了,希腊人为什么感恩橄榄树。

古希腊不是上帝的宠儿,生存环境贫瘠。希腊的"富饶"是岩石、荒山,还有三百多天的烈日。大自然又经常显示它的威力,让古希腊人困惑与恐惧。但苦痛激发人的自我意识,磨难点燃蓬勃的生命活力,困惑也催生神奇幻梦,古希腊神话因此异彩缤纷。现实却是实实在在的:上天吝啬地赐给了他们橄榄树,古希腊人用汗水才使橄榄青青。青青橄榄至今救助着拮据的希腊人。

那天,也感谢上苍赐给我一瓶水,能不断浇在头上凉快凉快,支持着小G的讲解。

我笑了，小G不爱笑。他还提了一个严肃的问题。

帕特农神庙内殿原供奉一尊雅典娜女神。高十多米，木框骨架，外镶金片，竟达一吨多重。那是诚信的尊奉。公元5世纪被东罗马帝国掠走，至今杳如黄鹤。公元前480年入侵的波斯人（第二次希波战役）烧毁了神庙，只留下苦难的高贵。

但希腊人仍复制了一尊，珍藏在考古学博物馆，重塑着他们的梦。

最后小G讲道："希腊人崇拜雅典娜，在希腊，您随处都可以感受到。您知道为什么吗？"

小G提醒我，他是伟大先哲的后代，他的问题绝对重要。

4

下山，就把伟大先哲的后代小G的问题丢在了脑后。

看不过来，感受不过来。等到了"雅典体育场"我知道了。

希腊人尊崇雅典娜到极致。为了庆祝雅典娜的诞生，从公元前五百多年起，每四年就举行一次"大型雅典娜节"（Panathenaea）。除了声势浩大的游行，还举办体育竞技赛会。激情燃烧的人们尽情地表达对雅典娜的崇拜。

原来雅典娜是希腊人的智慧女神，是农业与园艺的保护神，教人类纺织、畜牧、绘画、雕刻、陶艺等生存技艺；她还是法律的女神，创立雅典第一法庭；又是女战神，保护着希腊人的城池。依据神话，雅典城就以她命名。

我的一群导游们都说：

"雅典娜太美妙了。"

她在财富、智慧和美中只选择了美，把美凌驾于财富与智慧之上。

是的。在这个充斥着欲望、金钱、财势之争的世界上，我只在希腊看到了这种独有的选择,这种单纯洁净的推崇。

神话是人类童年的追梦,美的追梦。

希腊第一次奥运会就是彻底的美的竞技,只有裸体男人参加。那是为充分展示人体美,充分表达人们对美、自然美的赞誉。人是大自然的造物。

在那次竞技中,希腊人也重温公元前490年,战胜波斯的骄傲。那是希波第一次战役,雅典人奋勇御敌,血战到底。虽然惨烈,但雅典人胜利了。士兵斐迪庇第斯极速跑了四十余千米回到雅典,他只说了一句"我们胜利了",便倒地身亡。

他倒下了,他的精神留在了他身后的永远。

希腊为此设立了马拉松长跑,而奖品是一个橄榄枝叶的花环。

5

那天,热情的旅友还给我讲了一个争夺雅典保护权的故事:

雅典娜与她的舅舅波塞冬争夺雅典城的保护权时,波塞冬用象征海上势力的三股神叉,在卫城山上扎出一眼咸水泉;雅典娜拿出了象征和平与繁荣的橄榄树,立在大地之上。人们一致选择了雅典娜做卫城的保护神。于是荒芜的大地上,橄榄永久青青……

故事的大型群雕,在公元前432年雕在了雅典娜神殿的西山墙顶上。

在希腊,我常分不清哪是神话故事,哪是历史。但我可以回答小G了。

雅典娜是希腊人不懈的向往。神是人类心中的造像。

我去欧美五次了。在国外生活了两年多,在不同的国家感觉着不同的社会情绪。有意思的是,瑞士和希腊比邻,给人感受却截然不同。在瑞士,即使是不工作的人,政府每月也给两千七百欧。然而那里的人拘谨,没有显而易见的快乐。

在希腊,我接触的每一个希腊人都一脸自足,自豪,坦荡。希腊人热情奔放、快乐、单纯、享受生活,吃着健康的食品,跳着没完没了的圆圈舞。人均月收入八百欧,他们却总说自己是富翁。

我说:"可你们总在借钱。"

小G立刻心塞,堵车。此时他脸上的每个部位都已错位,声音也不再是小溪涓涓,而是波涛汹涌:

"我们光明正大地借债。不像某国标榜中立公正,却吃黑钱的利息,还美其名曰:保护隐私。"

我故意揶揄他:

"你们也死皮赖脸地不还债。"

"不。希腊艰难,也被抢掠。希波战争中,波斯人一度占领了雅典,卫城被波斯人付之一炬。希腊人花四十年重建卫城,创建文明盛世。最后又被罗马摧毁。"

是啊,我去过意大利罗马。罗马文明的辉煌是血腥的奴隶角斗、践踏人性的斗兽场,庞贝奢靡的沐浴、酗酒之风……虽然也有罗马法典,但总觉得不能与希腊文明相提并论。

小G强调:"希腊生存也艰难……"

是啊,希腊思索深邃的生存意义,于是诞生深刻的哲学;注重自由与民主的秩序,所以建立最早的民主制度。他们富于幻想,神话璀璨烂漫。然而,他们独独缺乏防范意识。书写了异彩斑斓的戏剧,却没一本兵书。

小G有点伤感:

"希腊是农业国。创造盛世,谈何容易。只说现代百年奥运的举办,最后在美国奥特兰大举行。那可不是神的力量,也不是单纯的美的竞争,那是商潮在淹没着传统的追求。"

"但是——"小G的"但是"说得坚决又响亮:

"但是我们追求经济发展的脚步,绝不踏入别人的家园,也绝不允许别人践踏自己文明的故地。为了把二百棵橄榄树的原始风采存留下来,我们雅典人已经改变整个城建蓝图。"

死认真的小G还说：

"你们不相信，推后吃饭两小时。我带你们去看那二百棵橄榄树。"

那天，我的旅友们第一次异口同声：

"我们相信！我们相信！不用看了！不用——"

说心里话，真的不必看了。那可不光是我们肚子反对。希腊人，这些苏格拉底、柏拉图、荷马的后代有理由骄傲。

任外边的世界"天翻地覆慨而慷"，他们仍在那爱琴海深蓝色的浪涛中"胜似闲庭信步"。放飞着他们自由的心灵，守护着他们富有的文明，坚持着他们睿智的选择。

哦——希腊橄榄青青……

于雅典

只聪明不够，生存要智慧、精思。世界需要独特。民族的，诞生于生存渴求的一定有特殊性。个别的，也是新颖、新鲜、新奇的。民族的一定是世界的。给你惊喜，给你快乐。

精算的尼德兰人

我一直以为荷兰不定多大呢,到了荷兰,才知只有四万多平方千米。人口只有一千七百多万。

荷兰简直就是上帝的弃儿,给他的都是沼泽、洼地。荷兰大部分国土都建在木桩上。它真正的国名为"尼德兰"。"尼德"是低的意思,"兰"是土地,尼德兰即"低洼之国"。荷兰全国有三分之一的面积仅高出海平面一米,约四分之一的面积在海平面之下,是名副其实的"低洼之国"。自然资源贫乏,没有山林,没有矿藏,连阳光也只有每年六十五天的照射。可在历史上,人家却有着对后世影响至深的创新,有着震动世界的业绩。我去荷兰走了一圈,就感觉人家会做买卖。荷兰人会算计,鬼聪明。

1

荷兰不是君主建立霸业,而是先有市民社区,后汇集为七个商团省而组建成联合商体,后才统一为王国。

现荷兰十二个省,有最为成熟的市井商人和最少的等级观念。我在欧洲画廊看到的油画,其主角多是宫廷贵族或宗教圣神。在荷兰,无论油画还是雕像主角,多是彪悍的海盗、壮实的农妇、肥胖的厨娘和双目诡异的商人。荷兰最为重视的就是经商。荷兰的证券交易所早于美国纽约一百年;信贷所(银行的雏形)早于英国一百年。

早期,荷兰受西班牙控制。从 1568 年到 1648 年,经过了八十年反西班牙的统治而最终独立,艰难啊。

荷兰没有资源可卖，靠海上运输而崛起。到17世纪荷兰已拥有一万六千艘船，占法英、西班牙、葡萄牙商船总吨位的四分之三。荷兰人垄断了整个世界贸易，足迹遍五大洲，成了世界的"海上马车夫"。

荷兰人肯定将此视为骄傲。我在荷兰的杜莎夫人蜡像馆看到了一幅一幅电光打出的荷兰历史画卷：昏暗灯光里，忽然站立起一个荷兰巨人，他用低沉的声音讲述着历史。转动的地球，迎面扑来的海水真像要把你吞吃一样。荷兰的商船在海中乘波远航，随之便是荷兰的国旗遍插了世界的各个角落。17世纪荷兰成为世界上最重要的海上帝国。这么个小国怎么这么大能量？

2

阿姆斯特丹近郊，有一个库肯霍夫花园（Keukenhof）。那是欧洲春天最早光顾的地方，也是荷兰人的钱包鼓起来的地方。

库肯霍夫花园原本是一个伯爵夫人的私人用地。现在这里成为全球最大的球茎花园。花园现有七十英亩，栽种了大约六百万株鲜花。

到阿姆斯特丹，一定要去那儿看看。当你站在那花的世界中，你真的会感觉就在花的仙境。

郁金香、风信子、水仙花赤橙黄绿像一弯弯彩虹。五颜六色的花依序绽放，铺成花的海洋。

这里每年大约培育九十亿株鲜花。荷兰种植鲜花大约四万四千英亩，成为鲜花之国，是欧洲的花园，只郁金香就有三十亿株。郁金香不仅已成为荷兰的国花，是美好、庄严、华贵和成功的象征，而且销遍欧洲。荷兰以"郁金香王国"而闻名世界。

其实，荷兰本没地，哪有花？16世纪，一个叫克卢修斯的荷兰花匠在一个出使土耳其的奥地利大使手中，发现了郁金香。于是千方百计得到它，并带回了荷兰。这样，原产亚洲的郁金香便开遍了荷兰，并一度在欧洲掀起了一股郁金香热。那时，郁金香的价值猛增，甚至有人用一座别墅换取一个珍贵的品种。现在想来，那是炒作。炫富的富人也不能总"炫"，不过"炫"一次，也就"炫"足了。

现在荷兰已有几百个品种的花卉，堪称世界之最。每年的春天，这里都举行为期两个月的花展。世界各地的游客涌入这个世界最大的花园，赏花，买花。花卉收入也早是荷兰收入的重要部分了。

想想，赚了钱，又为世界输送了美丽。发展了经济，没有污染，还美化了生存环境。多好！人家真的会做买卖呀！会发展！

3

这里还有地道的中国古建筑。高高翘起的屋檐，我熟识的华柱，雕花玉壁。看着灯火灿烂的中国餐厅，似乎闻到家乡特有的味道，真想也进去吃顿自己祖国的饭。来荷兰正值我在拉脱维亚讲学的假期，那种想回国的滋味真让人心潮汹涌。

夜幕降临，车启动了，不是回家，而是要回离我祖国遥远的雪国——拉脱维亚，继续我的援教工作。只有使劲儿扭着脖子，回头望望在异国土地上的中国建筑。

江碧鸟逾白，
山青花欲燃。
今春看又过，
何日是归年？

河上的中国餐厅，灯火通明，水中的倒影真像琼楼玉宇。波光闪烁之中，真有点儿人间天上的感觉。也许在异国看到祖国的建筑，更觉得亲切……

草于阿姆斯特丹

荷兰的贡多拉

学生告诉我："我们无论什么官都没专车。从国王到平民，都骑自行车。"

我不信。

一天我真到了荷兰，同行让我快看：一位老奶奶骑着自行车，满脸皱纹，估计九十多了，却有一种掩抑不住的优雅。车后座上带着一个小女孩，后面歪歪扭扭地跟着七辆各具特色的自行车。

荷兰人自豪地说，他们国家有一位伟大的母亲、伟大的老祖母——荷兰女王朱丽安娜（Juliana Louise Emma Marie Wilhelmina）。她每天都骑自行车上班，她的家族也不住在皇宫里，而是住自己买的民房。

女王无论是上班、逛街，还是送孙女上平民学校，都是自己骑车。

女王长寿，也教她的臣民活得仔细，特别注意呼吸的环境。她常常深入到民众中间宣传节能、环保的理念，大臣们也一律跟着她骑自行车，不许冒气。

荷兰百姓非常敬重、爱戴他们的女王，也都骑自行车。荷兰当时一千六百多万的人口，有一千七百万自行车。

自行车设计前卫，下本了。虽然造型简陋，但骑着很舒服，有的甚至可以半躺着休闲上路。有个笑话：

有个懒婆娘，整日什么也不干，只知道打扮，脸上抹得像在鹅蛋上撒胡椒粉一样。

这个撒了胡椒粉的鹅蛋婆娘总是骑着个半躺自行车到处闲逛。一天，逛着逛着，躺在车上睡着了，一下撞到路边蔬菜的土豆摊。买菜的小伙子惊呼："妈呀！仙女下凡啦！"

懒婆娘一听"仙女"，立刻高兴地从土豆堆里爬起来，得意地问："你叫我仙女？你猜我多大了？"

小伙子这才细看看这位从天上掉下来的女人，说："你怎么也不到六十岁吧？"

懒婆娘生气："哼，我才三十出头！"

小伙子忙道歉："哈，那就更不用往我菜摊上挤啦。我的土豆都是新鲜的，什么也不抹，就好卖。"

学生说："这个笑话就是说我们的自行车特别舒服。"

在荷兰，我没看到那样的车，但有不少双人车、三人车，拉着一家子。车都不太新，却惬意。荷兰人为它们赋予爱称"贡多拉"。

更令我惊诧的是，在大街上见到一队穿着滑旱冰飞速穿行的成年人，竟然是办案的警察！没见警车呀！

听说，一次警察抓了小偷，要给他穿上旱冰鞋，小偷就是不直腰。警察没办法，只能让他踩着"轱辘"蹲着，一路拉到了警察局。原来，小偷偷了别人的钱包，自己的裤腰带却跑丢了，不敢站起来。否则，他将被以"有碍市容"的罪名起诉，那可比偷窃的罪名大多啦。

后来，小偷央求警察别告诉他老婆，原来他是想有了钱给老婆买辆自行车。为此，他被少关了几天。

阿姆斯特丹引人思考。它总能把许多矛盾的事统一在一起，给你打开别一扇窗子，把"启迪"给你。

阿姆斯特丹有七千多家企业，涉及机械制造、金属加工、钻石加工、印刷等多种工业。正是这座工业重镇，同时也是郁金香之都、欧洲的大花园、风车之府、自行车之城，空气清新、见不到烟囱，呼吸之间便能嗅到花香。

风景也美，蓝天里白色的风车舒展着臂膀，像一个个线条简约的美女，羞涩清丽、苗条素雅。"窈窕淑女，君子好逑。"真美啊！

这才是发展了经济，又不忘为什么发展。

市郊一架架十五六世纪的木风车在风中旋转，依然"吱吱扭扭"地磨米磨面。一副老土过时的打扮，却永不疲倦地尽着自己的职责。

阿姆斯特丹素有"北方威尼斯"的美称。一千多条河上没有一条汽油船，岸上都是带轱辘的"贡多拉"。这些"贡多拉"方便又经济，坐着它们沿河穿巷，上街下桥，没堵车，没车祸，自由自在。那真是我们七八十年代的美景，我们曾有的珍贵……

发展经济不能受罪呀。

美的又总是美。后来去了山东，也在一个小渔村的海边见到很多"风车淑女"成排成行、亭亭玉立。

美不需要签证。

一稿于阿姆斯特丹

在荷兰吃了一个风车

风车哥哥的家乡

我儿时就特别喜欢看一本童话。特别喜欢看彩图,看风车哥哥让小"皮肚"弟弟和小云朵妹妹坐在他的长胳膊上,在蓝天下摇来摆去。

儿时,风车就把去看看它的渴望吹进我的心里。现在,我终于站在了风车的故乡,真像走进了童话……

那真是风车的童话世界。我看到了风车,真切、生动。

在这个风车村,无论从哪个角度观赏风景,都一定能看到地平线上竖起的风车。那宽广地平线上的风车,天上飘泊的云朵和地上的湖泊都带给人无数的梦幻和想象。

一望无际的绿野上,一座座古老的风车高高站立。他们像一个家族的兄弟姐妹厮守着,彼此爱惜地相视。色泽鲜艳的风车叶,像伸长了的胳膊似的转动着,发出的声音永远是不改变的"吱呀吱呀"。是啊,他们有倾述不尽的劳苦。风车下,溪流却没有时间听风车的絮叨,竟是跳起来,顶着水花,闪着亮光,忙着去磨坊赴约。他们得打工哟。

曲折的小道铺着蜿蜒的彩带。溪水潺潺,涓涓流淌,把晶莹安装在大地上。小桥扭来扭去,你拉着我拉着你,在绿野上架着通道。小木屋静静地藏在绿荫里。阳光慷慨地把眼前的一切都镀上了金色的亮光。

一片诗意中藏着人们的劳绩和欢乐。

不是像童话,而是就在美丽的童话中。风车叶上好像还站着小"皮肚"和小云朵。

儿时傻傻的童话像一坛陈年的老酒,历久弥香……

我情不自禁地赞美:"多好的居住环境。真羡慕呀,纯净的田园风光。"

我的旅友老德撇着嘴说:

"嗬,别总是'鼹鼠出门——见什么都稀罕'。"老德总开玩笑,说我是出洞的鼹鼠。

"荷兰风车最早是从我们德国引进的。可惜德国在大工业发展时期,移情别恋,爱上了蒸汽机,忘了他的老情人。结果闹得莱茵河都污染了,荷兰却躲过了一劫。"

我说:"人家荷兰把风车发展到了极致。"

"他们有条件。"每当我赞美荷兰,老德一律不屑。

是啊,上帝总是公允的。上帝没给他们土地,却给了他们造大地的风。

我说:"不管怎么样,人家风车的使用真是太巧妙了,一举多得,现在还成了一大风景。"

我真想买一个风车带回去,放在家乡的白洋淀边上,大清河边上。

带回一个风车真不易

为了买风车(当然是艺术品啦),我决心逛商场。嚯,一去,我们这些"老外"都有点"刘姥姥进大观园"了。

荷兰人会做买卖,商品都是一类一个,从锅碗瓢盆到衣帽鞋袜,琳琅满目。

有创意的商业点子,可以让顾客"赴汤蹈火"。没想到,我也获得了一次这样的机会。一个醒目的大牌子,我敢说谁看了都走不动。

"全部四荷兰盾,你拿走!"

什么呀？这么便宜？

我快步上前。立马"咚"的一声，"噔噔噔"退回两米。我晕乎了好一阵儿。我们乱了一通：你说，这商家光知道招揽生意，却不想想把门开好。中间是通顶立地的大玻璃窗，门却藏在旁边，奇了怪了！

后来我们才知道，历史上荷兰人造房子就是小门大窗。因为他们凭着门的大小纳税，人们为了少掏钱，宁肯从窗户吊物品进屋也不把门开大。难怪我们在河边看见的荷兰人的房子顶上都伸出一个铁钩。

都说荷兰商人心都带钩，人家可是处处都留着心眼儿。

在荷兰，你只要走进商店，就不可能不买东西。特别是工艺品商店，充满了幽默感，那里全然就是一个小型艺术展览馆，光小船、木鞋就不下几十种。

展示荷兰特色的木鞋精致多彩，多种多样：有园艺型、新婚型、滑雪马靴型……新婚型的木鞋尤为精雕细琢。据说，荷兰婚礼上，新郎新娘父母会各给新人送一只木鞋。两只鞋上分别刻上新郎新娘的名字。婚礼过后，这双木鞋便要永远珍藏在他们的卧房，象征走到一起，一生相伴。了解这一风俗后，许多情侣都会买。遗憾的是，老板不会刻汉字，否则我和老爱也一定买一双。

我的一个老外朋友非要买一双，而且还一定要小鞋：

"我买小的，我愿意穿小鞋。"

等我告诉了他们汉语"穿小鞋"的喻义，老外说："买了也不穿。"大家一通哈哈。

不同民族，语言的喻义不同，这种文化误解也就成了我们的笑料。那天我们真是笑料不断。

在荷兰，我还认识了一个大概是尼泊尔人。他说他可不买木鞋。他们古时候，有一种鞋叫"木站鞋"，人穿上就站在那不动了。老德忙抢着说要买一双，穿上也好歇歇脚。出来，整天跑，累死了。

谁知,尼泊尔朋友竟大笑起来。

原来那种鞋是一种刑罚。在一块板挖两个洞,让受罚的人站到木板里,两只脚不能动。那是用来惩罚传老婆舌头和偷情的人的。

我问:"老德要买一双?"我们又一通哈哈。跨文化交际,因文化背景不同,总有歧义、岐解。

木鞋不买了,买小船吧。

小船造型也颇富想象力,有摇篮,有掰开的花生壳,还有仰面朝天的小熊肚皮。无论什么都可见人家思路活跃。有个烟碟干脆是个小孩撅起了屁股,妙趣横生。连他们的国鸟琵鹭也都人格化了:抻脖瞪眼表示惊讶的、跳伦巴舞的、下跪求婚的、穿着大木鞋的……最严肃的人看了也不能不笑。

我终于看到我最想买的风车。

小风车更是构思独到,好像是用树叶、草棍儿编扎起来的。古朴、逼真。这些小风车、小船、木鞋、国鸟的成本寥寥可数,成品价格却叫你瞠目,然而凡是来这里的人都买。说实在的,需要买的真多,人家国家特点鲜明。只是国花郁金香不好带,国鸟琵鹭不能带,国石钻石带不起也怕丢,只有木鞋、小帆船、小风车好带。

我咬咬牙买了一个风车。想带回国,摆在客厅,昭示:到荷兰一游!

走走觉得不对劲,再一细看——呀!风车是巧克力!同行旅友皆大欢喜。我们大家高高兴兴地把风车分吃了。一个小风车四十荷兰盾,那可是当时国内每月工资的五分之一啊。

艺术无价呀!

真没想到,就这样了却了我儿时的风车梦。长了见识,换回了高兴。

一稿草于阿姆斯特丹

才华是上天的恩赐,但它不是你的不动产,不用它,就会荒芜、落寞。老师无处不在,只要学习就会给你带来力量和智慧,一生的学习便给你一生的光亮。

"将军"亚历山大·彼德罗申科·彼德罗维奇

认识一下："亚历山大·彼德罗申科·彼德罗维奇,爱称'彼梯什卡'……"

对方说了姓名,我以为一定是什么大人物,左右张望——没大人呀?

倒是在我肚子前面,站着一位两块半豆腐高,四五岁的萝卜头,正仰着脸等我回音呢。我想笑,还什么"彼梯什卡",整个一个"鼻涕将军"。

哎哟——你可别小看了他。

萝卜头将军每天都在我下车的道边上摆菜摊,卖他家菜园子里收获的浆果、芹菜根头、紫兰花……他告诉我,他的学费必须自己存;吃冰淇淋也要自己拿钱。"卖完了才有自由。"

一天,没见萝卜头玩。只见楼前长椅上一大一小两个男人直挺挺地坐着,面向前方,目不斜视。俩人都只穿着大裤衩。大个儿的裤带勒着大肚子,像个要绽开的大白面口袋。小个儿的萝卜头,此刻蔫巴了。俩人的嘴上都染满浆果的紫红色,像小丑一样,显然吃了不少浆果。萝卜头顶着小伞一样的头发,脸蛋上挂着一对大泪珠。

一聊,原来萝卜头没经人家允许便摘了人家菜园子外的浆果,而萝卜头爸爸也不问哪儿来的,吃得比儿子还欢。这不,被家里的主妇发现了,现在一块儿被惩罚,坐在这儿一块儿"想一想"。

"对不起! 亚历山大·彼德罗申科。"老子向儿子道歉。

"对不起! 彼德罗申科·彼德罗维奇。"儿子向老子道歉。

我想笑:一对倒霉蛋! 爸爸一脸不好意思;儿子一脸沮丧。我又很感动。他们那么平等、那么认真，多好！

特别想见见孩子的妈妈，问问她是怎么驯化这一大一小两个男人的。然而没多久我又怨恨起这个妈妈了。

十月天，拉脱维亚的雪已铺天盖地，到处茫茫一片。楼前的草坪也掩在了厚厚的积雪之下。

你起来，我倒下，几个孩子在雪地上折腾，远看就像一场皮影戏。

回家路上，孩子们的吵闹声拉住了我的脚。只见两个小姑娘正使劲拽着一个男孩——我的朋友亚历山大·彼德罗申科。

萝卜头将军，此刻正七个不行八个不在乎地冲向一个高他一半的男孩儿。我忙要上前劝阻，一个胖女人拦住了我。一串洋话，我明白了："孩子们的事让他们自己解决。"我心想：不是你家孩子，你不心疼。

结果怎么样？我的朋友被人家摔出好远。不过萝卜头真行！他"咕隆"一下蹦起来，两个"斗鸡"又扭在一处。萝卜头支着两胳膊，用头顶着人家肚子。结果还是自己摔在雪地里。大男孩想走，萝卜头抓住他不放。我问孩子们这是在做什么，他们说："决斗。"

"决斗？为什么？"

孩子们连比画带说地解释我才明白，原来是萝卜头非找大个子要什么盒子，人家不给。

这小萝卜头，妈妈呢？怎么也不管呢？

萝卜头一次次被扔出去，一次次又扑回来。每次我要拉住，胖女人都拦着。

最后大男孩败阵了，他从地上的包里拿出了一个盒子，没好气儿地塞给了萝卜头。一场决战总算告捷。

我好奇是什么宝贝？哈！原来是一个烧陶。

拉脱维亚为儿童开设了很多学校：烧陶、编织、木工、厨艺、芭蕾、音乐……孩子们下午都要去这样的学校驰骋他们的想象。

可这做的这是什么呀？船？床？带轱辘，还有翅膀。

"这可是彼德罗申科的大作，多有创造力！多有想象力！"

胖女人眯着眼，陶醉地赞叹。

"给你吧。"小萝卜头要回了宝贝之后，给了一个小姑娘。原来是见义勇为呀！

萝卜头晃着膀子，倒真像个将军。

"了不起！彼德罗申科。"

萝卜头仰起脸，冻得发红的脸蛋上挂着两颗大泪珠。

这个拖不住、打不垮，只会用脑袋顶的"铁头将军"，此刻把头扑进了胖女人怀里。

"了不起！"

这次，我是赞扬那个胖女人。原来这个不准我帮忙的人，是孩子的妈妈呀！要是换了我……想想都令人汗颜。

爱是要深思的……

于南开园

桑达露西亚

有人请我吃猫,我大吃一惊!

在拉脱维亚大学,北欧语教研室和我的教研室相邻。瑞典语和挪威语老师都是年轻人。我对北欧感兴趣,她们对中国感兴趣,有空儿就互相串。她们的名字长得可怕,很长时间我总把二位弄混,一天,我分清了。

1

那天下课,两位姑娘一块来到我面前。苗条一点的姑娘一脸盛情地邀请我参加瑞典很重要的传统节日"露西亚节"。我高兴万分。在国外能参加什么晚会,那是最美的事了。长知识,开眼界,还能排遣寂寞。

她们说的露西亚节可能是瑞典的冬至节。那天是一年中白昼最短、夜间最长的日子。

传说,在瑞典远古时期,人世间正遭受寒冷与黑暗折磨。太阳消失了,大地一片冰雪、一片黑暗,庄稼枯萎了,许多人冻饿而死。有位叫露西亚的年轻女神,善良、美丽,憎恨黑暗,热爱光明,得知人世间正在受难,便降临人间,帮助人们驱逐黑暗,寻找光明。把白天慢慢变长,黑夜慢慢变短,一直到第二年的仲夏节为止。后来人们怀念女神,便把她降临人间的12月13日定为"露西亚节"。

过节为什么要吃猫呢?我问:

"Why?(为什么?)"

"Traditional food.(传统食品。)"

天啊！这瑞典人说不上和我们广东人有点儿沾亲带故吧？稍壮一点的姑娘还帮腔，姑娘闭上眼，一脸非常享受的样子：

"Romantic.（罗曼蒂克。）"

我可浪漫不起来。不敢相信自己的耳朵。

我高兴又有点儿嘀咕，担心不吃扫人家的兴，又失礼。吃吧，想一下心里都起疙瘩。可怕！不过那天，我真的能分清她们俩谁是谁了。苗条一点的是瑞典人，我叫她"瘦辫子"；胖一点儿的是挪威人，我叫她"岩石"，她好像总是一脸严肃。不过那天，她们都很高兴我给她们的名字。（好像我说什么，她们都觉得高兴，新鲜。）临分手，瘦辫子叮嘱我，一定六点天黑了再去。当然，那里冬天三点多就黑天了。

2

12月13日，六点半，天黑黑的了。我准时站到了瑞典人门前。按了门铃，"叮咚、叮咚"。里面"稀里哗啦，乒哩乒嘟"，可没有人开门。我又按，"叮咚、叮咚"。门无声地打开了，黑黑的，什么也看不见。忽然一曲优美的歌声飘然而出。那歌一下把我带回了60年代。那是"二百首优秀外国民歌"中的一首，做学生时我们总唱。现在听来感到那样辽远，又那样令人激动：

"桑达露西亚……"歌悠扬、柔美。听着歌，我看从侧面门里飘出一点烛光。一点一点闪闪地连成一串，像星光闪烁的小溪。烛光里我慢慢看清，一队穿着白色袍裙，头戴着蜡烛花冠的姑娘。真的像天仙一样。她们手捧着盛满各种食品的小碟儿，唱着露西亚颂歌，缓缓走进方厅。

星光闪烁的小溪蜿蜒流淌，我在天上银河的小街里，心在荡漾。最后走出的姑娘，托着一个点燃的蜡烛花冠。她把那烛冠戴在了我头上，我也走进那星光里。在舒缓轻柔的音乐中，觉得整个身心在净化，在升华。自己真的像一支燃烧的小蜡烛，心里充满了圣洁和宁静。

是啊，看我头上的一小圈闪动的烛光，一个人的人生如真能如此也就足矣：自己燃烧，又能照亮周围，哪怕只是一小圈光亮。

走在天上银河的小街里，星与星在辉映，心与心在交叠。我从未那么异样地陶醉。她们告诉我，按传统，她们要在露西亚女神的引领下，高唱露西亚颂歌，走门串户给各家长辈送咖啡、香槟和点心。

我们唱完歌，大家把节日食品摆在桌上，打开一瓶瓶的香槟酒，还有一种自制的哥拉格酒，互致节日祝贺。一杯杯的香槟，她们一定看着你喝完；各式各样特别漂亮的甜点心，也要一样样送进你的嘴里。盛情难却，香槟在我脚下铺上了云，醉得我感觉像要飘起。我依稀记得厅里点起许多支蜡烛，像在星空里。后来大家跳起一种瑞典传统的民间舞，每个人手拉手尽情地跳。乐曲悠扬，人们欢愉。我忘记了自己一个人置身遥远的异国，心里盛满了快乐。

吃了，喝了，跳了。我忽然想起，我们还没吃"猫"呢。于是我鼓足勇气问："还吃猫吗？"

"Why?（为什么要吃猫？）"

方厅里霎时一片"叽叽喳喳"，定格整整一分钟。没办法，我拿出她们写给我的小条，说：

"Look what you've written.（看你们写的。）"伸过一堆头争着看，"Lussekatter。"

哈哈……笑声像打开爆米花锅似的一下爆开了，蜡烛光也连蹦带跳。

唉，这叫文化误解。我说出我的担心和疑惑。他们笑得捂着肚子，擦着眼泪给我解释。原来"lussekatter"是一种S形的药膳小面包。

这种小面包有独特的藏红花味，再配上葡萄干烘烤，美味极了。

我吃过啦，又酥又香甜，那种酒香的清醇，是其他国家的点心所没有的。

3

夜深了，我想告辞。大家一块儿留我，说最隆重的庆祝活动还没开始呢。嚯！那么半天，还没进入主题！

原来，还要选出最美的姑娘为"露西亚女神"。那选法也很有意思，每个人都先做一次竞选演说。选时，他们仍围圈跳舞。唱啊，跳啊，选谁，就把一朵鲜花献给谁。每个人好像并不是跳一圈就决定选谁的，特别认真。

后来我才知道，露西亚节已经成为瑞典全国的选美节，非常隆重。

那天，我心想苗条、漂亮的瑞典姑娘一定当选。谁知竟是岩石，小胖墩一个！我怎么也没想到的是她。

那天岩石当选为露西亚女神。大家告诉我，她有最美的壮举。她曾背着行囊，踩着滑雪板，一个人独闯北极圈，去清理垃圾。

我真是又快乐，又感动。美，真的深邃又广博。

好啦，再见！朋友们！再见！Lussekatter!

露西亚节快乐！

于里加

生活的大书总是多彩的。语言是文化交流的大船，是情感交流的小舟。这小舟怎么渡的都有，打着旋的、翻着花的，不管怎样，启航总有彼岸。

我的美国老师 K 姆

1

"Ada(艾达)——"老师的声音安详,平稳。我东张张,西望望。

"Ada——"声音提高了半度,我仍左顾右盼。Ada 是我的英文名。

"叫你呢!"同桌安娜(班里唯一的年轻人),用胳膊肘使劲捅了我一下,我这才大梦初醒。抬头看,老师正用期待的目光向我示意,让我上讲台。

"呀! 用英语讲故事! My God!(上帝!)"

我觉得我顿时变成煮沸的牛奶,一下涨起来。脸发烧,心乱跳。说实在的,我们这些教书先生吃的是草,挤的是奶。整天在付出中,自己的外语学习从没时间摆上位。可是派出任务压着,只好来强化。老师是美国人,一句汉语都没有,一进门就给了我们每人一个洋名字。叫我们这些搞汉语研究的,用英语思维,那真是,"没腿的鸭子上架——难死啦"。光为那洋名字,就乱过好几阵子。现在又要用英语讲趣事。我慌不择句:

"我不能,I can't... "

"Yes, you will surely succeed and will speak very well.(不,你能够,你一定能说好。)"老师一直用一种特别亲切的目光,鼓励和催促着我。

"豁出去,又不是上绞架。"同桌嘟哝着把我推出了座位。

和我讲课一样,站在讲台上,但这一次却翻了个儿。没有任何居高临下之感。被提问,又在众目睽睽之下。

"天啊！God help me！"

"Ada，you are a teacher，you are so interested in your life with your students.（你是老师，你和你的学生一定有许多趣事。）"

"Yes！"一提学生，我一下找回了自己。哦——那些辛苦，劳累，又充满乐趣的生活，也随之回到了我的眼前。我开始用英语磕磕绊绊地展示：

一次外出，带着洋学生吃饭。学生一句汉语还没学，我那时的英语单词都"似曾相识"。把"一会儿有好喝的汤（Soup）"，说成喝shoes（鞋）了。一个小女生担心得声音都发颤了：

"Is this a custom of China？（这是中国的饮食习惯吗？）"

我说："Yes！"

结果，学生担惊受怕得一直到汤端上来才松口气。

趣事说完了，我们十六个人的小教室，一下像打开了爆米花锅，笑声飞满教室。洋先生也笑得前仰后合。我则像得了大奖，美滋滋地走回了座位。

"Only to speak. Do not worry.（只要开口，别怕错。）"洋先生的激励给我打足了气。

说来奇怪，已到天命之年的我，那天忽然觉得脱去了什么长者啊、教授的甲胄。自己像个孩子，觉得有了依赖，又像蹭在毛毛上，感到暖融融的。然而我却没温暖多久。

2

一天下课，我和安娜正要迈出教室门，又被叫回来。老师告诉我俩，明天早到，补考。我忙辩解，缺考是因为我那天有课。我们多苦！在楼下当先生，爬上楼又当学生。说了半天，老师仍然摇头。

顶着一鼻子灰走出教室。我和安娜，两个难兄难弟依依靠靠地下了楼，一边走，一边大骂洋鬼子如何无情。无论考试，交作业，谁都滑不过去。洋老师严极了,对他自己也一样。一次正上课,他的什么大头儿来找他,他毫不客气地把人家晾在门口。那个大肚子"头儿"一劲耸肩,摇头。真可怜。

其实最可怜的是我自己。没办法,整个假日,上了发条。洋文和洋人一样无情无义,哪像我们汉字充满了情感:尊敬你,就把"你"放在心上——"您";"哭"从字上都可以看见泪珠;"笑"就笑得咧着大嘴,眼睛都笑眯了;一个"饭"早、中、晚都可"吃",不像英语午饭"烂吃(Lunch)",晚饭"撒泡(Supper)"。

背了半宿,天亮了,又睡过了头。骑上车,心里又打起了鼓,肯定迟到了。我的洋先生尽是洋法子,谁迟到,谁就得唱支英文歌。安娜年轻,嗓子又好,她好像挺喜欢迟到的。

赶到了,才知看错了表。刚七点,老师却已擦着他的金丝眼镜等在了教室。

说实在的,那天,我忽然发现洋先生,一拿掉金丝眼镜,简直就是个大男孩。如果不是他那一口纯正又响亮的美音英语,大概谁也不会拜在他的门下。然而,我们越来越感觉他是一个真正的老师。

洋先生顶多二十出头,美籍韩裔,叫K姆(Kim)。他爷爷年轻时就到了美国。他生在美国,长在美国。K姆人很精干。薄嘴唇,一双特别亮的黑眼睛总跳着的火花。说实在的,K姆倒不怎么洋气。整日穿着一件略短的米色夹克,那还是教授朱丽把她儿子的衣服拿给他的,因为他常常都是冻得哆哆嗦嗦,没时间上街买。我们问他的老美同屋,同屋说他还没女朋友,就一帮老太婆情人。

哼! 不过也是,他总给我们补课。他的试卷,出得也很有水平。我搞过测试研究。

我的考试,可是一塌糊涂。

3

考完，去上课，真有点像去跳河。世上真要有棵隐身草该多好。昨天的补考不把老师的鼻子气歪了才怪呢。可不听K姆的一堂课，又损失惨重。结果，整个上午，我都在躲闪老师的目光。

快下课了，K姆在发试卷。他无声地走到我的桌前，把我和安娜的试卷分别轻轻地扣在我们的面前。不知是因为他这一细微的举动，还是因为他轻声地告诉我：

"没关系，还有下一次。"我的心一下滚过一层热浪。

哦，那天，我真是那样强烈地感到老师对学生理解和尊重，就是对他们学习动力特殊的激发。我把试卷翻给安娜看："59分。"安娜也一脸难为情："58分。"她瞥一眼试卷说："洋先生，死心眼！一分也不肯通融。"

不过我真的感谢洋先生的死心眼，因为那天，我真想大声地告诉老师，我一定要把英语这座山翻过去。

4

然而翻越一座异国语言的高山，跨越文化观念与心理的差异，谈何容易。连先生都瘪了气。

一次，K姆那张薄嘴唇像爆米花一样，爆出了一大堆奇怪的话题。什么你儿子撞了车，你心上人被你的情敌杀了，你就要死去……这个时候你最想说什么？总之，没吉利的！他完全不知道中国人忌讳死的文化心理。

我们什么都不想说，无论年长的、年轻的。可我们的K姆老师，却像只执迷不悟的小公鸡，执意不肯下台阶。他整整他的金边眼镜，又"咯咯"起来：

"你们的国家又叫日本军占了，你的家人被屠杀，你们投降了……"

哈！这回他算吃了苦头。他大概第一次领略中国人的厉害，这些温顺的绵羊竟一下长出了犄角。我们十六个人也能成为进军的炮队：

"这叫什么话？你为什么不说，你们投降了，你们国家叫别人给占了，你爹妈给人打死了，你……"

可怜的K姆！那天，一下成了拔了毛的落汤鸡。会话课，学生却"罢说"。他只好夹着教案本悻悻地回去了。

我想，洋先生那天无论如何也不会明白，他拉错了哪根弦儿。

晚上，写英语日记（作业），我可下了苦功夫。我告诉他，跨文化语言教学，第一就是不能忘记文化心理差异，更不能损害人家民族的自尊……

第二天，洋老师一目十行地看完我的作业，却对我们大家说：

"我说的是'如果'。'如果你爹妈给人打死了'……人也一定要死的，你们要面对现实。"

我们大伙说，我们是上英语课，我们可以练习比说"死"更有实用价值的内容。

那天，双方围绕语言课如何重在提高会话能力，如何注意文化差异的问题上，吵得几乎要决斗。

K姆梗梗着小细脖，就是不转舵。

5

第三天，K姆仍没有道歉。只是他的脸上掠过一抹稚气的微笑。他摘下他的金丝眼镜，在袖子上蹭着，拐弯抹角地问起我们的年龄。莫名其妙！外国人问年龄，少有！我们倒不怕言老。七嘴八舌：

"我儿子都比你大。"

"我都有孙子啦。"

正中K姆下怀。K姆有点儿耍赖地说：

"你们都是大教授，是大树。我是小树芽。"说着，他缩了一下身,又晃了一下他那圆圆的头,然后慢慢伸直了身子,真像生出一颗小豆芽。

哈!他投降啦!不知是那带孩子气的动作,还是那一脸的真诚,他一下抚平了我们心中的毛刺。教室里又热烈如初。因为老师的听力和会话题目都变了,变得有知识性、有实用性。

听力:"美国的总统节。"讨论:"未来经济大国是谁?"会话练习:"去唐人街。"

哈!都是我们感兴趣的话题。

作业也花样翻新了:写竞选发言稿呀,给儿女写信呀(不敢叫我们写遗书了)。课的内容和形式都叫人倍感新鲜:给名著录像做英语配音,办婚姻介绍所,做英语导游,编演英语节目……

我们感觉着K姆老师的辛劳;我们看到一颗清澈的心。

一个教师的真诚,会把学生都变成你的朋友。

6

K姆对待我们可不够朋友。总拧着发条,一刻也不叫我们喘息。从周一到周五,每天都等在门口,罚我们(不能迟到)。他的活动比别的老师花样又多,安排得又满满的。奇怪,他也不要加班费?也不嫌累得慌?把我们折腾的,我们这些老先生们,也商量怎么去拔K姆自行车的气门芯了。安娜说,干脆给K姆的咖啡里放点儿巴豆。

然而一次K姆去北京,停课。教室里没有了K姆,没有了那个生龙活虎的小老师,一下就没有了生气。我们是那样想念K姆。

说来也怪,我可以统帅汉字的千军万马,可是面对这些洋文,却感到无能为力。我们几个老头、老太婆经常坐在一起抱怨着、叹息着,然而只要K姆一进门,教室里就像撒了兴奋剂一样,立刻沸腾起来。

都说外国老师没教案,K姆却总是一大本。我们偷着翻过,他的教程都是按分钟注明的,他的教法也永远缤纷。

就在那张三尺的讲台上,K姆像一个胸有韬略的导演,导演着色彩斑斓的剧目。永远让你感到新奇又真实,学什么都印象深刻。K姆的幽默使我们每堂课都充满了欢笑和生机。他的课总在沸点上。

我们的洋先生永远像一个打足气的皮球,对每堂课、对我们每个人都充满了信心。无论什么时候,你都会感到倍受爱护和激励。但他对我们却没有任何过誉之词。他在我出国英语水平证明书上只注了一个词:

"Ada 81分,honest.(诚实的)"(考试,我从不看别人卷子,安娜看。老师叫她单独坐,毫不顾情面。)

那81分真来之不易啊!

K姆和我们不但分分必争,也总吵、总争。苦辣酸甜……风雨雷电……

7

半年的强化却觉得一下"化"过去了。

结业时,我们要求自己上一堂课。我们这些当学生的在南大外宾厅,为我们的先生办了一场盛大的告别谢师会。我们这些把钱掰着瓣儿花的老先生们,却胜于给儿子办婚礼。

K姆一脸惊讶地被我们请进大厅上座。

第一道大菜是我们的歌。我们用了《友谊地久天长》的曲,词是我们自己编的。

> K姆老师啊,小小的教室,你带我们见世界的风雨,阳光。
> 三尺的讲台,你用汗水倾洒着辉煌。
> 跨文化的大海,你给我们搭建通达的大桥。
> K姆老师啊,你年轻,却给了我们永久的不忘……

歌唱得我们大家都要掉泪了。我们强忍着，最后还是没忍住。

安娜的献词说砸了，把"我们的 eyes（眼睛）"说成"我们的 egg（鸡蛋）涌出热泪"。

又是大笑一通，K姆笑得一个劲儿地擦他的眼睛。我们师生一块笑出了泪水……

8

K姆老师回国了。我们班也都相继走出国门，教学、讲学。

当我在这远离祖国万里之遥的一个波罗的海小国，当我在这冰天雪地艰难跋涉的时候，我真的常常想起我的这个洋老师。我从教的忠诚不是K姆给的，那是祖国人民用血汗铸造的。然而在这漫漫冰雪之路，我总觉得有一个毛头小伙子，带着一脸调皮的神情，用一双黑亮的眼睛，或前或后，时而向我挑战，时而投以亲切、激励的目光……

于拉大

追洋妞

一个中国大男人追人家一个小洋妞,这叫什么事?

校长为了支援我,来到拉脱维亚,可既不懂拉语,又不会英语,学了几句俄语还总记不住,上哪儿去,都出一大堆笑话。老实在家待着吧,不行。一下没了工作,闷得慌。不过在我看来,也不错。原来在国内老兄不愿做的事,现在都欣然接受。

一天,邮局送来了包裹单。能拿到国内的好东西,又能借此遛一圈,散散心。校长乐颠颠地接过包裹单。临出门这么画、那么记的,总算明白了邮局在哪儿。说一下,在国外,上路可不是那么容易的事。你说,鼻子下有个嘴!白有!语言不同。不过,校长人家还是信心十足地出门了。

快乐的颜色是蓝色,头上的天湛蓝湛蓝。想飞的心像白云,飘飘的白云伴你前行。过一片活动场,穿过一片小树林。这么拐,那么走,一抹开阔的草地上,一栋淡黄色的平房出现在眼前。门前挂着一个米黄色的小邮箱。不用问,邮局到了。

推开大门,竟以为到了花房。这一点跟国内可是不一样,这里到处是花草。后来才知道拉脱维亚是一个鲜花最多的国家。

阳光从宽大的窗子射进来,厅里一片春意。前厅有几张桌子,那是供人写字用的。桌上也都放着花卉。古朴的瓷瓶诉说着幽雅,多姿的花卉捧着温馨。

玻璃窗后面便是金发碧眼的三位女性。三位女性脸上都写着美丽。这里和其他地方一样——整洁、清静。大概总没有什么人来。

校长一进屋,三个漂亮女人把温柔的大眼睛都聚焦在这个黑头发的大男人身上。这可是校长在国内从没有得到过的厚遇，简直不好意思得有点发毛。校长翻了半天眼睛，"你好"这个词，怎么就找不着呢？没办法，只好只把取件单和临时凑上来的微笑，一块递给一个年岁稍大的女人。

中年女人一脸春风地接过单子，随即也把一抹得意送给了同伴。在拉脱维亚这个女儿国，男人呢，不说稀有，也是少见。

中年女人认真地看了看单子，"叽里咕噜"一串洋话。校长摇摇头表示不懂。她会意地笑了一下，好像明白了。笑着又把单子还给了校长，又向自己右边指了指。校长向那儿看，除了一个正在走开的姑娘，就是白墙了。校长领会那一定是跟着姑娘走，到邮局外面去取。结果，校长进来得快，出去得更快。

拿着单子，在邮局外转了一圈。

没有门呀！到哪去取？

这可是纳了闷了。正不知如何是好，眼前忽然飘来了一个天使一样的姑娘。哈，在拉脱维亚，在大街上，只要你站定，想问路，一定有人来帮助你。姑娘关切地"叽里咕噜"一串洋语。校长只好摇摇头表示不懂。姑娘笑了，拿过单子仔细地看了看，眉毛一扬，好像说，好办！

姑娘漂亮极啦！金黄的卷发，淡蓝色的大眼睛，高高的鼻梁。白净的脸上施一点淡妆，更显高雅、丽质。

姑娘看了看校长，张张嘴，却不知怎么说话。姑娘犹豫了一下，转过身子朝前一指，然后又伸出拇指和食指，捏成一个"OK"型，小心地拉了一下这个黑头发大男人的衣袖。那意思是"跟我走"。然后昂着头，挺着丰满的胸脯，半高的皮靴"咔咔咔"点着地，快步朝前带路了。

姑娘身材纤细。上身穿着黑色的细腰皮夹克，下身穿着皮短裙，脚下一双半高的皮靴。那中间的大腿，哎，晾着。那可是匀称极啦，好看极啦。就是在隆冬，这些姑娘们也是那样。插一句，在

莫斯科,莫斯科大学我的同胞,就曾考我一次,我答不出来。他们编的歇后语:

"洋妞的腿——?"

"炕洞(抗冻)。"

洋妞的腿何止抗冻,走得也快。洋妞不时停下来,回头看看那个黑头发黑眼睛的大男人是否跟上来了。校长紧走,又不敢走太近。心想,一个大男人追人家一个小妞妞,这叫什么事?

走着走着,觉得四周的景色似曾相识。姑娘正朝着我们住的楼群走去。校长心里高兴:

这边也有个邮局啊!那可好了,离家近了,免得丢了自己。

大男人想着想着,姑娘已把他领到一座灰色的公寓前。姑娘看了看单子又看了看那楼的牌子,然后冲这个老外得意地扬扬手,示意校长跟过去。姑娘摆动了一下她那金色卷发,高兴地笑了笑,又用两个手指小心地拉校长的衣袖,一直把校长领到三楼。在门前站定,她又伸出三个手指示意:你在三楼。

校长想,咦?这不就是自己的住所吗!好不容易去的邮局,又被送回来啦!

校长看了一下姑娘,小妞妞浑身都在表示着得意。她摆动了一下好看的腰肢,把单子递给校长,指指那上的一行字,然后准备离去(事后,校长才知道那原是我们家的地址)。

不管怎样,校长心里暖暖的。心想,人家孩子从那么远把自己送到家,总得说点什么呀。小妞妞转身走了。校长总算想起了刚学的那个"再见"。豁出去,说吧:"都是你大爷!(俄语音,再见!)"

说完又觉得不好。你说,人家劳累了半天,还占人家便宜。

音不准,小妞妞也听懂了。她向后甩了一下她那金色卷发,莞尔一笑,手一摆,很快地说:"都是你大娘!(俄语音,再见!)"

咦?

这个校长,一直用汉语思维的脑袋瓜,一时还真转不过弯儿来……

于拉大公寓

人总要有一个信念，信念使你坚强。追求的路从来就布满荆棘和沼泽，也不要以为你追了，就可以追到。不过路到了尽头，还是路。只要你前行。

挪威小姑娘和小三角猫

1

想出门转转。下楼，正看见一个超大的背包从门外挤进来。说准确点是半个，背包向里倾斜，看不见背包的人。活动的两扇门夹住那个大包，一拱一拱地。我连忙往下赶，想帮忙。呼啦一下，门开了，呼啦一下，又合上了。大包没了，又夹进个小人来。胖墩墩的小个，玉米缨一样的黄头发，脸颊两旁编着两条小细辫。寒冬腊月，小人儿的脑袋门上全是汗珠珠。

呀，是长豆荚！我的同行，挪威语老师，和我一样在拉大支教。她的名字，原谅我真的叫不出来，长得说完了就得憋过气去。因为她脸颊两旁编着两条小细辫，所以我叫她"长豆荚"。我特别注意到她，是在露西亚节。那天的选美冠军"露西亚女神"不是苗条的瑞典语老师，竟是小胖墩儿似的长豆荚。

北欧人大多都一脸严肃，挪威语老师更为如此。就连她得了美女冠军也依然如故。因此我也叫她"岩石"。

至于那天，为什么她得了美女冠军，我只知道她有独闯北极的壮举。其他方面，一想就觉得奇怪。

2

今天遇到她，我顿时来了兴趣，忙帮她。岩石也够"岩石"的。背包卡在门外，你卸下背包带，不就完了吗？不。她还使劲两手抓着带子，长豆荚似的小辫子都快垂到了地上。我使劲给她推门。管理员"国民党"来了。"国民党"胖胖的，自己走路都喘，现在也喘着大气和我一块推门。卡着背包的门嘭的一声终于开了。长豆荚背着背包"咚咚咚"一下向前撞出好几步，摔在地上。接着"喵喵"地发出一阵猫叫。我和"国民党"都惊住了，忙抬起背包看背包下的人，不会是长豆荚叫吧？

原来背包里甩出了一只小猫，确切地说是一只小赖猫。我和"国民党"都赶去，抱那个毛茸茸的小东西。"国民党"心疼地叫着：

"我的大鲁嘎呀（亲爱的），我的麻林气卡（小男孩）、揭瓦气卡（小女孩）、小心肝……"小东西睁着两只大眼睛像是会说话似的"疼啊！疼啊！"喵喵叫。"国民党"抱起小赖猫，我才想起大包底下，还压着个长豆荚呢。大包那个沉啊。欧洲有许多这样的背包旅行者，吃的、住的都在包里。

那天，我和"国民党"，连推带拉地把长豆荚和大背包，还有小赖猫，送进了四楼长豆荚的房间。

从那天开始，我也成了这个房间的常客。

3

一次，在学校楼道里碰见瑞典语老师。她说：

"您经常去看挪威语老师，您很喜欢她，是吗？"

我点头，又摇头，支吾了半天。我去她房间，是因为我特别喜欢她的小猫。那是我看到最逗的小猫。谁也不会见过，那小猫的脸是倒三角形，两只耳朵立着，耳朵里各长出根长毛毛，像帽子的穗。屁股的毛很长，像围着个小孩的屁股帘。你见它，它什么都是立立着：耳朵立立着，一双蓝绿色的眼睛立立着，毛立立着，全然一副要拳击的架势。

我不厌其烦地写这个小猫，是因为后来知道，这种小猫属于非常有名，又很稀少的野生物种：挪威森林猫。这是1930年才确立的一级保护明星。它还有着一个非常辉煌的历史。

古时候，天骤然变得严寒无比，雷神要把森林猫带到天上去。森林猫不去，他说他不惧严寒，他属于挪威。

可是冰天雪地，森林猫下岗了。没有工作，当然也没有吃喝。这时，美丽的女神佛罗依亚看见了森林猫，女神非常喜欢这个坚强的小家伙。她和雷神一样，也说把他带走。小家伙仍不去，但他同意为女神拉车，往返于天上人间。他说他要把美丽带到挪威。

传说总有人们的爱憎。

显然，这真是个让人喜欢的小家伙。而我当时只知道，挪威语老师是在北极的冰雪之路上捡来的这只小猫。我特想知道她的北极之旅。听说，她去的地方，岩石都能冻裂，她竟然敢去！看来，我叫她"岩石"是叫对了。

不信，你只要一接触她，也会觉得她也真够"岩石"的。

4

刚开始的一个月，每次去看她，我都会看到岩石一样的一张脸。她蹾给我一杯咖啡，然后就趴在笔记本电脑前去打电脑了。剩下的我，只有和小猫聊天了。那时，我也很高兴，因为我不用回去一个人忍受寂寞，可以畅快地说汉语：

"喂，你的主人也真不懂事，来客人了，也不理人家。害得我这么大人，只能跟你这么个小东西套近乎，拉话。喂，你也太不友好啦！干嘛这么副要打架的架势？你的主人怎么也不好好地教育教育你，这么没礼貌！"

小猫支棱着三角的头，大睁着一双蓝绿色的大眼睛，随时准备出击。主人告诉我，可得小心。这是一只脾气坏到极点的小无赖。主人要出去，不带他去，它会把主人的鞋都咬破。

吃，它要吃个没完。不让它吃，它会把主人的枕头连咬带抓地撕破，弄得毛絮飞满屋都不罢休，甚至累得自己都要休克。

这只个性十足的小猫咪还真有点挪威的品格。

历史上，挪威和丹麦结盟，挪威上当了，像私生子一样受气。1905年，经过无数次抗争、无数艰辛困苦，才得以从四个多世纪的枷锁中解脱出来。也许正是这个原因，挪威人总喜欢独来独往。挪威语老师就总是一个人去旅行，什么都不怕，她的小猫也像敢死队一样。不过慢慢我倒有点喜欢她了。岩石告诉我，她是个小女猫。

5

开始，这个小厉害和我总保持距离，但我喂它时，那就另当别论了。特别是吃奶酪。岩石没时间跟我说话，可总不忘招待我。她常给我端来一小碟奶酪，说一声："著名的！"然后转身忙她的去了。那奶酪真是独一无二的，是挪威有名的红干酪。挪威人独独地特别喜欢红色，和我们中国人一样。在拉见不到，这里都是米黄色的奶酪。

红干酪是羊奶做的，外边有一层棕红色的硬壳。吃起来外脆里嫩，有一股甜甜的焦糖味，特别好吃。我吃时就分给小赖猫一点儿。小可怜吃起来可毫没有可怜样。它冲过来把奶酪叼走，躲到沙发背后去吃。吃完，它又会探出一个三角的头，睁圆了一双大眼睛，冲我放电，那意思是"再来点儿吧"。我故意不给它，还馋它。哈！好家伙！小厉害冲过来，在我鞋上狠狠咬一口，然后转身就跑回去，再瞪着大眼看我。

哈！这可真是个小挪威！挪威人就是这样。不过人家是，见到你，老远就冲过来握手，然后退回去，保持一米二的距离，再跟你说话。说话时，面部严肃，不苟言笑，但眼睛却要全力注视着你。开始和岩石见面，我特别不习惯。

后来我才知道，这是挪威人在长期严酷的自然环境中，造就的这种性格和礼节习俗。

挪威是世界上最北边的国家，挪威的意思就是"通向北方的路"。他们三分之一的国土在北极圈内。

挪威气候严寒,冬季漫长,常年积雪,植物种类也少。北部气候则极为严酷。夏季的半年里都是极昼,二十四小时都是亮天;冬季则是茫茫冰雪,漫漫长夜,只有正午时分才有一线天光。

我在拉乡村,经历过极昼。极昼和白天并不一样。极昼的天空是青白色的。静谧、凝重、无垠的苍穹给人一种非常空寥的感觉。那时,我特别想念我的祖国,想念我的家。可也奇怪,那时你也会觉得,有一种特别的坚强在心里生长。

人在坚冰、风雪严寒之中,在空寥的寂寞之中,什么都变得坚硬了。不过,我们的岩石姑娘对那个捡来的小赖猫好像并不坚硬。

<h1 style="text-align:center">6</h1>

一天,我熬了小鳕鱼,分了一盘,送到岩石家。我告诉她,那是给小猫的。

我走了,又回来,想告诉她给小猫摘摘刺。推门,我们的挪威姑娘正翘着三个手指头,用大拇指和食指捏着一条小鱼尾巴,仰着下巴,竖着把鱼送到嘴里。桌上小猫的嘴按在鱼碟子里,也正在猛吃。都不摘刺!我庆幸,多亏没给人剩的。可是人和猫,你一条、我一条地一块吃猫食,主人又是那样柔情地看着她的小猫。真是第一次见。

挪威人对动物的宠爱有加真是世界上独一无二的。挪威人特别热爱大自然,特别注重生态平衡和环境保护。挪威政府有关保护动物的条例之多、涵盖面之广,奖惩措施之严,在世界上都是空前的。在东西欧洲,我见过不少带狗的人。只有挪威人,不仅牵狗,还都抱只小猫。大街上,放眼望去,人、狗、猫各具姿色。人穿得一般,猫狗却像走秀一样,着装色彩斑斓又摩登、时髦。

挪威的宠物商店,别说吃喝,甚至小猫小狗的挎包、项链都满目琳琅。他们真是富得冒油。

岩石跟我说，"人和动物都是上帝的产儿、大自然的造物"。我点头。不过，看着他们一块吃着猫食，我还是……姑娘却毫不在意。

她一边舔着手指，一边说：

"美味的！中国食品是最美味的！最著名的！"

还说，能吃到中国食品都是幸运的。

她问我怎样做。那天的鱼是红烧。他们只会烤鱼。我连比画带讲地教她。岩石那天好像话特别多。听了半天，哈！原来她想吃中国饺子。想想也是，光想着小猫，怎么忘了给人家丫头，心里真有些过意不去。

7

没多久，我包了饺子。那天，进屋，长豆荚接过我的一小木板饺子，高兴地顶着小板在屋里旋转。两只长豆荚一样的小辫甩得参参起来。小赖猫跟着她，在她腿边横跳竖跳地起哄。这回，她俩没抢着吃。因为饺子是生的，我怕凉了，没煮。

我要走了，岩石却拉住我。她一边说："完成了！完成了！"一边拉我到电脑前。当我看到那屏幕上，为我展示的一页页幕页。我那原来被冷遇、"疙疙瘩瘩"不平的心，骤然一下煮开了。

什么叫感动？真是心都在"咚咚"地跳，全身滚过一层层的热浪。真的没有见过一个人，可以实在到这种地步——记得在我帮岩石送背包的那天，随便说了一句，我很想了解挪威。于是，岩石一个月的课余时间都在为我收集、下载挪威的情况介绍。光照片就一百多张啊。为此，她才没时间理我。

我一子明白了挪威，也明白了岩石。可还是不明白小猫。

那天，高兴。看见人家岩石对我如此真诚，想带小猫到我房间去玩。小猫竟举着爪子要挠我。岩石赶紧抱起小猫跟我走。忙说，她们是两姐妹。是，姐姐叫"岩石"，我又给小猫起名叫"砖头"

"茅厕的砖头——又臭又硬"。

有个性。说也怪了，我偏偏还喜欢她，喜欢他们。

挪威人，挪威小猫……可爱。

一稿于拉脱维亚大学

北欧的石头疙瘩

1

铃声编织我的生活。铃声也像号角,然而,一推门,进入阵地。咦? 不对劲呀! 三尺讲台之后,我该站的地方,是岩石!

课撞车了。岩石此刻更"岩石"啦。两边教研室的秘书赶来了,鼻子对鼻子,脸对脸"咕噜"了一阵。谁的错也没有,课排顶啦。挪威语课人少,到咖啡屋凑合一节课。岩石却大有"人在,阵地在"的架势。开课了。

好哇! 我的饺子、小鱼都白吃啦! 当然,我也吃人家奶酪、喝人家咖啡了。她就在我楼上,没办法,同一个战壕的。

学生们比我更着急,他们下课得打工啊!

哼! 岩石,石头疙瘩!

2

石头疙瘩没疙瘩多久,就松动了。

周六,轻轻的几声敲门声,在我心里撒满了快乐。有人找我说话啦!

一开门,岩石站在门外。姑娘仍然没笑,脸上鼻子、眼睛、嘴巴,却明显地做着讨好表情的努力,说东扯西。明白啦——可不是吗,在咖啡屋还上什么课?

拉国的黑咖啡在欧洲有名,有一股特殊的诱人香味,醇香。

于是我大骂排课表的,脑袋怎么叫门夹了,怎么进水了。岩石骂得更起劲。她说,排课表的脑袋怎么在北极圈冻了,怎么叫熊瞎子的屁股坐了，怎么叫白熊的爪子拍了。反正可痛快啦。更痛快的是姑娘请我去她房间看电脑！请注意，我的好奇心，在国外都是出了名的。

我想了解岩石的祖国。

3

挪威是个非常单纯的国家。人们的社会观和价值观也都很简单。

全民免费教育，国民文化素质高，爱大自然，爱室外运动，爱读书。挪威最火爆地方是图书馆。那里极少犯罪。

他们面貌冷峻，但内心热情、善良又诚实。岩石姑娘就爱读书，爱旅游，人也实诚得可爱。她说，多亏了书的滋养。我真希望国人好好听听。

挪威的福利之高，你也难以想象。

我看着电脑，岩石还不断给我补充表演。她捂着肚子这么扭，那么扭。我猜想一定是肠胃病也给补助金。我俩都是非母语交流，结果我们一通查字典才明白，竟是工作时扭腰差气也有补助金。

生活费也高，物价贵得真让你瞠目结舌：一碗中餐面汤就相当于一百多块人民币！一盘小鱼也要二百元。

这个富裕国也有富裕病。光首都就有上万只流浪狗猫，特别是生育能力极强的猫女士的超生队，也着实叫生态平衡委员会难以平衡。

坐在我身旁的岩石手托着下巴，长长地叹了一口气说，人不愿意生育，小猫却拼命地生。照这样下去，十年后，挪威就会有九千万只猫。

"现在，已经到处都是这些小东西了，更甭说以后。上帝啊！怎么办？"

岩石使劲拧着她的小黄辫。

真是穷富都有难念的经。看着岩石发愁的样儿，我忙安慰她，实行计划生育呀。

没想到，我一句玩笑，岩石一下解冻了。

解释一句，中国人对计划生育都习以为常了。但人家听"计划生育"这个词，那简直就是"带毛的小猪上餐桌——新鲜呀"！

岩石高兴地甩起她的小辫，起身，退回了一米二，然后冲过来和我握手。这回，她没有再退回到一米二处再和我说话，而是冲到厨房拿来一瓶酒，竟是白酒！吓死了，可别是伏特加！岩石告诉我，那是挪威有名的"阿夸威特"酒，给贵客预备的。

她给我倒了酒，凝视着我，说"skal"，然后碰杯，让我一饮而尽。幸好酒不多，只有杯子的三分之一。像甜酒，很好喝。喝完她又凝视着我，像看情人一样，弄得我浑身不自在。

我觉得我没有什么功劳呀！也没那么可爱呀！原来，凝视对方、不准倒满酒，都是挪威人的饮酒习俗。把酒倒满、硬劝酒，都是不尊重人权。想想我们，一定把人灌得胡说八道，一定把人灌到出溜到桌子下面，才肯罢休。哎哟，人家绅士酒文化真该好好学。

被人家深情看着，心里真是甜甜的。岩石好像更兴奋。她大笑着说：

"好！好！给这些高产母猫们打针。"

她还要写什么提议案给议会。她说已经为此苦恼了很久了，今天终于有了主意。

不知是因为她一笑特别好看，还是她夸我不愧来自中国。我心里暖暖的。

我觉得这个岩石她的外表，和她的内心反差是那样大。第一次发现，这个外表冷峻的岩石，心里盛着对自己国家那么炙烈的热。

岩石的心里真的满是岩浆，炽热的岩浆。岩石，火山石。

我曾下过决心,别什么事都感动。可是我还是感动。

4

岩石再忙,也不断给我送来资料。

她为我翻译了那么多英文介绍,得花费多大精力呀!

更难的是,她和其他老外一样都是只会拼音,不懂汉字。"繁多"写成"饭多";"最发达"成"嘴发大";"大批"写成"大屁";"气候"写成了"气猴"……我忍着笑,感动又激动。

有一次我可感动不了了。岩石给我抄来一个通知,叫我"去大便馆见大便,打针"。天啊,把"使"抄成"便"了。

岩石有好久没来看我了。我也在忙。

一天,"喵喵喵——"谁家的猫"喵"了一夜。一楼人大概都没睡好。我颇为疲惫地扭动着脖子,活动着身子推开门。出门,又碰见一个没睡好的:

岩石此刻也一脸倦意。她跌跌撞撞地从楼上下来。见了我,迷迷糊糊地还像没睡醒:

"砖头病了。"原来她在忙她的小猫。

"相思病。"

"不叫她出来会情人,她把我的枕头又咬破了。到处是毛絮,气都别喘。"

岩石说的害相思病的是她的小猫。

为了这么个小坏猫,我们的岩石姑娘"哼呀嗨呀"地痛苦不堪:

"放假,我哪也去不了了。我得回国,把她送回去。"

原来我们商定一起去斯德哥尔摩。岩石叨咕着,我惊异地反驳:

"为什么非得送回去?叫她出来,这里到处都有她的求婚者。"

"不行!不行!"岩石好像这时一下醒啦,接着她又像牙痛一样,说:

"不行！那会毁了它的物种！我现在就得天天跟踪，寸步不离。"

"何老师，你一定有好办法。"

哎哟，我也牙疼了。为了这么个小无赖，值得吗？

这个岩石也真够"岩石"的。简直就是"砌了墙的胡同——死头"。可这个害相思病的"春妹"，春心不已，每夜都"喵喵"，还要绝食。

唉，这个岩石，这个砖头……牙疼呀。

5

夏至节到了，我被学生接去过节，耳朵也消停会儿。几天后，回来，公寓里清静了。

岩石一脸滋润。原来，她带她的小猫回国，打了什么针，回来了。

岩石见了我，高兴地甩着她的小黄辫儿，拨浪鼓一样。这回，她也忘了再退回到一米二处，就和我说开了。说她回国，怎么找到国家动物保护协会，奥斯陆动物保护协会怎么专门开研讨会，怎么出主意，她又怎么去动物医院，到底做了什么我也不明白……总之，她的小猫猫能够好好活了。

最后，临分手，她忽然小声对我说：

"我爱你。"这可是在岩石身上从没发生过的。

真不知她爱我什么？

6

一天，我知道了。

清晨，当朝阳把一抹玫瑰红色涂抹在窗子上的时候，我忽然听到窗子外有人在喊：

"爱蛋子——"

啊！汉语！我一下激动起来。没出过国的人一定不知道，一个人在洋人之中，半年见不到一个中国人，见不到自己的同胞，听不到自己的母语，又没中文书看。那是什么心情？我身上所有的细胞一下都兴奋起来，竖起耳朵听。

"爱蛋子——"有点儿洋腔洋调。

大概是想叫"二蛋子"吧？我"叽里咕噜"穿着拖鞋，就跑到外面去了。

呀！蓝蓝的天，绿油油的草地上，一个胖墩墩的大女孩和一个系了屁股帘一样的小猫正在一起嬉戏。

朝阳，金色的朝阳在他们身上勾出一圈亮光。她们互相追逐着，嬉笑着……那亮光的曲线也便飞快变换着，像在绿野之上写满了 happy。

那些字母跳跃着，我的心和他们一起欢跳。

"爱（二）蛋子——"

是岩石！小矮个，自己就像个长了腿、套了裙子的胖蛋蛋，还使劲喊"爱蛋子——"。她一边飞跑，一边冲森林猫喊：

"爱（二）蛋子——"

一问，原来是她给小猫起的名字。她看了我给她的教材，才那样叫的。

我给学生写的中国姓氏文化——过去，为了孩子好活，就给孩子起个很难听的名字。小鬼都不要。

她自己叫"二丑"。

"都说中国文化神奇、美丽、伟大。"

"我希望她活。"

"我是她姐姐，我们俩都有爱（二）字。你叫我爱（二）丑吧。"

我使劲摇头。因为站在我面前这个姑娘，不高、胖墩墩，可是我真的觉得她特别漂亮。如果你们再知道她的事迹，你更会这样想。那天我终于明白了，她为什么是露西亚节的美女冠军。

她每年，都利用黄金般的假日（北欧的夏天，阳光珍贵呀！），一个人独自踏着滑雪板，独闯北极圈。在茫茫的雪原之中，不畏严寒，不畏生死，不是旅游，不是探险，而是去收拣考察垃圾！没有报酬，没有谁派遣，她只是一个挪威环境保护志愿者。现在她又是她国家动物保护协会的志愿者了。暑假她要去北极圈送她的小三角猫。

　　一个刚二十出头的大女孩。

　　这个面如岩石的姑娘！

　　而我，坏事啦！因为每次挪威姑娘出来遛猫，都喊"爱（二）蛋子——"，一听她喊，我就跑下楼来。邻居的孩子们都以为是叫我，误会了。他们一见到我，也不管人家大使馆参赞来看我，还是拉大主任来看我，一律喊：

　　"斯特拉斯的一切（您好）！爱（二）蛋子——"

　　……

一稿于拉大公寓

俄罗斯真的不需要眼泪。民族个性是上天的浇铸，历史的锻造。然而历史在蜿蜒，伟大也有遗憾。遗憾也别有身姿。

丑小丫的柴西斯小城

1

你进过时间隧道吗？我进过。

到拉脱维亚柴西斯小站，下火车。我和校长好像立即走进了50年代的苏联电影《远方的小站》，都是"似曾相识"的记忆。

柴西斯小站不大。车站的屋顶，中间是尖的，两侧各有一个相称的圆顶建筑。清雅、安静。出口不大的空场上对面，一溜有数的几个商店：咖啡、理发、工艺品店，静静地站在那，迎接我们出站。

大街上几乎没人。小站出口，一下吐出两个黑头发的老外，外加一个像小毛茸茸球一样的小姑娘。空场一下就来了热乎气。

哈，我得说明一下：我们在车上，交了一个"老"朋友——小丫丫。这个"老"字，因为我告诉了她，汉语有亲切的意思，她特别喜欢。于是我们难记的姓名，她都简化了，还都加了"老"字。于是我的"何"变成"老哥"，校长的"邢"变成"老精"。她——玛利亚·伊凡罗符娜。小姑娘颇为大度地拍板：

"你们叫我'老妈'就行啦。"

唉——这么个小梆子头、小黄毛的小丑丫头"老妈"！我一个大教授，外加一个大校长只好忍气吞声了。

在欧洲，我可头一次看到这样有特点的孩子。

十几岁了，个不高。毛茸茸的小帽子边外露着毛茸茸的一圈卷发。这帽子下边，嚯，你们绝对没见过这样的梆子头，大得快像个厦子了。

想起苏东坡调侃苏小妹的额头："未出堂前三五步，额头已到画堂前。"

想笑,不敢。人家孩子总是一脸正经。圆脸盘上,鸭子一样的小噘嘴,一分钟不停地对我们"呱呱"着大事,新鲜得全然忘了怕走丢的紧张。

在城里上火车时,我们去柴西斯,玛利亚回家。下了车,玛利亚变了主意:家,不想回了,还非要给我们做向导。小姑娘寂寞呀。

为什么?那还真得且听下回分解。

2

小丫丫是城里一个技术学校的学生。那天正赶上供暖断气。

拉刚独立,经济不景气,断气是常事。

我在拉脱维亚大学也遇到过。夜里,你可千万不能想家哭,否则你的眼泪一出来,就会冻在你的脸蛋上。更不能打喷嚏、流鼻涕,否则,你会一下长出一圈冰胡子。

学校断气,小丫丫就停课了。我们呢,也正为排解寂寞。正是"相逢何必曾相识"只是我们还不是"天涯沦落人",反正我们成了老朋友。

3

三个相见恨晚、一见如故的老朋友,开始游拉脱维亚著名的古城。

深秋,偶尔太阳还会光临我们的天空,让那蓝天和白云都格外地打起精神。

小姑娘扯下她的帽子,在头上挥了一下。一束黄毛毛的小刷刷辫,像举起的小墩布一样,给我们一行二人做着旗帜。导游叫我们做好准备:

"柴西斯很大,一上午就能转完。"

我们笑了。

小丫丫又变成小毛茸茸球,在我们前面,弹来弹去,朝前蹦着。在这个寂静冷清的小城镇撒播着生气和快乐。

小丫丫说我们了不起:我们走回了好几百年,到了中世纪。

铺满鹅卵石的小道依然蜿蜒在城中,引你通向历史。古拙深棕色的瓦顶屋民居藏在小巷深处,说着它们幽古的眷恋。

小城建在16世纪早期。

那时的宝剑利沃尼亚兄弟骑士团的首领沃利特(Wolter von Plettenberg)建造了城池、护城河和塔楼来加固小镇的防御工事。

利沃尼亚是中世纪后期波罗的海东岸,即今爱沙尼亚、拉脱维亚的大部分领土的旧称。

小丫丫领我们上了一个小山丘,到了一个城堡废墟前。小姑娘说古堡第一次见中国人,龇牙咧嘴地笑,欢迎中国。我们想笑,没笑出来。

古堡沧桑,垂老。残留的城堡造型和我后来在德国看到的几乎一样。不同的是,这里是我看到最为古旧、最为破损的城堡,也是最原始状态的城堡废墟。土褐色斑驳的墙体,被历史的风雨撕开了一道深深缝隙。看上去,城堡就像一个被人划开胸膛、伤痕累累的巨人,使人觉得有点吓人。

我把感觉说出来。小丫丫似乎全然没有什么害怕的感觉,一摆头,像个大人物一样地说:

"他总打仗,打成这样的。"

我们笑了。小丫丫接着说,话里透着得意:

"丹麦、波兰、立陶宛、瑞典——我妈妈的国家、俄国、德国都打过他。"

"不过,他还没倒。我们拉脱维亚也不是那么好打倒的。"

嚯,小毛茸茸,肚里有钢有棍的。

其实,我后来知道,古堡最早是德国人建的,历史的大部分时间在德国人统治中。古堡经历了多次毁灭与重建,最终归属利沃尼亚人。利沃尼亚人是早期拉脱维亚人和爱沙尼亚人的称呼。拉脱维亚真的是不倒的。

4

该下山丘了，那就是环绕城堡的公园。小向导说，带我们去看望莎士比亚。还说，莎老头有时写得不错，有时也不怎么样。我还是第一次听到有人敢对伟大的莎翁这么品头论足，很有兴趣。

我们来到一个很大的露天歌舞剧场。公园也因为这个歌舞台而出名。露天剧场约有一个足球场大，呈扇面型。正前方是一个半圆形一米高的舞台，面对的便是半圆形一排排木台座位。

小毛茸茸球蹦到台上说，这里有几千个座位。你坐在哪，都可以听见。我相信。因为在我们家不远的杜鹃山上，也有一个比这小一些露天广场。他们一开歌唱会，别说坐在那，刚上山，就能听得见。他们夏天总有歌舞会。

小姑娘一边踱着步子，一边给我们背起莎士比亚《哈姆雷特》的独白。那些台词是我上大学时就背过的：

> 生存还是死亡，问题就在这里。
> 哪一种做法更高贵可取？
> 是忍受厄运投射的矢石，
> 还是拔剑杀向无边恨海，
> 一拼了之？

小丫丫的台词更精彩：

"莎士比亚真没用。写了这么个王子，犹犹豫豫，窝窝囊囊，一剑把那个黑心的国王杀了，不完了吗。"

拉脱维亚在经济上不能和中国相比，可是他们人民的文化素质真的比我们高。这个小毛丫头最多也就十几岁。佩服。

那天,说到露天的大舞台,我又输了。

5

小丫丫告诉我们,至今,就在那个露天的大舞台,总有戏剧、歌舞上演。夏天,绿树成荫,人们穿着节日的盛装,台上台下一块高歌起舞。这样的场面,我在里加城国际歌唱节见过。小丫说,连法国大剧院也不如他们这里。

那时,我已去过巴黎。专门参观了巴黎歌剧院。我说起巴黎歌剧院。

巴黎歌剧院的观众席能容两千多人。

小丫丫说,他们这个剧场可容三个两千人。16世纪就有这个大歌舞场了。

我给小丫丫介绍:巴黎歌剧院是19世纪后半段才建立。

"那比我们晚多了。"小丫丫不屑一听。

我说,巴黎歌剧院是意大利式的,保留着巴洛克风格。有大量的雕刻及豪华装饰。舞台后部还有一个巨大的舞厅作为后部附台。道具布景都是机械控制。

小丫丫说:"哼,学人意大利的。"声音是从鼻腔出来的,带着明显的不屑。

"我们的大舞台是我们当地人建造的。要那么多零碎有什么用? 我又不是来看你那木雕的。我们的比巴黎的强。"

我问:"去法国看过吗?"

小姑娘说:"没有。"不过,这丝毫影响不了她的情绪。

"哈,你说,台子有多大?"

我告诉她:"巴黎歌剧院的舞台,加上后面的附台,有四五十米深。"

小姑娘高兴:"我们的比巴黎的大。我们台上、台下怎么也有几千平方米。"

反正，他们柴西斯剧场是最棒的。

小丫丫的小细脖梗梗着，一副盛气凌人的样子。我输了。没法不笑。

确实，小姑娘也应该自豪。那时，演出没有扩音器。可柴西斯剧场，坐在哪里都能听清。这真不能不佩服人家祖先的聪明才智。

我赞美了他们的剧场，但小丫丫仍是一只脚点着地。看来，对我刚才夸人家法国剧场，有点不满意。等我们走下台说，要带我们去一个最不好看的地方。

小导游挺有个性。

6

"最不好看的地方"离舞台不远。

映入眼帘的是一汪波光粼粼的池水。池中央立有一个雕像，雕像旁游着几只白色的天鹅。泛着细纹的水，因为那天鹅而显得格外生动。

在水中看，一切清晰又朦胧，像海市蜃楼。

水中倒映着一座高高的教堂，那就是有名的圣约翰教堂（Saint John's Church），那曾经是利沃尼亚地区的最高点。在水中看蓝天，蓝天更加高远、深邃。在那深邃的天空里，教堂的尖顶在荡漾的水中，幻化着弯曲的线条。而教堂管风琴传出的回声在水面上飘荡。教堂因倒映在水中，而更显神秘、圣洁。

这哪是池塘？分明是最为奇幻的仙境。

那是我看到的最为幽静的景色……

"解落三秋叶，能开二月花。"在这样清雅、幽静的景色里，小丫丫说话都压低了声音，怕惊动了这里的一切。

小丫丫在前面走，猫捉老鼠一样，迈着轻轻的步子，舒展着她的细胳膊细腿，像个木偶人。伴着"沙沙"的踩着落叶的声音为这大自然添上了最有情趣的一笔。

我在欧洲去过许多园林，像这么幽静又生动的公园，只在有小丫丫的柴西斯见过。真是"别有天地在人间"。

7

中午，我们请小姑娘吃饭。没想到这是我们最难的一次请客。

第一难，是找饭店。如果不是问人，绝对不会想到那是商店，那是最有特色的咖啡屋。推开一扇实木单门，屋里彩灯暗暗的。我们站了好一会儿才看清：屋里分上下两层。沿着狭窄的木楼梯上了楼，楼上，就在狭窄楼廊摆着四张桌子。

小姑娘告诉我们，这是最大的饭店了。也许小姑娘没说反话。

柴西斯至今才开发为旅游点，才建起四五家大饭店。我的学生后来告诉我。还有一个富翁就在附近建起了一些与众不同的别墅。房子都是三层高的用绿色材料建造的。大坡顶最上面一层的窗子就像一只大眼睛。

说说我们吃饭吧。这是第二难：

我们要来菜单，让小姑娘点菜。我们看最贵的一份饭菜才三拉特。拉脱维亚大多是份饭。一大碟子，有肉或鱼，一点米饭或面包。我告诉服务员给小姑娘来份最好的。小姑娘却拉住服务员，说什么也不要。服务员是一个中年妇女。我看她充满爱怜地劝小姑娘来一份。小姑娘就是摇头。我们坚持要感谢我们的小向导。最后，小姑娘答应喝点咖啡，我们又要了甜点。

出门，小姑娘说，那饭太贵了，够她一年的学费（拉脱维亚学费便宜，每年四拉特）。我们买了果酱面包和香肠。小姑娘这回没拒绝，但是留了一份，说要给她爷爷奶奶。

看着这个丑小丫，觉得她那么可爱，那么好看。她的心田真的是没有一点皱褶。她让我们又看到我们人心的赤诚和温暖。我和我爱人真想收养这个孩子。

要分别了，心里忽然跑出了一千个不舍。

小姑娘也不愿意让我们走，说，波罗的海最古老的啤酒厂就在不远。可是真的没时间了。小姑娘说的，半天就可以转完，那是指小城街。要参观完这里的历史古迹却真得要点时间。

要分手，小姑娘像是不经意地说，她的家就在车站附近。我又来了精神，一定要去看看。真要去看，小姑娘的脸上却来了许多不好意思。小丫丫为难地说，她的家太小了。小姑娘可能又在说反话。

哪小呀？有八九十平方米吧？从没有见过这样的房子：像伏在草地上一个巨大的蜗牛，藏在一片树林中。走近看，又觉得它像一个三角大蘑菇立在一片草地上。大坡顶下有一扇小窗，一扇小门。一堆劈好的木块，整齐地码放在房子的旁边，像一条蜷伏的看门大狗。

小丫丫拍着木堆说：

"别担心，它们不是树干，都是枝杈。我帮爷爷劈的。"

拉脱维亚人少，木材多。在里加城，我去朋友家的菜园子，也都堆着一堆堆的木头段。那木段可漂亮了。（我带了三段回国，至今摆在我的窗台。）小城绿化面积百分之七十多。人家从古代就有一个口口相传的规定——用一棵，补种十棵。

绕过木堆，我们从小门进去，里面的结构也像蜗牛。屋里真是太小了。先是一小间，放着一张单人床，已经没什么地方了。隔墙旁边还有一小间，也很小，中间却是一个大得不能再大的壁炉。那时我一下明白了，为什么儿时看俄罗斯小说，写着孩子睡在壁炉上。

小丫丫的爷爷说，这个房子至少有三百岁了。让我们看那壁炉，就知道过去这里有多么冷。

我们去时，已是深秋了。壁炉里烧着木材，小屋暖暖的。小丫丫的爷爷和奶奶更是令我们感到暖暖的。两位老人高腔大嗓，开朗又热情。不知奶奶听了孙女的一段什么介绍，老奶奶又扑过来拥抱我。老奶奶丰满的胸脯差点没把我憋晕了菜。

两位老人拉我们坐在他们身边,给我们倒上牛奶咖啡茶。小丫一家的甘苦也流入我们的心海。小丫的爸妈在苏联解体时也解体了。妈妈瑞典籍,回了瑞典。爸爸去爱沙尼亚,给家赚钱。小丫选择了留在拉脱维亚。

当我们夸奖他们培养了一个多么好的孩子时。爷爷和奶奶都自豪地说;她是拉脱维亚这片土地上长出的树芽芽,橡树芽,橡树籽。

橡树籽硬硬的。踩不碎,轧不烂。掉在哪里,都要生根,发芽,长成材,长成林……

9

柴西斯只有三千多平方千米。人家的小城就是一个原生态的园林博物馆。一眼可以看到历史——原样的历史,一眼可以看到后人的心迹——人们都在小心地珍藏着他们先人为他们留下的珍贵。小城干净,到处都如洗过一般;小城美啊,漂亮得幽雅;小城安静,寂静得甚至叫人发慌。

这是我在欧洲看到的,最为古老的小城。小城的昨天、今天、明天都在这里静悄悄地生长。

我们要回里加城了。火车从巨大的肺管里喷出一团团的蒸汽,启动了。小站又恢复了寂静。小站上看不见几个人了,只有小茸茸球、丑小丫还留在小车站上,远远地向我们挥手。真想带她一起走。

到拉脱维亚,柴西斯小城是一定要去的。那可是拉脱维亚最有历史记忆的古城,你真的会有进入时间隧道的感觉。古迹是凝固的历史。

小城古朴、安静,然而,因为有一个丑小丫,却又让人感到小城生机无限……

一稿草于柴西斯小站

"40后"在莫斯科

1

我去过莫斯科三次，都是在苏联解体不久。

第一次是要到拉脱维亚赴任，在莫斯科转机等签证。我哪儿都想看看，于是大使馆派三秘开车带着我大饱眼福。或许是因为我们的车比较特殊，所以一路上都畅通无阻。

第二次是去接我先生，他受命来帮我建设中国在拉的第一个汉语教学点。那时候，我已经到拉脱维亚大学半年多了。

在远离祖国的冰天雪地里见不到一个中国人，一个人在拉奋斗，上班顶着月，下班顶着星。下午三点下课，天已经黑了，我从学校回公寓，要先乘电车从城东头到城西头，在城郊终点站下车后，还要再穿过一片树林。

我在树林的小路上小心翼翼地走着，如果摔倒了会扎进路边的积雪里，只剩屁股在外面。我紧张极了，想到这儿却止不住地大笑。路上只有我一个人，放眼望去，到处都是茫茫的积雪，只有远处小木屋的窗中闪烁的灯光，提示你还有人烟。四周没有声音，只有脚下踩着的积雪"咯吱咯吱"地伴我回家。靴子里灌满了雪，但又不敢停下，因为经常有醉汉跟在我后面。

紧着步子跑回公寓，惊魂许久才定。这里的夜晚漫长又寂静，静得可以听到雪花簌簌飘落的声音，不时还会传来几声狗叫，凄厉又悲凉，让人更觉夜的寂寥。我心想，明天我一定要给大使馆写信：我要回国。

"一里、二里、三里……"我数着数，希望梦回祖国。然而到了第二天，天还没亮，我就又上路了。经过长长的道加瓦河，青蓝的天空飘着一抹云，真想借一片回家，但我还在向前走，因为我的讲桌上总有一束小花诉说着学生的爱和期盼。

这天，中国驻拉大使突然要接见我。当我看见大使身后的五星红旗时，我的眼睛一下模糊了。大使见到我说的第一句话，令我至今难忘：

"你是第一位受命来拉脱维亚的文化使者，建设中华人民共和国的汉语教学点责任重大！"我知道我使命的重大。

那天大使安慰我，说要立刻给我派"援军"来。但由于先生的军人履历，入境审查非常严苛，半年后他才拿着国家红头文件来增援。

2

先生风尘仆仆、伟岸地站在我面前，身着一身蓝色西装，打一条淡蓝色的领带，雄姿英发，只是他棱角分明的面颊因长时间的飞行显得有点憔悴。他的一双大眼睛盯着我，满眼都是温情。

"扑上去，抱住老爱大哭一场，把所有的委屈、辛苦都哭出来。"

这是朋友想象的我和先生相见的场面。奇怪的是，什么也没发生。我只是静静地站在他的面前，也不想哭，只觉得悬着的心一下落进了肚，空落落的感觉一下没了影，心里涌动着一种特别踏实的幸福。

然而我又立即心生歉意：人家曾是全国首届团代会的代表，在部队立过三次二等功和两次三等功——要知道，和平时期能立一次二等功都十分难得。来拉之前，他在一所学院任校长，正值事业的高峰。他在国内有着那样骄傲的成就，却选择了全部抛下来拉脱维亚陪我……

我高兴又心酸。校长冲我微笑，像接见他的部下似的挥起胳臂和我握手，一股温暖、一股生命的力立即注入我的全身。

"怎么样？"一句简单的问候和迟迟移不开的目光，让我知道校长有着许多未说出口的关切和担忧。出了国，他很快就明白了，"抵万金"的家书从来都是报喜不报忧的。

于是，我痛快地说："大山来啦！哈！没问题啦。"

校长身板挺得直直的，有点孩子气地挺挺胸脯，冲我晃了一下肩膀，一脸得意地说："何止大山呀！我是你的保护神！铁杆保镖！"

"保镖"神采奕奕地站在阳光里，身后的太阳照在他的西装上，肩上泛着一层特别柔和的蓝光。蓝色是悠然的颜色。

然而还没悠然多久，这个大叫着要做人家铁杆保镖的人，连自己都没保护好。

3

莫斯科啊，是少年时就开始的梦，克林姆林宫里有我们仰望的红星。

我们那个时代的青年见证过苏联的辉煌。我们读的书是《钢铁是怎样炼成的》《无脚飞将军》，唱的歌是《莫斯科郊外的晚上》《山楂树》，崇拜的英雄是保尔·柯察金、卓娅和舒拉……那时我们最向往的就是到苏联留学，那是我们的理想和追求。

当我们真的站在了莫斯科的土地上，心里真有一种特别的激动。那天，我和莫斯科大学的同行孙琳走在宽广的大街上，聊着课堂的趣事，高兴啊。还有我的"保镖"跟在身后，那感觉真是"烟火点在心坎上——心花怒放"。

忽然，听见身后的老爱大声呼救："何杰！何杰！快！快！"

我一转身，只见一群女孩正在哄抢我们的"保镖"，"保镖"在中间举着双手"站以待抢"，不知所措地喊着我，那场面简直就像一个生了芽的大蒜。围着"保镖"的那圈女孩儿身上都背着孩子，一个个把手伸进了他的口袋。

我赶忙冲上去,绕着"保镖"跑了一圈儿,把女孩儿们的手从"保镖"身上各处扒开,孙琳也跑过来帮我把她们赶走。

"蒜瓣儿们"散开后远远地站着,背着她们的"小蒜瓣"盯着我们不走。女孩儿们那一双双乌亮的大眼睛炯炯有神,长长的睫毛眨呀眨的。她们背的小孩子更可爱,个个都像小猫一样,毛茸茸的小圆脑袋。她们当中看起来最大的估计也就十三四岁,却已经当妈妈了。看着这群大大小小的孩子,我的心里五味杂陈。

孙琳告诉我,她们都是吉普赛人,以乞讨为生,知道中国人的钱包鼓了,专抢中国人。她们先是伸手要,接着就是抢,一窝蜂地抢。

我们那位"保镖",此刻一手捂着口袋,一手捂着提包,一脸迷茫地呆立在那儿,完全没醒过盹儿来。我问他:"现在知道捂着口袋,刚才怎么还举着胳膊呢?"这个老实疙瘩吭吭哧哧地说:"哪敢碰她们。一群小闺女……"他怕人家说他是流氓。

我和孙琳都哭笑不得。是啊,在国内哪见过这阵势。孙琳忙提醒他,看看丢了什么? 一检查,零钱都没了,飞机票也没了。

"啊,护照还在!"老实疙瘩庆幸地喊。于是我们一块儿说:"便宜! 便宜!"

可是我们没走出多远,又看见了吉普赛人。

4

一群成年吉普赛人正在表演。他们唱的歌让人觉得天地广阔无垠,跳的舞让人感觉身心热烈奔放。我看得心"怦怦"地跳,感觉他们的内心似乎藏着渴望,想要挣脱什么束缚。

老爱身为一名军人,腰板总是直直的,此刻却弯下腰来,把要给我买煮玉米的钱放在了地上的头巾上。他回头看我,我立即送去一抹赞许的目光——尽管我顽固的中国胃是那么想吃煮玉米。

那时我忽然想到,爱原来连心里的涟漪都是重合的。但我还没来得及表示，几个巴布什卡就忽然围了上来："一看就知道你们不是日本人。"她们还说中国留学生是最好的。

可爱的老奶奶们一律系着三角巾，套着大筒裙，穿着老式破旧的高筒靴。她们在那里站成一排，仰起满是皱褶的脸，把真诚的祝福送给我们三个中国人。

在离开莫斯科的路上，我们看到了列宁的雕像，上面有鲜花也有鸡蛋皮。这让我们这些向往苏联的知识分子顿时深感错愕和无力。但是想到我们半年的生活费还缝在校长的内衣里，没被抢——

认"便宜"。我们又饶有兴致地继续上路了。

5

刚上路，又遇到一件"便宜"事。

坐车，没开多远就被武装警察叫停，让我们下车。我的"保镖"真帅：他让我们不要动，自己也正襟危坐。

那帮警察厉声说着什么。我们倒不害怕，只觉得有种说不出的屈辱。一圈七个警察，个个端着枪，顶着贝雷帽，帽子后面飞着个小尾巴。这时一个警察靠过来，向我们捻着手指要罚款——有点儿滑稽。这还是我们的苏联老大哥吗？

"保镖"连看都不看他们一眼，直身稳稳坐着，手里没枪却像端着枪。他把护照拿出来，举着不动，等警察拿过去。

警察把枪横在车窗外，露出一副狡黠的模样，眼睛在护照上扫来扫去。"他在找钱，"孙琳说，"把教授资格证也拿给他。"

当我们把证件拿给他们时，不知道是因为那绿皮的公务护照，还是因为印有中华人民共和国大红印章的教授资格证，还是因为"保镖"的威势，警察们冷冻的脸瞬间开化了。七个人列队站在车旁，示意放行。

孙琳问他们怎么去莫斯科航天纪念博物馆，他们又转身向我们敬礼,争着为我们指路。这骤然的变化让我和老爱受宠若惊。孙琳说:"还没跟你们说呢,在俄罗斯,有教授资格证,去哪儿参观都免票。"

第一次感谢当教授,苦中也有甜啊!

6

当我们站在莫斯科航天纪念博物馆里,我们看到了知识的伟大。

1961年4月12日,苏联航天员加加林,乘东方1号宇宙飞船进入太空,并在绕地球轨道飞行一百零八分钟后安全返回地球。

那时我们还是青涩的中学生,在广播里听到这个惊人的消息,全校都在欢呼。

哇——人类的第一艘载人航天器啊,我们竟然就站在了它的面前,原来它只有装得下一个人的大小。这个钢铁大圆球的外表特别精致,漂亮极了。想想这家伙竟能飞到遥远的太空,还是觉得不可思议。

7

莫斯科啊——我们要走了。我们的车穿过莫斯科郊外的白桦林,落日的余晖在晃动的枝叶上涂着淡淡的玫瑰色,我们唱起了《莫斯科郊外的晚上》。

我们又不约而同说起了南开大学的马蹄湖,说起了我的老教室和图书馆前的蔷薇花,还说起了我们怎样带着小儿子在西湖村结冰的稻子地上滑冰……

说着说着,我们唱起了我们的歌——

河山只在我梦萦,祖国已多年未亲近,
可是不管怎样也改变不了,我的中国心。

> 洋装虽然穿在身，我心依然是中国心，
> 我的祖先早已把我的一切，烙上中国印。
> 长江、长城、黄山、黄河，在我心中重千金。
> 无论何时，无论何地，心中一样亲。
> 流在心里的血，澎湃着中华的声音，
> 就算身在他乡也改变不了，我的中国心。

那时我们才知道，我们"40后"深藏在心中的爱国情，是那么刻骨铭心。

那天见到校长时没流的眼泪，终于抑制不住地一下抛洒出来……校长紧紧抓住我的手。

我们一起远征了——不是回南大，不是回我们的家，不是回养育我们的祖国，而是去遥远的波罗的海的雪国拉脱维亚……我们唱着心中的歌。

草记于中国驻俄罗斯大使馆

修改于南开园

让人惊诧的地下钢铁长城

有这么一个人，一出门就把自己丢了，可偏又不肯在屋里老实待着。我在莫斯科中国驻俄罗斯大使馆，等入拉脱维亚的签证。大使馆告知，不要一个人出门。可机会难得，于是溜出门，上了街。心想，必须记下这儿的地址来，俄语不怎么样，照抄就是了。

出门找地铁，倒不是想去哪，就是想看看地铁。到莫斯科，如果不好好看看地铁，那才会留下遗憾。可一进地铁，我就完全迷糊了，如同进了神话中巨大的蜘蛛网。后来才知道，莫斯科地铁有二百七十多千米长，十二条线路，一百七十多个车站，绝不是一天就可看全的。就在地铁上，我见到了怎么使劲儿想都想不到的人。

1

一进地铁站像进入了一座巨大的艺术迷宫，不知从哪开头，也不知先看什么，只有走着看。

地铁阶梯型电梯可怕、很陡，站到上面，有点直上直下的感觉。声音也很大，"轰轰"的。地铁深入地下竟有五层，数百米。我不知是在哪一层，就在我刚要踏上电梯时，一声很大的"啊！"从低沉的"轰轰"声中窜出，接着又一声声：

"啊！——啊！——啊！——"

就在向下行进的电梯上，我看见，发出尖叫的人是黑头发，在一片金发碧眼之中，特别显眼。我怎么也没想到，这个眼盯着我、正在惊叫的人竟是我的学生！啊，在这遥远的俄罗斯！

我们终于拥抱在了一起。那是什么感觉？都说人生三大美事:"洞房花烛夜"算过去了,也可别再有了;"金榜题名时",有金榜的时候,赶上一次,后面就没机会了。否则,我一定读到博士后;"他乡遇故知",这可是赶上了。这是在多么远离祖国的他乡啊,而且是什么样的知己呀!

"小刺猬!"

"老师——"

我记学生的名字一绝,过目不忘。她叫田田顺子,因为总爱提意见,所以得了"刺猬"的美名。

刺猬此刻扑在我怀里,竟让我心中无比温暖。

小刺猬长大了,团团的瓷娃娃一样的大胖闺女,此刻出落成大姑娘了,苗条了。

站在莫斯科的地铁大厅里,我两一块惊呼:"寻找社会主义!"我们都想起了课上讨论的话题。

是啊,生活真是变幻莫测。谁能想到,我们竟在遥远的莫斯科相见。

"顺子,我们这可是来到了社会主义的故乡。"

"是,寻找社会主义!"

有了伙伴,观光的兴趣就更添一层。

2

莫斯科地铁绝对是风光无限!

地铁1935年就开始建造,至今仍有新的车站在建设中。

莫斯科地铁是我看到的世界上最漂亮、最宏伟的地铁,也最富时代色彩。我告诉顺子,莫斯科地铁就是苏维埃社会主义时代的伟大壮举。

地铁第一站命名为"卡冈诺维奇"。卡冈诺维奇是苏联党政高级领导人。他在修建莫斯科地铁和反法西斯战争中有着卓越的贡献。虽几经政治风暴,但第一个地铁站一直没有更名。凡为人民做过贡献的人,人民总要记起他,因为他们的功绩在。

迄今为止,莫斯科地铁已不只是交通要冲,还是名副其实的"地下艺术殿堂"。那是他们一开始设计就包含的宗旨。后来我去过法国、德国,地铁都不能与俄相提并论。莫斯科地铁,无论谁去了那里,都会为其宏大的建筑规模、豪华的艺术装饰设计而惊叹不已。我的学生就不住地惊叹。

她一直惊奇,一直"啊啊",和我说:"老师,我腮帮子痛。"

我们一会上一会下,反正只门口一个票牌,随意坐。

莫斯科地铁真让人难忘,每个车站都风格迥异,每个站台都是独立个性的艺术创造,都可以看到艺术家的匠心倾注和高超的艺术造诣。

莫斯科地铁的辉煌还在穹顶。地铁站的顶部大多是拱形的,配以灯光扑朔的吊灯,美不胜收。吊灯设计可以说是莫斯科独有的艺术。后来我去看法国凡尔赛宫、瑞典蓝厅中的吊灯都难以超越。地铁每个车站的灯造型都不同,其设计的缤纷、精湛真可以说登峰造极。后来我知道,那是因为俄罗斯的冬天漫长,人们大部分时间都在室内度过,皇家贵族的厅堂的吊灯设计则倾其心力。地铁吊灯富丽堂皇,使用什么华美的词都不为过。我这个搞语言的,那天也感到词囊羞涩。顺子更是词穷,只会说颈椎要断了。

谁也想象不到那些吊灯有多么华美、设计精细。灯光扑朔迷离,华光四射。一道道拱形通道也是变幻的,深邃、神秘、通达、宽阔。

大理石的墙面镶嵌的浮雕,再现着历史的烟云:有十月革命胜利的壮景,有反法西斯战争的壮烈。俄罗斯近代历史画卷都在这里展示。除历史题材外,著名文学家的雕塑也显示着苏联艺术的高峰,提醒着人们不要忘记俄罗斯文学的璀璨星光,我们青年时期崇拜的普希金、果戈理、契诃夫、托尔斯泰的雕像都在。

我特别赞叹那些雕塑,精湛、生动,无论是青铜的、大理石的,是什么样的姿态,都有一种动人的力量。让你感悟那人的魂灵,甚至能感受他们的心跳。也许那就是苏联的时代精神,苏联的艺术家真让人心悦诚服。

雕塑多是叱咤风云的政治精英,车站也因他们的伟业而命名,但也因时代的动荡而更迭,许多都已经不是初建时的原名了。庆幸的是,政治色彩鲜明的、列宁时代的诗人马雅可夫斯基的命名依在。

3

马雅可夫斯基站于1938年建成,无论是艺术风格,还是造型之华丽,在建筑史上都是地铁中的佼佼者、惊世之作。

我的第一感觉是,和那位极富个性的诗人一样,这里的风格也极为独特。建筑师们一定倾注了他们的敬仰和爱戴,才使处处都显示着一种高雅、华美。

通道,拱门相叠。吊灯是造型独特的球形,在拱顶的通道中,撒着一种特别柔和、迷离的辉光,使通道显得格外深远。脚下铺着名贵的白色大理石,中间一条大理石是红色的,宛如一条红色地毯直穿大厅。马雅可夫斯基的半身铜像就坐落在大厅的一端。

马雅可夫斯基依旧神情严肃盯着看他的每一个人。60年代的知识分子都敬仰他。我在中学时就朗读他的诗句了,许多诗句至今还能背诵。在那燃烧的动荡的年代,我们吟着他阶梯式的诗句,在人生之路上援阶而上。

他的诗句永远像喷吐的岩浆;他对他祖国的痴情,也永远像那岩浆一样炽热。他铿锵的诗句,就像激越的军鼓,激励我们奋发向前。他的诗至今在我心中燃烧。

> 我几乎走遍了整个地球——
> 生活是好的,

生活得很好。

而我们的热火朝天的战斗生活——

却更好。

······

别的国家都已百岁高龄，

日薄西山。而我的国家——

还是个青春少年郎——

······

铁锤和诗句啊，

赞美这青春的土地吧！

　　我曾在我的语言专著后记中引用了他的诗句。我倒不认为，别的国家都已日薄西山，但我确实认为，我古老的祖国正在豆蔻年华。

　　我站在诗人马雅可夫斯基的半身铜像前，久久地看着他。遗憾这位性格刚烈的伟大诗人，没有死于他吹奏着进军号的革命战场，却死于自己的枪口下。

　　顺子对此完全没有知识。可是那天，顺子给我介绍了一个惊人的信息。原来她的爷爷就是一个社会主义者。难怪顺子有那么多的政治词汇。那天，我和一个日本学生说起了我并不懂的政治。

4

　　顺子告诉我，她爷爷说，他们要实现日本式的社会主义。日本私人势力过大了，贫富悬殊。贫民心里愤愤不平，渴望平等。日本也要革命。

　　那天，我觉得，冷战的世界已成了历史，当今的世界真的是多元的。对社会改革前途的探索，对一个完美社会的追求，发生在每一个国家。哪一种社会形态最理想？人们都在找寻……

莫斯科地铁建造气魄之宏大、设计的精粹、工程的浩大、材料的广集在世界上都是少见的。那都是高水平、高速度、高强度大兵团作战的功绩。

顺子说,这也许就是社会主义吧?

我仍不能确切地回答学生。但我相信,没有那伟大理想的召唤,没有在那光辉旗帜下集合起来的成千上万建设者做出了无数牺牲、克服了难以想象的艰难困苦,没有社会主义的力量,如此辉煌巨大的莫斯科地铁,真难以建成。人们回望苏联历史的时候,会发现他们策略的失误,但对地铁的建造,人们却都是肯定的。

莫斯科地铁不仅是艺术宫殿,也是巨大的战略堡垒。

当希特勒兵临城下的时候,地铁不仅是交通要道,也使千万居民躲过了战争灾难。更为庆幸的是,有两百多个婴儿在这里诞生。

新生的一定要生。有功于人民的,人民也将永记。

5

我要回去了,顺子坚持要送我。我想起我的聪明之举,拿出了那个小条。谁知顺子的俄语还不如我。

我们忙找路人帮忙。一连三个人,看了那小条,都奇怪地睁大眼睛看着我们,然后又是耸肩又是摇头地走人。我们决心找一个会说英语的人。还真有,但当人家真的用英语告诉我们时,我和学生也一块四目圆睁了。

那小条抄的是一则只叫男人去的地方的小广告。

我哭笑不得。顺子笑得眼泪都出来了。

谁能想到……在那墙上,我还明明看见苏联的斧头镰刀。原来,红色浮雕下是黄色小帖!

在莫斯科,在这社会主义故乡的一天,我的感受可以说最为复杂。对于苏联,从我儿时,就冠以"伟大"啊。

那天夜晚,在中国驻俄罗斯大使馆二楼一个房间里,一个刚刚迈出国门的 60 年代的知识分子，在自己的日记上，写下这样一段话：

"第一次知道，原来伟大也有遗憾！但我也知道了，人们对美好未来的探索，从来就没有停止过。一个美好的、和平的世界一定会实现，只是也许很遥远……"

草于中国驻俄罗斯大使馆

大清河水清清

人生的大书中总有几页记忆深刻的事。

儿时妈妈带我们几个孩子坐小船回老家,至今历历在目。

大清河上向前的小船犁起白色的浪花,发出"扑啦扑啦"的水声。白色的船帆载着落日的余晖,带着小船鼓劲儿又懂事地艰难向前。逆水行舟。我和姐姐也搅搅和和跟着大人们拉纤。回头看,船头犁起一股股白色的浪花,小船吃力地前进。

等回到船上,妈问我:"费力吗?"我点头。

"人往高处走,水往低处流。"

妈要我记住,人活一世没有顺风顺水,要记住那船是怎么向前走的,要记住纤夫们的苦。

直至我也到了妈妈的年龄,出国教学在莫斯科画廊看到名画列宾的《伏尔加河上的纤夫》,我看清了十一个纤夫脸上一样写满命运的悲苦,只有那个男孩大睁着一双渴盼的眼睛,大概和我那时的眼睛一样。

我小时候,眼睛就总喜欢望着门外。妈妈把我的头发剪成男孩子样,说拍花子专拍小闺女。

那世道,妈妈唱的是"大清河啊大清河,大清河畔血泪多……"

我姥姥家就在雄县城关,敌我拉锯。舅舅是老地工。妈告诉我,日本侵略者绑上二狗子的腿更坏,他们抓不到舅舅就烧了姥姥家。日军过来,一烧就是一个村,一杀就一片。我有一个叫大有的哥哥闹嗓子,后来也叫日军烧死了。妈妈为此得癔病两年。

老家人一提旧社会就恨得牙根痛。多少人逃难啊。我爹妈就是白洋淀发大水,逃出老家的。那时大清河边野鸭、大雁都没有了……

2

解放了,老家一下晴了天。

小鸟在丈量着天空,小鱼跳出水面和你打招呼。大清河岸千里长堤上,一排排的柳树垂下的柳枝在风中得意地摇晃。

记得,一次孩子们在大清河里打了一通水仗,又在河岸长堤上翻跟头,抓着柳枝荡秋千。爽透了。可没爽多会儿,河对岸飞来一阵叫喊声:

"城里的小伢子——逗哪家子能啊,上我们这来洗澡(游泳叫洗澡)呦。啊哦——假小子呀—"

解放不久,乡下没女孩下河。

好哇,有人找碴儿。

我那厉害的二表姐,好,欺负我家城里来的客!谁怕谁呀!她拉着长调,就反击了:

"哇呀——我呀呦(我娘呦)。"我们老家话跟唱歌一样,极有音乐感:

"我呀呦——哪家子的腌菜缸,鸭子蛋儿挤得盖不上盖啦,你们吃多蛋儿啦,咸(闲)得你哇?"

真的河边草坑尽是野鸭蛋儿,都去捡。我那猴淘的弟弟真吃多了,撑得一伸脚把我二表姐绊了大跟头。

伶牙俐齿的二表姐,摔了大马趴也没停嘴,立刻转向我弟这个淘猴:

"我呀呦——你这个懒龟子,几条腿哇?怎么爬到我脚底下来啦?"

那年月,平常百姓,谁家顾得上孩子。战乱、饥荒,妈的孩子一个一个地死,妈怕弟弟也活不了,起名叫个长命的龟子。

龟子一搅和,大清河岸上岸下,仗也不打了,都笑翻了。

河中淡绿色的波浪,一波一波顶着晶亮的水花一闪一闪跳着脚地欢笑。波光粼粼的水面像翻动着无数条银光闪闪的小银鱼。

大清河里小银鱼多呀,叫小麦穗。我们在河边用篓子捞鱼抓虾,一大早就能抓上小半锅。放上几粒盐花一煮,一层油再贴上一圈玉米饼子,嚯,香你个跟头。我们城关贴饽饽熬小鱼,特别是小嘎鱼、熏泥鳅、咸鸭蛋,十里八乡都出了名。

哇,大清河让人心里盛满了欢乐。

3

改革开放,国门大开。大清河边,祖祖辈辈的庄稼人撒着欢奔小康。

那时姥姥家大院天刚黑,鸡窝上都坐满人。舅舅是老公安有点工资,买了个九寸小电视,连邻村都自带小麦墩挤着来看。稀罕呀。

大清河边有了大街,小铺。人们身上穿上了"的确凉",一脸五线谱的大婶都抹上了雪花膏。我爷爷家白洋淀更是成了有名的旅游景区,大荡上开起了游轮。四铺村温泉就在大街上流淌,二分一张票。霸州也悄然来了日本人办塑料厂。亲戚家家做起了塑料袋。新鲜又忙啊。

老家真的富起来了。

我也出国了,小心叠放起儿时记忆。眼忙不过来,心却顽固地想念我自己的祖国。蓝天白云再好,是人家的。想借一片白云回家。我的高堂老母就安睡在大清河边。噢,还有疼不够我的二表姐,亲人们……

我的大清河水清清,清清的淡蓝像我乡亲淳朴的心。

回老家却没游成泳,倒不因是冬天,无论四季我都游,而是大清河水快干涸了,白洋淀漂着油污。雄县上了报纸,塑料袋作坊一律叫停,没有污水处理的日本在霸州的塑料厂必须关停回国。地下清污需要几十年啊。

乡亲拍着脑门说,用污染环境致富,我们傻呀。

重干吧。出水才看两腿泥。

2017年,雄安新区建立,一个高水平、绿色、智能的新区从此拔地而起。

这是从来没有的巨变,回家走路都得导航。北京的高科技、高文明……谁都是"刘姥姥进大观园"。我喜欢游泳,只说游泳吧。

改革开放初期,四铺温泉满大街流淌。

太阳落下了。大街上水波荡漾泛着夕阳的霞光,从没有过的景色。大姑娘、小媳妇穿着衣服坐在浅浅的温泉里,说着她们的惋惜、她们的梦。

我在巴黎、新西兰温泉游泳馆也叹息呀,羡慕人家呀。

而今,我们的梦终于也降落在大清河畔。真是天翻地覆。

受日厂污染的霸州小步村亲戚已搬进A部新区。我们雄县成了温泉城,最大的新游泳池就建在大清河边,大厅内温泉暖意融融,厅外露天泳池直引大清河水,清澈如蓝。

大清河水清清,白洋淀水清清。

清晨,一轮透红的朝阳在大清河上洒满动人心魄的玫瑰色。几只小鸟在霞光中翻飞,那跳动的飞鸟在清清的大河上,写着世间生命的永远,写着大清河畔的生机勃勃。

大清河水永记我祖国的苦难,我们再也不受外来侵略者的屈辱,我们再也不受任何洋人的欺骗。中华民族我们有能力,有志气自立于世界民族之林。

滔滔奔涌的大清河水为证。

于南开园

中华民族的天伦之爱独特又深邃。亲情可以稀释，却永远不能割断；母爱可以是声泪俱下的鞭子，儿女却永远走不出母亲的心；儿女之爱可以看似淡淡，却岩浆在底。爱是山，是海；是大川，也可以是涓涓溪流。爱的定义是永远永远。

我家格格

1

我们家有两个"棉大衣",没有"小棉袄"。一天,上天给我家送来了一个格格—— 一只小白鸽。那只小白鸽"呼"地落在了我家平台上。小天使一身白羽毛、亮眼睛、黄黄的尖嘴巴。这是一只刚刚长大的小鸽子。

小鸽子停在窗外,歪着头向窗里巴望。

窗里乱了营。老伴儿压低了嗓子:

"快! 去拿小米——找个盒盖——"

"没小米啦——"

"抓,抓把玉米渣! 快!"

一通忙活。老伴儿弓着腰,踮着脚,把盒盖儿放到了鸽子面前。小天使一脚踩在窗里,一脚踩在窗外,犹犹豫豫,一见上来了大餐,全然不顾了,也不问价,立即进屋,一阵急雨似的,玉米渣便风卷残云了。

"饿坏了,饿坏了,慢点! 慢点! 别噎着!"

"要喝水! 快! 快拿水!"

终于酒足饭饱。天使腆着个大嗓子,迈着方步在窗台上,左边走走,右边看看。我们怕惊动了她,退到了方厅。

其实,人家小鸽子并没有走的意思。小家伙飞到了老伴儿的椅背上,悠哉悠哉地站立在那儿,东张张,西望望。

我家在八楼,窗外是蓝天。明亮的平台上,摆着一盆盆花。绿的、红的,现在又点缀上一只洁白的小鸽子。像毕加索的油画,那个好看呀！我们的心蘸满了蜜。我说：

"给它起个名字吧！也不知它是男的，还是女的。"

"咳！你看她姣姣美美的多像个女孩，就叫格格吧。"

老伴儿年轻时就想要个千金。我们的格格却没有个千金小姐的样子，好像总吃不饱。到中午我们吃饭，她从平台向屋里探头探脑。给她小米，她也不客气一下，冲进屋来，啄了米粒，就又回到窗台。这位千金小姐也不上洗手间，一边吃，一边摆大摊儿。老伴儿忙坏了。一边擦，一边劝她：

"喂！小姐，咱讲点儿文明礼貌好吗？"

我也提醒她："喂！可别拉在我的椅子上。在窗台上还凑合，叫那个老头子给你擦。"

家里多了一口，屋里热热闹闹，蓬荜生辉。

快到黄昏，小鸽子却不安起来，她向外焦躁地巴望着，来回地走。老伴儿担心了：

"格格要回家了吧？"

"是呀，人家爹妈也惦记呀。"

我说："那就打开窗子吧，叫她回去。"

老伴儿一百个舍不得，嘴里嘟哝：

"好不容易来一只小伙伴，热闹热闹。"可是还是打开了窗子。小鸽子"扑啦"张开了翅膀，飞上了天空。我们看着她慢慢飞远了。唉，连个招呼也没打。心里立即空落落的。

第二天，我刚睁开眼，就听老伴儿扯着嗓门叫起来：

"老伴儿——老伴儿——格格！格格回来了！"

声音惊喜得都变了调。我鞋也没穿就跑到方厅。呀！真是，格格回来了！那只小白鸽又是一脚踩在窗里，一脚踩在窗外，向里探头探脑。当然，我们又一阵快转儿：找盒盖，拿吃，拿喝，铺报纸。

从那儿，小白鸽真成了我家格格，她住下来不走了。

2

说来真快,春去秋来,又一年。格格住上了大独间,那是老伴儿用木条钉的。夏天在平台外,冬天在平台里。我们平台上有一扇窗子永远为她开着。那吃喝也由玉米渣变为小米,又升为绿豆,时不时还要改善吃火腿肠。格格还挑三拣四地就爱吃意大利肠。老伴儿专门上超市去买。格格成了我家真正的公主。天热,你听,老伴儿会喊:

"格格回家,开空调啦,进来吧——"

中午,老伴儿又叫:"格格回家,开饭啦——"

格格聪明极啦。我们晨练,开头,把她带到公园。只要放开她,她会在你头上飞上一圈,然后就飞回去了。等我们回家,她早已站在平台上等你了。

那时,回来,抬头见到我们的小公主等着我们,心里别提多高兴了。

我打电脑时,格格会站在我身后的沙发椅背上看着屏幕。有一次她竟赶过来,啄那屏幕一下。那意思好像是"哼,写的什么破玩意!"我忍不住大笑起来。想想,你写东西,还有这么一位"大批评家"陪着你,那是多开心呀。

有这么一个小东西在家,一天都沸反盈天的。忙不完,乐不尽。

3

有一天,却冷清下来。早上锻炼回来,没看见她在平台。进屋,格格也没像往常那样飞进方厅欢迎我们。给她放的食没动,中午她仍然没有回来。老伴一声一声地叫着她:

"格格——格格——"

天黑了,平台上没有她,大独间没有她。第二天,仍然没看到她。老伴儿，一个大男人，整整两天都没有好好吃饭了。听着他一声一声喊着格格，心酸酸的。我劝老伴儿：

"格格大了，那是找对象去啦。"

是啊，孩子大了，总得飞呀，可是心里总是放不下。不由说起格格的眼事。

记得，一次我们出门旅游了两天，回来。忽然，小鸽子冲到我们面前，她侧着翅膀几乎是擦着地板飞，像一朵盛开的白色水莲。我们还从来不知道，小鸽子竟能飞得如此漂亮。小鸽子飞够了，她大睁着一双亮亮的眼睛。像在问："你们干什么去了？怎么把我忘了？"到了晚上，也不回她的房间，一直啄我的脚后，要不就啄老伴儿的裤腿。我们一劲儿向她道歉。

格格真的离不开我们。我们每次进屋，她都会高兴地擦着地板飞一圈。我午睡，她立在床头。老伴儿做饭，她陪在柜上，老伴儿跟她有说不完的话：

"格格，老太婆又忙着写文章去啦，不管你啦？小米，你不吃。你越来越馋啦，你想吃火腿肠是不是？"

老伴儿批评她，格格都是瞪着眼听，我去问：

"喂！格格，你们俩又在背后说我坏话啦？"格格会过来蹭蹭我，这小东西也会搞平衡，真像"小棉袄"叫我们热乎乎的。

可是怎么？她一下就飞走了呢？

4

日子像念珠一样，一天一天串成了串儿。又是一个春，春给枝头染上了嫩绿色。我家的葡萄架也吐出了嫩嫩的枝叶。如果我们的小鸽子没有走，她总是站在那绿藤上等着我们回来。嫩绿的枝条上站着一只白白的小鸽子，谁见了，都会在你心里涂上一层温馨。

一天我们锻炼回来，老伴儿惊呼：

"看! 格格回来了!"

我们的格格就在绿色的枝条上,她也看见了我们,竟从我家八楼的平台上飞了下来,在我们头上绕着圈地飞呀,飞呀。多可爱的小生灵!

"格格看我们来了!"

如果心真能开出花朵,那天,我和老伴儿的心真的是心花怒放。

我们忘记了年龄,像孩子一样兴奋地喊着:

"格格! 格格!"

哦,还有一只小白鸽子在天上飞,一定是格格的恋人。最后,他们一起飞走了。在那淡蓝的天空上写上浓浓的爱,也写上漫天的自由。

格格飞走啦,儿子干脆在我们的窗台上。放上了一大罐儿水,一大盆儿杂粮,还有葵花籽儿。如今飞来的,可不是一个格格,而是好几位漂亮的小鸟。每天清晨都要在我的窗台上吃吃喝喝,说说唱唱。

是啊,爱总能相遇,总要聚会的。说爱的声音真好听。

于南开西南村

小家趣闻

成长的灿烂

小院儿静悄悄。

小飞飞正在小院里蹲着看蚂蚁。邻居小于阿姨问：

"飞飞，你妈妈给你生的小弟弟好玩儿吗？"

飞飞一脸惊奇："弟弟是肉的，不能玩儿。你不能玩。"然后飞快地跑回家，隔着门，大声嘱咐妈妈："把门关好。"反身回来，接着看他的蚂蚁怎么排队。

于阿姨好像还是没完没了。她也太多嘴了。接着问：

"飞飞，昨天，爸爸抱回来的弟弟个儿大吗？"

这可真是哪壶不开提哪壶。我们的小哥哥正在懊恼呢。弟弟太小，没人跟他玩。于是立即把心中的不快告诉了于姨：

"唉——都是爸爸不许我跟着去，我要去了，一定挑个个儿大的。"

"别担心。一转眼，他就会长得高高大大的。"于姨安慰着小哥哥。小哥哥一下紧张起来，他担心地说：

"那可不行，他比我大了，我就打不过他了。"

唉，真是，世界上有这么多烦心的事。

飞飞在小床上搭积木。一会儿搭个桥，一会儿搭个小凳子。我和他的爸爸守在他的身边，小家伙就喜欢玩积木。

我说："你还要搭什么？想想。"

小飞飞头也不抬地，一边忙着搭他的积木，一边使劲"哦——"

地叫一声。我们不明白,飞飞叫唤什么呢?奇怪,怎么也捉摸不透这是什么意思。于是爸爸又说了一次:"飞飞,你想想。"

小飞飞头也不抬地"哦——"又叫了一声。

这次我们终于明白了。儿子把那"想"字,理解成了出声呀——"响一下"。

我们汉语的同声字!孩子幼稚的思维。

一次,更有意思,我在小院里浇花儿。用小水舀舀一小舀,然后把水浇在花上。小飞飞问:"妈妈干吗给它浇水?"

我说:"叫它快长大呀。"说着,我舀了一舀水,放在身边,又去端另外一盆花。回身拿水舀,水舀不见了。再一看,儿子正在那打冷颤,小傻瓜把一水舀水都浇在了自己头上。

"我也要快长大。"飞飞顶着一脑袋的水花,这样回答我惊奇的目光。

孩子的思维出奇地一样。

我的大儿子飞飞该上幼儿园了,不能穿草鞋啦。爸爸给他买了一双小皮鞋,五块钱。爸爸那时每月的工资才四十多元,他出差在外,回来,同去的同志告诉我,小邢早点只吃个烧饼,连馄饨都不吃。

买来,儿子穿上,那个高兴呀。穿上对着镜子,这么照,那么照。过一会儿,我们才发现,飞飞的鞋对脚穿着。

第二天我们送他上托儿所。我们给他穿好。他坚持改成对脚穿着。有意思的是。后来我们生了小二希希,也一定要对脚穿鞋。

开始上学时,自己的姓"邢",总把耳边写反了,和哥哥飞飞一样。

更有意思的是。我大儿子大了,成家,有了女儿。也出了这种笑话,孙女叫大乖,也特别聪明,我教她认识什么字,一个星期再来我这,她仍然能记得,从图片找到。我教她认识青蛙,她记得,但她说"蛙青"。

一次我抱她出门,看见一个人,她大声喊"蛙青——蛙青。"对面的人,莫名其妙,我也不明白。但看那人穿着绿色棉大衣,我想起了,她在说人家是青蛙。我告诉了那人,那人也大笑起来。

我不知这是基因呢,还是孩子的思维都有这个成长期。

小儿子希希也笑话百出。

刚会迈步。一次,他在小床边正要抱他的小狗熊,忽然放了一个响亮的屁。小希希吓得惊慌失措。那是什么,从他的屁股里跑出来了? 到处找。哪儿去了? 他跑到爸爸身边。叫爸爸帮他找。爸爸便和他到处看。希希自己忽然紧张地说:"爸爸,我的眼睛没有了。我的眼睛瞎了。"爸爸赶紧学了一次放屁的声音,告诉他,声音是看不见的。希希好像豁然开朗:"哈,找到了,屁原来在爸爸这呀!"

爸爸一定想,真倒霉……

孩子真是非常有意思。

一次爸爸和小儿子玩藏摸摸:

"小希藏好了吗?"

"藏好啦——"爸爸去找,只见他趴在枕头后,撅着屁股,捂着眼。

可不,他看不见人了,就是藏好啦。

哈哈。可不,鸵鸟也是这样啊。

一次小希希从胡同跑回来,跟我说:"吃胡子。"

这是什么胡子,能吃呢? 我纳闷。孩子非要吃,拉着我出去看。那时候住胡同,家家房子不宽敞。不少家在胡同里生炉子做饭。跟着孩子一看，人家在做粉条炖豆腐呀。

豆腐孩子认识。这粉条，我家还真没做过。他头回看见，于是就说成了"胡子"。

哈哈。这个"胡子"也着实叫我们的小希希困惑。一次他从爸爸身边非常紧张地跑到我面前告诉我："不好啦，爸爸的腿上长胡子了。"

小儿子希希，自己真的有自己的语言体系——"扭手巾""骑裤子""吃大树（菜花）""吃螺丝（田螺）""吃小碗（蛤蜊）"，有意思。

想想，我明白了我们的文字为什么最早出现象形字，为什么我们的汉语是语义型语言。

小希希后来长大了，他的女儿更有意思。一天，我们才把她放在镜子前，背对着镜子，坐着小尿桶拉臭臭。

拉完，给她擦屁屁。小家伙大惊失色。大哭起来："我的屁屁，两半啦——"

她第一次看到自己的屁屁原来是两半儿的。只有孩子这样。是啊，谁叫屁股照镜子呢？

小孙女叫凯蒂，她尽哏儿事。

一天吃早点，煮了几个鸡蛋。吃的时候，鸡蛋没了，小凯蒂也没了。一找，她在小屋沙发上，盘腿坐着，两只小手学着小鸟扇着。

"你在做什么？"

"嘘——别吵，我在孵小鸡。"

其实我们大人也出笑话。

八几年的一天，老伴兴奋地跑进门，告诉我，他有特异功能啦。"我上哪层楼，哪层楼的灯就亮了。"老伴得意非常。我不信，真有这样的事吗？

我出门，楼里的灯不亮。他出门，亮了。我出去，灯灭了。他一跺脚又亮了。还真这样，服了。

没几天我们才知道，那是刚有的声控灯。我出去试的时候，正赶上师傅刚安好，在楼下试灯。我出去，人家拉闸，灭了。他出去，人家合闸，亮了。巧了。不过这个巧合，着实叫老伴牛了好几天。

哈——

特别的爱

小儿子希希刚会说话。

一天，我怎么也不想不起来，我们怎么就把爸爸的草帽给了人。送走他，特别不爱哭的小儿子，大哭起来："爸爸草帽。"

爸爸赶紧抱起他。他指着门外就是哭，也就一句话，"爸爸草帽"。

我们明白，他想要回那草帽。爸爸抱着他，一边往外走，一边哄着他：

"好，咱们追他去，把咱们的草帽要回来。"小儿子的小手一直指着前面，一直咧咧着"爸爸草帽"。直到爸爸把他抱到小花园。我们让他坐滑梯，坐木马，玩了一通，他才忘了草帽。

谁知第二天爸爸上班，找帽子戴。他又哭起来，又想起那一句话：

"爸爸草帽。"

原来我们的语言大师，还不会使用定语。他想说那是"爸爸的草帽"。哦，明白了，他是伤心，着急他的爸爸没有了草帽。那正是太阳高照的大夏天。

孩子的爱啊……

破晓，我和我爱人一睁眼儿，两个孩子没了。那是一种什么样的心情？天塌下来了。

我爱人，大男人，吓得脸色苍白。我们冲出门去，到处找。去了派出所。人家说时间不够，回去等。能等吗？心惊肉跳，回家忽然发现给他们新买的小自行车也没了。哇——他们骑车出去了。黑灯瞎火的大半夜。再出点儿什么事？

哎呀！心揪到了嗓子眼，不能忍受。终于天亮了，我们在大门口看到了两个泥头鬼脸的儿子。爸爸没打，也没拥抱，拿起盆、罐子出门了，我忙给他们洗。

原来他们骑车去转外环线。那时的外环线十六千米呀。他们才多大呀，老大十岁，小二五岁。他们哪里知道大型货车，夜里就走那条路哇。我问他们，骑不动了怎么办？他们说，躺在马路上歇会。躺在马路上！我现在想来都后怕。

他们还有理："去锻炼呀。"是啊，小二一岁七个月的时候，我们就带他在水上公园湖里游泳。老大，四岁半，我陪他一冬天，在游泳池训练。这几天刚教他们练车。爸爸是部队转业。起床，穿衣五分钟，十分钟出发。（小二后来考上空飞，老大就没去过医院。）可不，我们总锻炼，就为孩子健康啊。

那天，终于决定：车还可以骑。锻炼，在大场子上。

气氛也还不错。早点还多了一样：最贵的馄饨。规矩也多了一条：去哪儿，必须报告。他们嘟囔，可不敢了，要不屁股还不得四瓣。

孩子哪里知道，父母的心，得用什么材料铸成？而我是真知道了什么叫惊心动魄。

像往常一样，我中午下班，急急忙忙赶回家给孩子做口饭。一进门，两孩子没了。看不见孩子，心里一下就空了半截。叫回我爱人，没进屋，急了忙地出门，不知往哪边找。

那天下着小雨。秋风把小雨一把一把地撒在人的脸上，冷飕飕的。我们心里却着了火。

跑了一圈又一圈，回家，正看见两个小家伙，从胡同口回来，两个人的头湿漉漉的,没穿雨衣。我着急地把他们拉进屋,还没有问话。大儿子托着一个小小笔记本儿,小儿子举一个圆珠笔,两个人大概是提前说好了,一块儿磕磕巴巴地说:

"教师节,给妈妈。"

哎哟,这两个淘气包子,居然懂得给我过教师节呀。那时孩子才多大。我一下都不知说什么,心里只有激动、温暖。爸爸干脆给他俩一块来了个转飞机,抱着不撒手。

后来我得了校级、市级,最后还评了全国的奖。领奖时,我想起我的这两个淘气包子,想起他俩被雨淋得湿漉漉的样子。大儿子圆脑袋湿漉漉滴着雨珠,小儿子圆咕隆咚的大眼睛,眼睫毛上都是水滴。落汤的一个熊猫、一个小猴子,我们的命。

我也永远记住了这一天,1985年9月10日。我的两个小儿子为我过的第一个教师节。儿子们的第一份大礼。

爸爸省吃俭用给大儿子飞飞买了一辆小自行车。一天,我出门,儿子非要带我一段。

我说:"你太小。"儿子不干,非要让妈妈美美。

盛情难却。好在我们胡同外是个发菜站,有块不大的空地。背着抱着的,长大了,现在也能坐坐儿子的车啦,心里美啊。

我家如果买了好吃的,一定分四份。只给孩子的,他们也一定让爸咬一口,让妈咬一口。为了给儿子买这辆车,爸爸出差,早点只吃个烧饼,连碗豆浆都舍不得买。这是同事回来跟我说。

儿子真要长大了。

"妈妈,看我怎么样?上,我带着你。"儿子得意地给我鼓着劲,我大着胆子,追着车,一跳,坐到后车架上。

"走咯——"天啊,这是怎么走的啊。左晃右晃。我喊着:"别撞人家菜筐。"

儿子喊着:"停不住! 停不住!"

结果把我甩进了菜筐。他和车都倒在地上。

这是个蔬菜批发站。正在分菜的大爷，刚想发作，我忙道歉："孩子总想帮我。他三岁，我买米面，他就帮我提口袋。"

大爷看看我那个傻愣愣的儿子，一边帮他扶车一边说：

"难得这么孝顺的孩子。没事。你没摔进那大辣子筐就不错了。多亏是个土豆筐。"我才发现我坐在一筐土豆里。真是要掉在辣子筐就惨了，得赔人多少辣子钱。

我们俩回家这个高兴啊，不用赔人家菜钱。我心里温暖呀。我这儿子才十多岁呀。

那时我们一家老少三辈儿，住在一间小房里。上午十点多，总有一方阳光，从窗外射进来。

我和我爱人忙挪桌子，摆椅子，把高堂老母安排在太阳地里。老妈又抱上他的外孙。我们给小肉墩脱成小光屁股。老母两手托着，举着他在太阳光里。

晒那点儿太阳啊。小家伙儿特别高兴。胳膊腿儿一块蹬，一块动。

"喂——你叫飞飞哈，看你爸妈给你起的名字，叫你自由自在地飞呗。"

儿子"呃呃"着。这一老一小，一天总说得热火朝天。

小家伙有意思。不一会儿，伸着小手，不断地抓着姥姥的脸。他使劲够着姥姥的脸，要拿点什么。我们不明白。

"喂，大飞飞。你要拿什么呀？我脸上有什么呀？"姥姥奇怪地问。

哇——我家门前有棵棠树，晃动着的枝枝叶叶把它的投影照在姥姥的脸上。

小家伙在抓那树影呀。哈哈——

看着这一老一小，心里暖啊、甜啊。

后来有机会，我自己就坐在太阳地里。在暖暖的阳光里，可再也没有那种甜蜜了。

人多么有意思。

什么是幸福？深邃啊……

于沙世道世生里4号

母亲的雨露

像天上的白云，地上的沙粒，我的妈妈是一个顶普通的在旧社会受尽了苦难的农家女儿，可妈妈用她的一生出了她的专著。她给予我的，是我怎么也无法用言语言尽的。

1

儿时，我最美好的都是妈妈给的。

妈妈总是穿着一件毛蓝布上襟，整天忙碌着。我家不富裕，妈妈却总让我们吃饱穿暖。我最美的事，就是一边吃，一边听妈妈讲故事。

记得吃韭菜大合子，那个香啊。妈妈在小院的灶前忙上忙下。我们几个馋猫围着锅台，眼珠盯着面饼怎么神奇地烙上了焦黄的夹。妈妈一边烙，一边和声细语地给我们说着，天上从前怎样有十个太阳；地上怎么支着四个大柱子；女娲补天，嫦娥奔月，兔子笑成了三瓣子嘴；傻姑爷怎样把米倒进河里，又说：

"蛆哇！蛆哇！上笊篱，我媳妇还要呢。"

我们就这样一边美美地听，一边美美地吃，一边不断地问着：

"后来呢？"

后来，妈妈一个个地烙完了合子，我们也吃了个肚子圆。而妈妈在剩下的菜汤里抓上把棒子面，摊上了菜糊糊，就是她的饭。我们有谁把合子送到她嘴边要她尝尝，她总是拿着我们的小手，在那面饼上舔上一口，说：

"好香，好香！你吃吧，我不吃。"

妈妈永远是把最好的给我们，而好吃的，她总不爱吃。

妈妈知道那么多。天上的启明星，大河里的都江堰，炎黄五帝，大禹治水，屈原、岳飞、李时珍……妈妈把中华文化的精彩，中华民族的骨气一点一点撒播在我们心田。

其实那时，女人不许进学堂，妈妈还是辛亥革命时识的字。

妈说，那时可热闹啦，剪辫子，放裹脚。后来又赶上闹革命，我家就在冀中老区白洋淀。大闺女、小媳妇上识字班。妈妈爱读书，她晚上偷着读，小油灯把胳膊烧了一个疤。

妈妈一提起这段就神采十足。她把围裙卷卷当作腰带系在腰间，然后背上一段：

> 我们是站起来的人，
> 两脚踩着地，头上顶着天，
> 能干天下事，心里有万卷。

我后来能到大学教书，从小就有她的辛劳、她的志气支持。她是我真正的教授。

2

妈妈也有遗憾事，那是老天叫她做了女人。

妈妈天性活泼，逢年过节还要唱上几段。记得，妈妈一边表演，摸着头，一边唱：

> 小秃卖豆腐，
> 卖得不够本，
> 回家打媳妇。
> 媳妇说别怨我，
> 怨你给得多。

妈妈总是高高兴兴地唱，唱完又无不叹气地说，唉，女人苦啊！

一次，妈和姑姑比赛爬树。两人像猴子一样，手脚并用地爬。我们一堆小萝卜头在树下，开心地蹦呀，叫呀。比赛完了，她们坐在地上捧着脚，妈呀爹呀地喊着，苦啊，当女人作孽呀，好好的脚都裹折了，针扎一样疼啊。大点了又要嫁人，也不知给你找个什么主儿。

妈说，我的三姨非常漂亮，出嫁时却投井自杀了。大姨老实，嫁了一个关在柴房里的疯子。我妈嫁给了一个总相信自己是和尚命的爸爸。生了十个孩子，一个接一个地死，剩了四个，他还从不许看病。妈妈给弟弟起名叫"龟子"，希望他活下来，可在他发烧快死的时候，要不是我大姐和我妈偷着抱他去看大夫，他也不能活命。

人间地狱呀。妈妈说，那时大伙都是挣扎着活，女子更难。

那时都说，闺女家念什么书，大了，找个主嫁了。可我妈妈在我很小，还咬不清字时，就叫我念书。我还记得书上印着："来来来，来上学。"妈坚定地在我们心上种着她的追求：

"闺女更得念书，学本事。大气量，大德大才。"妈妈骨子里总有一股硬劲。

3

我妈总鼓励我们长出息、长本事。我挺小时的恹儿事，她也夸。

妈妈说从小就什么也难不倒我。我几个月时睡在炕上，她从外面回来，看到我一个人在满地爬呢，哪也没摔着，奇了怪了。后来她才发现，我醒了，自己爬到炕边，调过头，两只手扒着炕沿，一松手，大胖屁股"啪"地落在地上。然后胳膊腿一块动，爬到小院里去了。（哈，难怪我那么喜欢旅游。）

妈妈自己忙,就给我一本字典,告诉我"这个老师什么都知道"。我出书的梦,就是在那时起飞的。我现在也终于出了书。

我不止一次听过妈嘱咐我:"记住,没有人宠爱你,你的手心永远不要向上。哪堵墙都有倒的时候,要靠自己。"

看妈妈年轻时的照片,柔弱、文文静静。

她却总说:"你自己就是山。"

我小时,并不明白妈妈为什么这么说。后来明白了,爸另有所爱。

我永远也忘不了那些凄凉的日子。妈妈不再讲笑话,总是呆呆的。妈妈那双好看黑亮的大眼睛,总是挂着蒙蒙的雨雾。那时我们也明白了,妈妈为什么带着我们去看火车。

从那时起,我们孩子们总是左一个,右一个地拉着妈,扯着妈。可我大了,才知道,真正救了妈妈的,并不是我们。

4

记得天津解放,妈拉着我的手,去看入城队伍。我个小,看得最清楚的是他们的脚。尽是一双双赤脚,缠着布条,带着血。也有鞋,但都是什么样的鞋呀——布条编的、破的、烂的、沾着泥巴血迹。后来我知道,正是这些人出生入死、踏冰踩雪地换来了百姓的解放,也给了妈妈新生。至今仍能想起那脚的样子。

妈妈一生最得意的事,就是解放了,她当了基层人民代表。记得那天街上特别热闹,到处张灯结彩。我和姐姐扎着五星红灯笼。妈妈回来了,她胸前戴着人民代表的红条,她那高兴劲是我们从没看过的。是啊,再也不受屈辱了,从此站起来了。

现在想来,那切切实实足踏在中国大地上,为了中国的生存和富强而英勇奋斗者,就是妈妈让我们看着的旗帜。

5

人生是有阶梯的。攀登阶梯的路,妈总在一旁。

夜,桌子上睡着小儿子,床上躺着大儿子。床的半边,两个盆。外边哗哗下着大雨;屋里,小雨一滴一滴有节奏地敲打着瓷盆,催赶着我。

我趴在小凳子上做卡片,一个字一个字爬格子。光词条我就收集了一点八万条。妈端给我一杯茶,一片萝卜说:"不怕慢,就怕站。"

十几年,我终于写出了《现代汉语量词研究》,填补了词类研究的空白。看到凡写量词的论文都引我的书,欣慰呀。妈妈总说:"人总得做点有用的事,活得才硬气。"

真是这样。我不能忘。

2000年,我做了开颅手术。那时,我才知道,原来生与死几乎没有界限。只想我还有那么多东西没写。原来不能做什么时,才知道能做多么幸福。在生死的交界线,我那么想念我的妈妈,想起她用生命,用心,用血汗沐浴我们的雨露。妈妈说的"要做有用的事",真的在呼唤我。

我硬气地站起来了。出院,我就开始锻炼,游泳,无论春夏秋冬。我跳入冰冷的湖水中,冰水像无数个小针刺着我。那时,我知道人的一生有许多挑战,迎着上,你会变得奋发、坚强。

我重回了我人生坐标的闪光处。我又能做我喜爱的事:以诚实的文字,写这缤纷的世界,写我心深处。

6

我的妈妈是真正的教授。

妈妈的阳光语录,油盐酱醋,赤橙黄绿,给我知识,教我人生。

"粗茶淡饭,身体健;粗衣淡抹,总好看。"妈妈的儿孙,总被别人夸奖漂亮。

"抢着不够,让着有余"。我们家在最困难时,也从不争抢。妈妈说得最多的就是"念人助人者乐"。不管什么时候,老家都有人来赶饭。好的待客,我们喝粥。我记得我们真的很高兴。因为那时,我们就不用干活啦,妈妈早早就会赶我们上炕睡觉。哈哈。

妈妈说,"吃穿向下比,本事向上比""天外有天""好记性不如烂笔头子",这些话让我受益至今。

无论在哪听到好词句,我都会及时记在纸片子和笔记本上。现在提笔它便涌流。

妈妈也是我们的保健医生。"要想小儿安,就得饥和寒。"我快八十岁了,仍能冬泳。妈妈的儿孙个个健康,外孙甚至选上空飞。

妈妈语录的光芒都能拐着弯地照。

"出门不显富,一生都是平安路。"大学时跟老师在什刹海游泳,老师的鞋没了,相机却还在我的旧书包里,躲过一劫!

妈说的"艺多不压身",至今还在闪光。在美国飞机上,老美倍儿抠,送餐车桌面上只有水,想喝果汁红酒,必须自己说才给你。不肯学英语的老伴,终于肯跟我学了,"tomato juice(西红柿汁)",于是想喝就来一罐,周围的人好眼馋啊。

我妈,什么学科都懂。有什么难事,妈都有名言等着你。

当然,妈妈的名言也有不灵光的:"宁肯撑死个人,也不占着个盆。"剩菜舍不得倒掉。一次,撑得大家都吃酵母片。

一位记者问过我,"你人生中最开心的日子"。

"一家老少三代,相濡以沫同在一处。"一下从我心底蹦出。

因为妈妈,我们的日子过得有滋有味,有声有色。妈领导着锅盆碗灶,演奏的却是我们色彩斑斓的人生交响乐。生活充满了阳光。

然而后来,妈妈要走了。

人为什么还要分离,我心痛至极。

7

1985年8月一天破晓，她悄然睡去了。我永远再听不见她带着乡音唤我小名的声音。我永远地没有了妈妈。

妈妈永远离开了我，她静静地睡在了大清河边。妈妈的离开，没有仪式，只有天下的一场细雨，地下黑压压一片送她上路的乡亲。他们说着妈妈那么多令人难忘的事情：说着妈妈怎样奶大了别人的肺病孩子，自己的儿子染病死去；说着那年饥荒，妈妈怎么把自家的吃喝拿给邻居；说着爸妈去了天津安家，那家成了乡亲们的驿站一样，周济了那么多乡亲；说着妈妈怎么在那苦日子里，挣扎着去做一个要强的人。

我的妈妈，为我们吃尽了苦、受尽了累的妈妈。妈妈不但养大了她的儿女，还照看大了六个孙儿，救了一个干哥一个干姐。世界上只有一样无法称量，那就是妈妈的给予。

我永远忘不了。后来她病了，一次我推自行车送她上医院。走走，发现妈妈使劲扒着车座，翘着身子坐在车后架上。我说："妈妈，您这样多累呀。"妈妈说："这样，你不省点劲吗？"

我的眼睛一下湿润了。这就是妈妈的爱，她的心里都是儿女。

天堂没有微信，只有写文章告诉妈妈：您的儿孙们，至今还记着您的嘱咐，个个优秀。

妈妈走了，炕头上放着一本中药书。一个年历，上面写着她儿孙们的生日。一副老花镜，还有她抄的诗句。妈妈走了，妈妈一直说，没给我们留下什么，然而妈妈给我们留下了善良、坚韧，留下最可宝贵的做人的志气；妈妈用她的生命告诉了我们，自尊、自立。

妈妈，我一辈子想念您。

我还记得您给我那本商务印书馆的字典时，一脸笑容地说："什么时候我闺女也写一本？"现在终于一本本成集，我真希望人能有在天之灵，给您看看您女儿写的书。十本了，又何止在商务印书馆出。

但我的书不能与妈妈的相比：

妈妈的书是心与血的凝聚，是人世间母亲大爱的铸造，是哺育儿女的甘泉雨露。

妈妈用她的生命，为我们书写了一部深刻的人生大书。

因为想念我的妈妈而写

于南开西南村

附录一　我的写作情怀

"40后"的少年梦

梦不能分享,不能重合,"40后"的梦却是惊人地相似,那是"80后""90后"绝想象不到的。梦永远染着时代的颜色。

我的第一个梦做在四十年前。那是20世纪60年代末,天津第二中学宽阔的操场上,集合着一队队心里长满翅膀的孩子。在行列之中,站着一个清瘦的小姑娘。小姑娘的眼睛、小姑娘的心都系在了台上,因为那个在主席台上就座的学生,不久将被派往苏联留学。

去苏联啊!那对60年代的青少年来说简直是一种殊荣。我们多想去看看卓娅的故乡,看看那威武阅兵式的红场,看看庄严的列宁墓,看看克里姆林宫上的红星,看看苏联的社会主义……孩子的心灵总是丰满的,因为那里挤满了梦。那时在小姑娘的心空里飞翔的,是一个雄伟的梦。

那个默默地站在那里,头发都剪得像卓娅一样短短的小姑娘就是我。

我横着一条心要飞到另一世界去听、去看、去问:问革命,问理想,问人生,问世界,问缤纷……

然而当我飞向莫斯科时,当那个一直飞翔在心空的梦得以降落时,我已走过了青涩的年华,到了不惑之年。本应"不惑"的我,却生出了许多困惑。

20世纪末,我有幸受命赴拉脱维亚大学任教、讲学,取道莫斯科。

当巨大的波音747飞机载着我冲向蓝天的时候,我的心一下超载了。那里既有与我年龄不相符的激动,也有我久也不肯丢弃的追求。

不知道别人的梦怎样,但我发现自己的梦从未动摇、从未稀释,我的期盼竟是那样浓烈。但当世界向我奔走过来,我心中的困惑也变得层层叠叠,梦开始变得恍惚、迷离……

当世界向我展开的时候,苏联解体了,一盏伟大的社会主义明灯熄灭了。我在莫斯科转机,最后降落在一个波罗的海边的小国——曾是苏联加盟共和国之一的拉脱维亚。

我终于看见了梦,却又不知所措。

梦的惊诧

差异是一种警醒,是雕琢思维的锋利刻刀,给人的感受强烈又深刻。

20世纪末,中国社会经历着改革开放初期的浪潮,传统的、现代的、未来的一起轰轰烈烈地生长,一切都充满了活力。而当我乘坐的小飞机,像一片小树叶似的降落在一片寂静的冰雪之中时,眼前的差异带来的震撼是无法用言语形容的。

大使馆的一秘开车来接我,在那残破的水泥路上,我的头被颠簸得撞到车顶好多次。我见到了拉脱维亚的拮据,"外国都好"的彩虹消散了。

原来梦总是朦胧,差异才是真实的。异国文化的差异可以像临渊的绝壁、大漠的风沙、滂沱的急雨,让你阻滞,让你迷失,让你"休克",难以喘息。我总晕菜。

你去做客,会有一只大狗伸着舌头要亲吻你。天啊! 参加聚会你不喝伏特加,就会"呼啦"跪下一片,但只要喝了一杯,就有无数杯。男主人还一定要抱着你,送你回家。

会一点俄语,碰上拉脱维亚族人,他不卖给你。学了一点拉语，说给俄罗斯族人，他冲你瞪眼睛。会英语，人家又听不懂。

上课，我总把自己丢了。面部像冰冻过一样的拉脱维亚族人，死心眼，只要你问路，就一定会不由分说地把你送到他认识的拉大，无论你怎么觉得不对都不行。后来我才知道，拉大有七个分校。

那时，我才知道文化休克有多么无奈。我们这一代人，经历过很多艰苦的时刻。但一个人独自在文化不同、语言不通的国度生活的艰辛，是完全意想不到的。

但我是受命于祖国的语言文化使者，有着崇高的使命：连接语言的通道，筑造文化交流的大桥。教师的职业给了我一颗不肯倦怠的心，我不惜汗水，更不愿有辱使命。人心在磨砺中坚强，差异让我振奋。

祖国的语言给了我一支难以停滞的笔，写下我远离祖国开拓一条文化航道的风雨波涛，写下我澎湃的心。

不辞的使命

我在拉脱维亚生活、工作了两年，心无旁骛地经历、感受、思索。拉脱维亚大学没有围墙，我和拉国人民一起衣食住行，一同柴米油盐，一块儿经受拉国转型的风雨泥泞。我受过拉国总统的接见，也曾和外长交谈。我遍看了拉国的"秦砖汉瓦"，在苏联时期建造的水电站、二战时的纳粹集中营旧址、乡间的黄土小路上都留下了我的脚印和回忆。我把一次次的激动小心折起，装在心里，写在纸上。

两度春夏秋冬，我几乎参加了当地所有的文化活动，感受着这里特殊的文化脉搏，和这里的人一起喜怒哀乐、一块儿心跳。我未曾预料到拉脱维亚族人冰冻一样的面容下掩盖的炽热，未曾预料到静谧下按捺的躁动，未曾预料到艰难之下的丰盛文化，更未曾预料到拉国人民对中华语言文化的喜爱。

拉脱维亚宣布恢复独立时，近一半国民是俄罗斯族人。这就造就了拉脱维亚复杂又尴尬的文化现象。那里藏着一个特殊时代的胎记，那里有更为艰难的人们寻梦的脚步。

我们凭着中华儿女的血脉而传承的文化成了他们的珍贵。我感动不已。

中华民族的文明悠久、博大、灿烂，只要接触就能感知中华儿女的智慧、胸怀，我为我的民族自豪。我明白了，我的课堂不只在教室，我的学生也不只在拉大。我怀着骄傲和虔诚向他们献上我的所有，那是意外的劳苦和享受。

我和我的爱人一起抛洒汗水，也收获友谊和真诚。最后竟分不清是我们给他们，还是他们给我们，文化的交融、弥合就那样自然又生动地发生着。

我写下在异国体验中华文化的激动，写下拉国人对中华文化的真心追求，写下我对祖国无法掩饰的爱。

我说过，文学需要良知，又印证良知。我不是政治家，我还有太多的困惑，因此我只能以诚实的文字，写下我真切的见闻和切肤的感受，写下我不辞的使命。

深情拉脱维亚

教师的职业虽然辛劳，但也一定能遇见幸福。

结业，学生为我开了盛大的谢师会。（他们说这是从来没有过的。）拉大给我发来感谢信，"感谢中国派来这样高水平的教授"，并正式通知大使馆，拉大将继续聘请中国的汉语教师来拉教学。

拉脱维亚汉语教学点终于建立了，我悬浮的心终于落地了。

我永远忘不了那一天。我哭了，谁能懂得我那两年的苦辣酸甜。

我永远忘不了那一天。天空那样辽阔、湛蓝湛蓝的，天上的云那样白、大团大团的像浮雕一样生动，心可以像小鸟一样恣意地飞翔。

我从未那么真切地感到，事业给予人的幸福是任何其他事物都无法比拟的。

我要回国了，一想到要和朝朝暮暮在一起的人分别，回国的喜悦中骤然生出许多难舍，心中隐隐地痛。人竟能有这么多的感味。

真没想到，有那么多人来机场为我送行，大使馆都惊奇。我的学生、学生家长、同人、朋友、邻居……仿佛两年间的每一天抛洒的辛劳和苦楚，一下子长出了收获。他们说，我和爱人是中国在拉的民间大使。鲜花、礼物、拥抱、脸颊上的吻和夺眶而出的泪都激荡着我的心，我说不出话来，只感到收获的幸福和离别的痛苦在我心中交织。

更没想到，拉脱维亚总统的顾问秘书，将总统的照片和总统亲笔签名的书信送到机场，为我送行。拉脱维亚以他们国家极高的礼遇，对我的工作表示谢意。

在那个遥远的冰雪国度里，与我的学生、朋友相濡以沫的日日月月，是我永远不会忘却的记忆。

我写下我们之间的深情，写下我如涛如波的真切感悟，写下我至今对他们的思念。

谨以此书献给我在世界各国的学生、朋友，也献给崇高又辛苦的各国同行、学者。

追梦的心

语言是世界交流的桥梁，可以跨越国界，超越时空，消除民族的隔阂，融化人心的坚冰。

不知道为什么，我总觉得，无论世间有多少分歧和误解，有多少隔阂和无奈，只要我们的心中有一束阳光，只要我们的梦里有一点追求，我们的世界就充满希望。

当有一天，人们真正领悟了生命的真谛，从无休止的欲望中停下疲惫的脚步，从冷酷无情的金钱世界幡然转身，回望历史,便会沉下浮躁的心,用心建起心与心的通道。那时,世界将会变得多么美好。我们对外汉语教师是文化殿堂的天使,是消除隔阂的勇士,只要能为这美好做出一点点贡献,我们的人生就有意义。

在异国文化的阅读中,我发现原来自己年少时的梦依然如故。

2013 年 7 月 20 日于南开园

附录二　心路的呼唤
——我怎样写出我的书

1

改革开放初期,南开大学的国际汉语教学事业青春勃发,我们汉语教师也在拔节成长。

当初,我们的汉教中心还在第四宿舍老楼。

楼上是外国学生宿舍,楼下教室东头是食堂。中午下课铃还没响,鱼香肉丝的香味就已飘进教室。学生们都举起手来,我以为是有问题,结果他们把腕上的手表对着我,提醒我下课。

那时我们的专业是冷门学科,我觉得自己"屈才"了。但是一进教室上课,我就立马想去读博士。

在课上,我讲:"一条裤子。"我的洋学生说:"一对腿裤子"。我说:"一副眼镜。"洋学生仍说:"一对。"我们双方都很惊诧。后来我知道印欧语系的量词较为匮乏,像英语中有"piece""pair"等,但也很少。

我的洋学生不断闹出笑话:"一群烧鸡、一位小偷、她比我宽一屁股……"他们还惊讶:"'一房儿媳妇'。呀! 那么多! 一屋子的儿媳妇?"

问题虽然可笑,回答却要严肃。量词是汉藏语系的独特之处,自然就成了教学难点。我心怀热望、心无旁骛地开始了关于量词的理论研究。

十几年来,数不清读了多少本书,记不清多少次差点被人关在书库里。但我记住了那些苦出来的数字。

我抄读了最早研究量词的论文二百四十余篇,二百五十条汉英表量对照词条，三百多条学生误用词例。收集了一点八万词条、例句编了量词词典，足足有两大箱纸片子。那时没电脑，只有汗水，我一边坚持，一边盼望我的兵可别受这份劳苦了。从1985年我发表第一篇论文到2008年，两次增编，三次出版，最后用三十八万字写尽我的量词发现及我的论见，并配套出版了量词词典。总结了一百五十七个常用量词，光是附录名量词搭配就有一千四百零四组。那时我只记住了苦，却不知它的价值。

在第十三届国际汉语教学研讨会上，代表们热情告诉我《现代汉语量词研究》是目前研究量词唯一参考的专著。著名语言家邢福义评："这是到目前为止，我所看到的最讲创意，最贴近实用需要的关于现代汉语量词的一部专著。"西方学界说中国没有语法书，其实不对。我们1898年便已出版《马氏文通》，书中将汉语的词类分为九种，但没有为量词立项。经过二十三年的艰苦之后，我终于站到巨人的肩头，以自己的辛苦为量词单独立项了。

贡献点亮人生。量词研究让我有了底气。中华民族的语言深邃啊！

2

我们的国际汉语教学事业飞速发展。1996年，我被派往拉脱维亚大学任教讲学，那时还没有孔子学院。

那时候，天空飘来一朵云，我都想借一片回家。但当一个人的生命和祖国的事业相连时，就有了一种特殊的生命力。

我们那时不是带资支教，拉大并不欢迎我。但我决心以无法标价的真诚和贡献，昭示我作为一名中国教师的敬业风采。我总是早来晚走，还在课表之外开了很多讲座和实践课，中国人来办的演出、展览、文化节，凡是可以练习汉语的机会，一个也不放过。

不到一年，我的学生们就频频出现在中拉各种文化交流活动中，个个能充当汉拉翻译。我们上了报纸，上了电视。

我刚来,拉大教授斯达布拉瓦总叫我看到她的鼻孔,说什么只会用"个"。我一次次各种各样的汉语量词给她修正,她终于不由得说"汉语美妙啊",还发表文章说"中国是有希望的国家"。

拉脱维亚的第一个汉语教学点我们拿下了。我知道这不是我个人的功劳,而是我的祖国、我们中华民族的语言文化魅力征服了他们的心。

我们的汉语美丽、深邃呀!我们不会再任洋人的分割亵渎,我们要自立于世界民族之林。

我把自己教学实践真切的感受、思索和启发,都及时地记成教学笔记,并做了两方面的总结:编写教材和出版教学教法著作。

在《国际汉语教师手记》中,我发自内心地提出,国际汉语教学应该采用"非中心性教学"。传播中华优秀语言文化是我们崇高的使命。

心路呼唤我向前。

3

我虽然退休了,却没有停止教学,坚持辅导学生,坚持科研。我参加过四届国际汉语教学研讨会,这些高端的学术研讨会让我的视野更上一层楼。

我坚持冬泳二十年,几乎游遍世界的海。我做过开颅手术,又站了起来。劳累让我走过生死线,健康给我宝贵的时间和特殊的经历。

我走过了俄罗斯、"波罗的海三国"、北欧、西欧、南欧、美国、韩国、澳大利亚、新西兰。我看过贝加尔湖的冰雪、意大利的叹息桥、希腊的爱琴海,倾听了希伯来人的苦难史,见识了吉普赛人的文化习俗。那都是我在书刊中无法看到的、真切的历史、人文和大自然。我看到赤橙黄绿,我感受春夏秋冬,世界的一切都是那样新奇。

这里既有不同国度文化的瑰丽,也有东西方文化碰撞的火花,还有我和同行的学者、友人，心与心、情与情交汇出的篇章。差异是一种特殊的美、鲜明的美，我把这珍贵的美奉献给我的读者。

我是教师，我的事业教我磊落，让我以一颗真诚的心，写下真诚的文字，勾陈真诚的人生和缤纷的世界。我就这样在事业的呼唤下，出版了一本一本的书。

一个人若是能全力以赴地献身于一种美好的事业，也就实现了无悔的人生。

附上我的出版书目：

《现代汉语量词研究》，民族出版社

《现代汉语量词研究(修订版)》，民族出版社

《现代汉语量词研究(增编版)》，北京语言大学出版社

《量词一点通》，北京语言大学出版社

《快乐交流：阶梯会话课本》(上、下册)，北京语言大学出版社

《国际汉语教师手记》，商务印书馆

《我和我的洋弟子们》，百花文艺出版社

《我的洋插队：魅力波罗的海》，百花文艺出版社

何杰

2024年3月6日于南开西南村

附录三 与青春和美做伴

约莫六年前,当我还是报社的一个小编辑时,从摄影记者手中第一次见到了何老师。隆冬的季节,坐在办公室里都觉冻人,照片上一群火样热情的花甲老人却只着泳装在水上公园湖里游泳。真厉害! 于是因为冬泳的报道,我们结识了。

两年前的那个夏天,我离开天津旅居德国,何老师是我告别的最后一位师长。我们已经成了老朋友。至今仍记得她送我到路口时,那样深切的叮咛和长久的拥抱,以至于后来每每念及国内,总要拿出来回味一番。

而在这之间的岁月,我们通信。

我称她"老何",她唤我"亲爱的小姑娘"。我给她写我的旅行,我的爱情,我的生活;她写给我她的洋学生、她的拉脱维亚。所以这书里的许多人物,从来往信中,我便已经熟识了。

小天鹅玛莎、吉普赛人小塔还有韦大利都是我喜欢的。这些可爱的性格总有股挡不住的鲜活劲儿,真真是跃然纸上。伴随老何优美生动的描述,每次都看得有滋有味,能下饭,还每次都吃撑。真羡慕她有这么多有意思的小伙伴、大伙伴。我爱这些小故事的幽默诙谐和真挚感人。常常让我想起他们的老师是何等有趣的一个人呢。

记得几个月前,我说起要来一趟穿越欧亚(过中东)大陆之旅时,老何竟也兴致勃勃嚷着要参加,只可惜签证艰难,她才悻悻作罢,很是可爱。

我不知道除了老何,谁还会有这样的勇气想来与我这个只身几乎跑遍全世界的背包客为伍?

只有老何。奥运,老何非要与我同行。从天津到北京,早晨六点就开始赶路。打的,赶火车,挤地铁,过安检,抢饭,抢水,最后我们竟以跑百米的劲头去抢座。我们还遇到一场大暴雨,但一晚上,她都大声呐喊助威,一直到精疲力竭。我问何老师:"为的是什么?"

"经历与激情。"她毫不犹豫地回答。

是,老何以她永不消减的激情写着她激情燃烧的文章,感动着我这样的一大群……

我又总是佩服老何的文笔。什么生活小事好像经由她的笔尖轻轻这么一拨动,立刻就转了面貌。文字从来都是清新活泼的,大约和她年轻的心态有关。我常常喜欢与老何手牵手走在一起,她的掌心与别人不同,是一种说不出的绵软感觉,温温热热的,像小姑娘。她的笑声也是,如少女一般。如果忽略那一头银发,怎么也不会想到有着如此天真心性的人,已是退休的大学教授了。或许只有这样一位青春洋溢的语言学家,才可以摒弃文艺的辞藻和精心的修饰,做到只用最简短的语句,就可把真实的情景情境再现得如此栩栩如生。

这种深厚的文字表现力和对语言娴熟的运用能力,是我终生需要去学习的。

当年龄的痕迹一定要沾上发梢,可青春不离左右,年轻的学生们来来去去,老何竟自做着她最喜欢的工作,写着她最爱的人们。能够幸而拥有如此青春而童真的心态,才是这个世界上无与伦比的美丽吧。

有友如此,夫复何求?能读她的文章,夫复何求?快乐!

白杨

(旅游专栏作家)

2013年10月16日于德国海德堡

附录四 这世界由爱支撑

何杰老师的书要出版了。我这个做她的专栏快六年的年轻编辑自然感到由衷地欣喜。为她高兴又为她骄傲。

从2008年至今,何老师在《美文》(下半月刊)开辟的专栏"我和我的洋学生"发表文章,从未间断。作为责任编辑,我每个月都要认真读何老师的文章。每月都在被感动和激励之中。我喜欢上了每个月读她文章的生活。

文章中的欢笑与泪水,误解与和解,都是那样温暖、明媚,真挚、热情,让我在纷纷扰扰的尘世中,亮了一双眼睛,开始能看清世界的真真假假、虚虚实实。文章给我启迪。我想,这才是我们寻常人渴望的读书生活吧。

记得第一次读她的文章时,幽默的语言自不必说,只是当我看到"如果人类把用于战争,或不得已而为之的自卫战争的经费,都用于谋求人类幸福。那世界将是一种怎样美好的情景啊!我多么渴望国家与国家之间、人与人之间都消除占有的欲望,又都能平等、民主、友好地相处"时,心里便有豁然开朗之感。在何老师教过的学生中,有德国人,日本人,美国人,韩国人,巴基斯坦人……还有她曾在拉脱维亚任教时,接触过的拉族人。来自不同国家、不同民族、不同肤色、不同信仰的年轻人,汇聚在中国。一个中国老师,带着一帮说着混杂汉、外语的洋弟子们,游览祖国的美好河山,讨论人情的是与非,论说世界的爱与恨。观点不同,日本人总爱挑刺儿,理由各异;美国人和德国人总有"过节",自尊心使然;拉族人有着强烈的民族自尊感……

何老师为我们打开一扇扇通向世界的窗。

在何老师笔下，我看到的是一个与新闻画面里，迥然不同的世界——这里有生动的爱和恨、形象的美与丑。媒体总说，有人总喜欢吵架，而有人则会对他人投去不屑的目光。但那个不管是与非，对与错，总是蛮横地用武力解决一切争端的世界，在这里却不见了。在这个求学的圈子里，肤色各异，语言大相径庭的年轻人们，在尝试着用宽容的心态对待异己。学着以平等的态度，看待世界纷繁复杂的人世。我想，这也许是他们来中国学习的最大收获吧！

何老师的文章为我们开启了一个多情多彩的世界。

矛盾，无时不有；纷争，无刻不停。俗语说，有一千个读者，就有一千个哈姆雷特。然而只有沟通，亦是解决之道，像何老师和她的洋学生们一样。试着说出自己的话，表达出自己的情感，尝试着理解他人的爱与痛苦，摒弃偏见和粗暴。

何老师的文章给读者的总是健康和阳光。

在何老师给我的系列文章中，她在拉脱维亚的教学生活故事，无疑是令人印象最为深刻的一组。

对于拉脱维亚的了解，我想国人大多处于懵懂状态。在看何老师文章之前，我这个"80后"的编辑，对于苏联印象都十分模糊，更不用说拉脱维亚了。接手何老师专栏后，当我读到何老师在拉脱维亚的一系列故事时，对这个波罗的海小国便产生了一种特殊的情感。

拉脱维亚是一个历史悠久、文化艺术气息浓郁的国度。然而也是一个在大国缝隙中艰难求生存的小国。

何老师笔下的拉族人，倔强生硬的外表下包裹的是一颗单纯热情的心。"甜菜大叔"的罗曼蒂克，玛莎的机灵调皮，邻居们对一个中国老师的热情……一个个鲜活生动的小人物拼接出了完整的拉脱维亚。

这是一个充满矛盾纷争的世界里，却永远有爱，无时无刻。这也永远感动我。

若是何老师的文章仅限于感动我一人，自是不足为奇，然而每每在收到的读者评刊来信中，总有人提到当期最爱看的栏目是"我和我的洋学生"。这便足以让编者和作者欣慰。

这是怎样一种情感积聚起来，使读者甚为喜爱这个栏目。甚至不断有来信，催问何老师的文章有没有结集成书，何时出版？

有读者评价何老师的文章"用至纯、至真、至情、至诚的文字书写"。这几个"至"贴切而恰当。书中一字一文所富有的气息，让我们感到生活的趣味，用生活经历积淀成一篇篇美妙的文章，遇到一些情节，有时激动，有时感动，有时会陷入深深的思考。字里行间充满爱与真情，作者不时把自己对拉脱维亚和拉族人的观感穿插进去，自然而然，不显生硬。

最让我这个编者以及读者津津乐道的，是作者语言内功的深厚。作为语言专家，何老师却并没有摆出豪华的阵容，来彰显自己专业上优势。相反，本书语言质朴，不带一丝铅华，不雕琢、不造作。摒弃了华丽的辞藻，剔除了深奥难懂的语义，穿过语言这道简朴的大门，内里呈现的却是一个繁花似锦的世界。在这淡而暖的行文中，不时跳出来一句幽默的歇后语、俗语，让人又情不自禁地乐呵起来，开怀一笑，更加爱不释手此书。

何老师给人展开的是一个爱的世界。

何老师曾写道：

> 我忽然明白了，爱的坚实、巨大，需要用生死去定义，用岁月度长久。无国无界，无古无今。无论尘世变迁，时光流逝，爱却是亘古不变的人生主题。
>
> 我也忽然明白了，沟通也罢，谅解也好，那深藏背后的，是一份深沉的、巨大的爱的力量。
>
> 是爱，让"黑咖啡"韦大利深深爱着自己的祖国和民族；是爱，让德国姑娘"小豆豆"说出"让疼痛留在岁月里，永不重复"

的至理名言；还是爱，让巴基斯坦的学生满莫石全身扑地去拜谒真主，然后拿出一张纸，用阿拉伯文在那上面使劲地写呀写，然后捧给我说：

"我求的护身符，保佑老师一生平安！保佑老师一家平安！"

这是多么伟大的一种力量啊！

何杰老师的一篇篇文章，让读者的心因有了爱的充盈而感动，而丰富，而广阔。

这爱，不是抽象的对上帝的爱、对人类的爱，而是化为点滴对生活的爱、对友人的爱、对无论哪个民族的尊重、对无论何种肤色的彼此的关怀。这世界，才因此有了生命的气息。

我想，爱，许是我们存在于世的唯一理由吧。

虽然这世上还有战火纷飞，生死离别的痛苦，但在艰难里，依旧保有爱的火种不灭。那么即使真有末日来临，万事终归化为乌有，剩下的爱，也足以使人类积蓄力量，负笈前行。

愿每个人心中都充满爱，一切安好。

孙婷

（《美文》责编）

2013年4月6日于西安莲湖巷

附录五　赠文摘抄

我的集子要出版了。当我署名的时候,想起我周围的人,想起他们给我的鼓舞和力量。

这本散文集充满了浓郁的生活气息,炽热的爱国热情,感人的女性柔情。作品反映着作者对生活细致的观察和体悟。人物描写栩栩如生,景物如临其境。散文是作者感情的凝聚,作品情感真挚,是作者生命的书写。语言也颇有独特的风格:生动、形象、诙谐。这实在是不可多得的感人的纪实散文。

张学正

(南开大学文学院教授、博士生导师)

……最为突出的感觉是具有真实、真诚、真挚的感染力!文笔优美,语言活泼、清新自成一格,非常难得。文章吐露着你文学创作的灵性。整体构思、谋篇都见功力。文章深邃的思想力也感人至深,发人深思。期待见到您下一个集子。

卢福波

(世界汉语教学学会常务理事、

南开大学汉语言文化学院博士生导师)

就在提笔这一刻的四十八小时前,我结识了一位陌生人,她就是何杰老师。

两天前,我骑着我的老年电动三轮车,准备从女儿家回自己家。"这车可好哇!"声音是从被橘色的夕阳透着的树叶下传来的。我寻思，这感叹句跟我经常听到的——"界车可够好的，朵儿钱买的?"——大不一样，这句话再多一个字都是对中国文字资源的浪费，再少一个字也不能表达讲话人对我的车的真诚赞许。

我刹住车，扭过头，见一位优雅的女士正看着我，似乎对我这辆电动三轮车很有兴趣。

二十分钟简单的攀谈，我们竟然由这辆车直接说到了散文，真的是不可思议。我们还基本了解了对方的家庭、对方的单位，甚至是兴趣。我多么期望，不止在校园里见到这种特有的文化现象。

我很快得到了何老师的公众号"远方的小窗"。何老师说她曾在南大汉语语言中心任教，还介绍了她的微信名："我就像蓝天一样，简单。"

说起来真好玩，我们这两位资深美女教授在之后的四十八小时之内，双方在微信沟通的文字加在一起才一百五十字。我告诉她最有用的信息是，我读了在她公众号里看到的第一篇文章《黑人"外宾"何美莎的梦》。她听了特别高兴，让我谈感想。

感想太多了。我拿了一张纸，把喜欢的词句摘录下来，准备告诉她。

我归纳了这么三点：

第一是真实，真实是非常宝贵的，而作品的真实来源于写作者的真实。何老师所描述的那个时代也是我经历过的。何老师不夸张、不做作，内容具有强烈的代入感。

第二是幽默，幽默中带着俏皮。我姑且套用现在时髦的一个词儿，"软幽默"。我还认真地到百度上查了什么叫软幽默。百度上说，软幽默是一种温和、含蓄、慰藉的，深层次的幽默。我觉得这个词送给何老师是很贴切的。我个人认为，应该把文字的幽默归为美学的范畴,因为读何老师的散文就感觉特别美,还特别过瘾。

第三是灵动。何老师有一个有趣的灵魂。她所要表达的东西总是在最后一刹那一个脑筋急转弯,给你抛出一个不寻常的亮点,并让读者期待着下一个亮点。

到目前为止,我跟何老师只是一面之交,只读了何老师的这一篇散文,可我总觉得跟何老师已经认识很久很久了。她是我认识的人中,一个陌生又印象深刻的熟人。

我期待,不止在校园里见到这种特有的文化现象。

杨令侠
(南开大学历史学院教授、中国加拿大研究会会长)

我的散文是我的业余之作,我把我的论著比作小草,我的散文同样是小草,别一种姿态的小草,开着花,顶着朵。那花,许多都有朋友亲人的滋润。这开着花的小草得以破土出芽、生长,我不能忘记他们给我的阳光、露水。我没有当有的大泉大涌相报,我愿摘录下他们从心中流淌的涓涓文字,向他们表示我的谢意,也以资我后来的文字创作。

……很久没有读到这样的文字了,清新隽永、细腻流畅,好似一股涓涓溪水,读后滋润了整个心田。我被深深地打动了。我知道,是因为这些文字都源自作者的心田,源自一颗热爱生活的心,一颗对生活永远充满好奇与希望的心……写什么也不足以表达我对您的散文的喜爱。

戴毅

很久没有读过这么真实的文章了,心里有一种很温暖的感觉,似乎和您一起重温了那一段段往事,看到一个个可爱的学生……您通过您身边的故事,反映出了民族、文化、风俗等差异。选题非常新颖、独特。

饶颖

读了散文,一阵强似一阵的感动涌上心头,一切都缘自何老师至纯至真的情感。这些爱在文章中处处流露。那里不只有对学生的爱,更有对祖国那份深沉、厚重的情。真实才更美丽。

希望有更多的人能够有幸看到这些文章。让浮躁、干涸的心灵得到一次滋养!

何明航

佩服您驾驭文字的功底,篇篇都饱含激情、情透纸背。字里行间跳跃着一颗自由、青春澎湃的心,又时时渗透出您对生活的热爱,对人生的感悟思考。您寥寥数笔就能使个性鲜明、有血有肉的形象跃然纸上……

邓葵

读您的文章是一件十分轻松愉快,又令人回味无穷的事。文如其人。文章的每一个字跳动的是一颗依然年轻、热情、忧国忧民、满怀希冀的心。笔下的每个人物也性格鲜明,一颦一笑,跃然纸上。

孟雪梅

初次拜读让我惊诧,当今竟然还有这样纯真、至诚的文字。实话说我是一口气读完的。您的散文像一阕天籁之音,"真情"与"爱"都在字里行间,让我一次又一次感动……它是来自纯真年代的一汪清泉,定能为你荡涤心灵……值得我们年轻人,用一辈子的时间用心细细研读,认真体味。真希望都像何老师那样,永远在心里保留一块最纯洁的圣地。读何老师的作品是一种享受。

方向红

"远方的小窗"让我看到了国外的文化风情。何老师是一位传播东方文化的教育使者,她几乎看遍世界。她用细腻、传神、幽默的文笔把西方文化的瑰丽展现在我们眼前:吉普赛人狂野热情的歌舞,爱琴海深邃的生命之蓝,巴黎的爱墙……饱含着作者的挚爱,也洋溢着世界之情。何老师的博爱之心逾越了国界、种族、地域,她写出了人的真善美。小窗虽小,内容却宏大,令人赏心悦目。

杨月芬

何老师,您的足迹遍布世界,您真真切切是桃李满天下。您不辞辛苦地传播中华优秀传统文化。

您的公众号每一篇我都读过。您的佳作开阔了我的眼界,也带我们了解了一位著名大学的国际汉语教师在传播中华优秀传统文化过程中的勇敢艰辛。您真了不起。五十多年前曾做过您的学生,我感到无比自豪。

常征辉

读何老师的《黑人"外宾"何美莎的梦》,我感到特别新鲜,是那么抓人心。我们中国家庭那时是那么普通,一点也不富裕,却是那么美好和幸福。何老师的文字流畅又生动,语言朴实又真诚,故事里充满了生活的气息。在中国,友情比钱更重要。何老师把对友人的爱、对生活的爱都形象地展现给我们。苦中作乐,他们一家不但感动了何美莎,也深深地感动着我们！

何老师的每篇文章都十分吸引我，让我想要继续读下去。我是您五十多年前的学生，您是我最难忘的老师。您还在写，要注意身体啊！

王春兰

何老师在《"40后"在莫斯科》中深情地倾诉了作为一名学者对祖国的热爱。更有她因汉语言文化的博大精深而更爱祖国。因祖国之需，她远赴他乡，不惧艰苦，投身于对外汉语教学中，传播中华文化之火种；在世界国情复杂国度，她一面努力探索中华语言之奥秘，一面勇敢站到异国课堂，传播祖国语言文化之美。

她身后有祖国这座大山，她坚定前行，誓不负时代的使命，并决心鞠躬尽瘁，死而后已。为我们树立前行的榜样。"远方的小窗"不仅是一本何老师的人生精彩视野的展现，更是她给青年一代的精神宝典，教我们从中能够汲取前行的力量，为懂得祖国，报效祖国，追寻有意的人生，插上探寻有价值人生的翅膀。

孟菲阳

"远方的小窗"是一扇展示多元文化的小窗，梦幻且浪漫。这扇小窗总在召唤我，因为我从没去过文中的国家，那里新奇又神秘。

《希腊爱琴海深蓝深蓝》让我记忆深刻。原来我不知道爱琴海为何叫"爱琴海"，读完文章才知道是源于琴姑娘和一位国王的凄美爱情故事，那是一片顽强又永恒的爱汇聚而成的深蓝之海。这也让我联想到著名的《罗密欧与朱丽叶》，同样都是壮烈而伟大的爱情。这种文化解读教我们真切地看到外国文化的浪漫。

读完这些文章，真想有机会到异国多看看，感受文化的碰撞。了解得更多，眼界就会更加开阔，心境也会更加宽广。

"远方的小窗"教我们看到远方缤纷的世界和多元的文化。

"了解世界，懂得自己的祖国。"

刘脉含

何老师是"40后"，而我是"00后"，那些对我来说只存在于课本上的文字，于老师而言，却是亲身体味的时光。

读完何老师的文章，一位坚毅的战士、诲人不倦的教师和温柔又鲜活的女性的形象赫然出现在我的眼前。对祖国的满腔热爱，支撑着她独自走过白雪茫茫的寒天黑夜。哪怕思念至深时想乘一片云回到祖国，她也还是继续向前，坚持站到课堂上。老师与她的爱人一同踏足天涯海角，将他们的深情写在生命之书的每个角落。令我动容的，除了两位"40后"相濡以沫的陪伴，还有他们放下在国内的成就和安稳的生活，从零开始、不辞辛苦地去搭建语言文化大桥的奉献。

何老师生动形象的文字，让我如临其境，五味杂陈，让我明白那些如今认为"理所当然"的一切，是无数和老师一样辛勤付出的前辈，在漫长而苦涩的岁月里用青春年华换来的。

陈燊

远方是诗和梦想。我很喜欢"远方的小窗"这个名字，好像给那个不了解的世界打了一束光又聚焦一个片段，或是历史，或是今天……总之对我来说，打开了我梦想的小窗。

当我怀着虔诚的心，准备像阅读学术论文那样去读小窗之作时，才发现我不用那么紧绷的。我最喜欢的就是它将陌生的远方与亲切的日常连在了一起:《爱墙》里热情的巴黎大婶怎样表达了法国人的爱、法国人的情,作者又怎么告知了中国的爱、中国的情,人物鲜活又生动……透过小窗,我看到了世界多元文化绚烂斑斓。

感恩小窗,让我这个刚刚走出家门的大学一年级学生,才走进大学的校门,又走出了国门。

付超云

读您关于量词研究的文章很有感触:原来量词也有这么多学问,学术研究也那么有趣又重要。见到您本人更是敬佩,您八十高龄,依然精神抖擞地站在我们面前,目光坚定,像战士一样。了解了您在国外的教学经历后,看您的文章更深受感动。我要像您一样忠于我们的事业。

很多人不明白我们的专业有什么用。现在我可以用您的经历来回答——我们是对外文化交流的使者,传播中华民族的语言文化是我们崇高的使命!

郭雅茹

何教授:

您好!偶然读到您的文章。真真的好,特别喜欢。文章诙谐、幽默,像小溪流水一样娓娓道来。十分亲切,而且很有知识性。人物形象也特别生动,读了就像看见一样,活生生地在眼前。

篇篇都有吸引力。看了开头,放不下,还想看下去。很久没读到这样的文章了,朴实又感动人。

我真的喜欢您的文章。平和,没有大理论,却给平凡琐碎的生活中的小事,赋予浓浓的诗情画意。又有故事。读起来让人感觉生活那么美好,有劳累,可是又有意思。篇篇让人感动，又让人想一想，很向往。

谢谢您。

王芸

这是一本书，又是一个世界。一个充满生活气息、充满情趣的世界，一个教我们学习和思考的世界。

跃动在纸上的文字，给我展现出了一个个不同的生活画面，令我向往。在这里你会看到不同肤色的人，不同国家的人，了解不同国家的风俗习惯，文化，特别是何老师的教学生活让我激动不已。文章中有师生的欢笑，又有冲突，矛盾，但是经过时间积累和生活，矛盾和隔阂总会化解。那是因为这里有一颗真诚的心。文章处处有掩抑不住的真情。他们用最真实的事实，和最真诚的心去面对一切。文章用至纯、至真、至情、至诚的文字书写。文章一字一句充满生活的气息，让我们感到趣味盎然。作者用她自己亲历的经历，积淀成一篇篇美妙的文章。

文章的情节，读时使你激动，使你感动，又会使你深深地思考。这里的字里行间充满了爱和真情。有老师对学生的爱，也有同学与同学之间的友谊。这里有人与人之间相处的真心。更有作者对祖国热爱："我渴望着祖国的强大，渴望祖国形象的完美。"文章许多处都表达出作者那份深沉，厚重的爱。这些真的给予我深深的思考。这里还有对生活的热爱，对人生的思考。点点滴滴，给予我们的是不同一般认识和思索。

作者展现的世界给予我的是真诚、真挚和爱，是生活的美好，是热爱生活，很多很多需要我们慢慢思考和体会，这或许就是我一直负笈而前的动力。

段园园

不知道您是教授,谢谢您那么热情地帮助我。您一点也不老,更不是爱管闲事的老太婆,而是热心善良,美丽可爱的亲爱的小姑娘。因为您有一颗善良年轻美丽的心。

看了您的美文,真叫我激情满怀。

我觉得何老师用质朴实在而不浮华的笔触,记录旅居海外时身边发生的种种事。这些事,或是惊险万分,让看到这些小故事的我真心为您捏把汗;或是色彩斑斓,小故事里描绘的来自不同国家的不同背景文化,让我大开眼界、大饱眼福;或是蕴含哲理,温馨平实的笔调中是您对人生、自然、生命真诚的体悟。当然,这些事儿有苦有甜、有泪有笑,何老师用过来人的经历给予我启迪,这种愉悦的阅读享受仿佛是给饥渴的心灵灌溉甘甜和美好。

走出国门了,远远离开父母亲朋。从最初拿到心仪学校录取通知的欢欣狂喜,到回归理智,远行的隐忧担心,种种思念,种种要适应。天啊!真的要学会像何老师一样坚强勇敢,坚定自信。

真想早一点拿到您的集子,给我鼓舞和力量。

我们同学中间都传阅着彼得·梅尔的《普罗旺斯的一年》。"一把椅子,一缕时光,一颗摆脱焦灼的心,成就经典"在全球掀起读法国普罗旺斯热。而您的书,一个眼神,一张课桌,一颗真诚的心,您写下的是一个遍布世界的洋学生的世界。您用的是更为生动、诙谐、幽默、质朴的语言,却是燃烧的挚情。写下的是不同国家生活趣味、风情故事、不同文化、不同的自然环境。平实之中展现的是一个不一般的世界。

我们中国也有《普罗旺斯的一年》,您的文章比《普罗旺斯的一年》提出了更深的思考。

盼早日读到您的书。

祝好!

李好

于荷兰格罗宁根大学

有了这多方的鼓励,我终于有勇气把我的书称为精选集了。我无以相报,只有坚持自己生命的渴望,用我心写我心深处。用良知印证良知。希望我的读者们因我这小草而生活得更美,这就是我生命的渴望,我心的追求。

何杰

2022年3月9日于南开西南村

附录六　代答记者问

在一次采访中，记者问道："如果说文科偏重于形象思维，那么语言学却恰恰需要逻辑思维。作为语言学教授，您却在散文中展现了卓越的形象思维能力和文学才华。其中的奥妙是什么呢？"

这个问题看起来复杂，其实很简单。我在教学实践中写下我的教学笔记，又用语言学的知识指导自己将笔记改写成散文。

国际汉语教学这个特殊又有挑战性的事业，召唤我泅渡语言学的大海，在汹涌的文化差异的海浪之间，我感受到汉语言文化的深邃，也见到世界文化气象万千的美。

这种生活既促使我善用逻辑思维考察、总结语言的规律，又激发了我以形象思维去驾驭酣畅淋漓的笔，写下生活给予我的激情。

归根结底，无论是我的语言学理论著作还是我的散文集，生活都是我写作的源泉。

下面附上一篇学生谈及我写作事宜的文章，当作对记者问的回答。

她把我们学生捧在手心上

何老师年轻时就是我的老师了，凡是何老师的书，我都不肯放过，哪本读起来都爱不释手。

我从何老师年轻时就知道，她平时听广播，包括听大家谈话，听到一个好句子就记下来。抄书，剪报，光是笔记就有一大摞。她1972年就开始发表文章了，早就是中国作协会员，后又选入世界汉语教学学会。

老师总带着个小本子在写和记着什么，她是一个奋进又刻苦的人。

记得，刚刚而立之年的何老师，梳着两条麻花辫，青春靓丽。一次，在大教室开会，何老师在侧面靠墙站着，又拿着本子记着什么。我们坐在下面，一个叫"萍"的同学发现了何老师的美丽，一个传一个，都去注视她。窗子透过的暮色中，何老师侧影：曲卷的头发、光洁的额、挺拔的鼻子、棱角分明的嘴巴，样样精致，又恰到好处地搭配在一起。

"哎，像电影演员一样好看。""她总在写。"萍发出了感叹。我们一致表示赞同。何老师是最漂亮，又是最勤奋的老师。

我今天的写作成就，就受益于何老师。那时就是学工学农，她都要我们记日记、写作文。我终生都难以忘却。

她的课也总是生动，引人入胜。我们都特别爱上她的课。我们愿意跟她在一起，她亲切、平易，总感觉她在宠我们。

正如她写道："教师是最应该美的。一个教师的深沉美，一个教师的魅力，是需要教师用整个身心去追求，去缔造的，乃至奉献自己毕生的精力的。"她是这样说的，也是这样做的。

记得跟何老师去工厂联系开门办学，在食堂吃饭。何老师给我要了一份甲级菜，红烧牛肉和米饭。那是我记忆中最美味的一顿午餐。许多年后，跟何老师提起，她笑了："问你吃什么，你仰着脸说要吃肉，那小模样，招人疼。"我心中涌出一丝愧疚，真是少不更事，要知道，那时候的何老师，微薄的工资要养育两个儿子还要赡养老母亲，我吃一顿甲级菜，她就要几顿吃丁级菜！

现在我们都老了，同学聚会，萍骑自行车赶来。她说："我就喜欢骑车，我骑车还是用何老师的车练会的呢！把人家自行车的'大腿'都摔弯了。何老师对我们学生真舍得。"自行车是当时家里的一大件，有钱你也未必买得着，要票儿呢。特别是女车，更是稀罕物。

这些小事，我记忆深刻，是因为我觉得，跟何老师在一起，就感到何老师爱我们。她把我们学生捧在手心上。我们也特别喜欢她。

老师说："一个优秀教师绝不能只是温柔的关爱，要有一颗洞察学生的心；一个优秀教师的心血，绝不只限于课堂；一个能获得学生尊敬信任的教师，也绝不是简单地上课。成功教学，也绝非限于课本。"

那时她就是这样。记得那时，就是下工厂，在读书无用的社会环境下，她也坚持她的课，坚持要我们读书。还总要我们独立思考，抵制厂中的低俗。何老师说，不管怎样，你们都要成为有用之才。

难忘的是，那时何老师就总让我们勇于实践，让我们参与工厂的技术革新，向师傅学习。我们做学生的，就感觉她着急地在让我们成才成德。

何老师就是这样，一面在我们的心里播撒着勤奋、好学、多思的种子，一面教我们怎样做一个正直的人、勇敢的人。我能有今天的成就，不能忘老师的心血。

爱是何老师教学思想的灵魂。她曾充满感情地在一个德国学生的论文上批语：

"如果人类把用于战争，或不得已而为之的自卫战争的经费，都用于谋求人类的幸福，那世界将是一种怎样美好的情景啊！我多么渴望国家与国家之间、人与人之间都消除占有的欲望，又都能平等、民主、友好地相处!"

这就是"给予学生心理需求的满足，还要创造一个求知的美的享受过程，给予学生正确的世界观、价值观的教育"。

何老师作品语言质朴，不带一丝铅华，摒弃了华丽的辞藻，不雕琢、不故弄玄虚、不造作。生动形象、诙谐幽默。她的学生就在她眼下，她记录了许多中外文化误解的小故事，真实、自然，饱含泪水，也开怀一笑，读来真是让人爱不释手。

如她第一个集子介绍，"读她的书，你无论如何想象不到何杰已是一位老教授了。文中扑面而来的是毫无矫饰的童真和毫无学院气的鲜活"。但她提出的思考和理论是深邃的。

何老师是语言学家,有着超凡的语言组织能力,遣词造句严谨又不失鲜活,论述简洁,有理、有力;事实理据有趣,有用,又有情。

她奉献给读者的,实在是既有理论又充满文学气息的一束语言奇葩,别有洞天。

如今,年过六旬的我还在教学第一线,可我永远是何老师的学生。作为何老师的学生,我为她这又一卓越贡献而自豪。

孙志敏

（科普作家,天津师范大学特聘教授）

2020 年 5 月

附录七　不一样难忘的感动

何老师:您好!

我荣幸地被选中在第十三届国际汉语教学研讨会做志愿者,又荣幸被安排照顾您,才第一次知道有这样不一样的老师。

谢谢您,开会第一次见我的时候,您就把我看成您的学生,像对待自己的孩子,亲切地喊我小豆豆。

几天朝夕相处,我亲眼看到,您一边与会,一边做了那么多工作。那么多年轻老师向您请教。还知道商务印书馆正在出您的书,又陪您见了北大出版社的人,得知您的书是那样被人们重视、选用.您像孩子那么高兴。那时我才知道,您快八十岁了。可是您总说,还要做点有益的事。您像对老朋友那样,告诉我您的故事,送给我书,教给我怎么读书,怎样做人。

至今记得离开北京的时候,您拉着我的手告诉我:"小豆豆要好好读书呀,小豆豆要长成大树。"您的话仿佛现在还在耳边,还有您慈祥的笑容。其实,那个时候,我想哭。您是教授,您没有任何的架子,还有您工作的态度,给我留下深刻印象。

因为从小在山东接受的教育就是要尊敬老师,有时候自己和老师在一起,会怕自己做不好让老师失望,有很大距离感。但是您不是这样的。您是学者,是母亲,也是一个活泼的孩子。您有比我们还年轻的心态,您接受新事物那么快,您总在学,总在做。特别我收到您的作品,真的很感动。

北大会议约您,这才几个月,您的教学著作书稿都完成了。您一次次听我的意见,包括书的定名。

拜读了您的《现代汉语量词研究》的后记,收获颇多。您在后记中写道:"命运从来就是不公平的(您做了开颅手术),因为是人安排的。我又从不屈从于命运的设计。在困苦中,科研,我的量词研究又叫我看见生活的朝阳,帮我与苦痛抗争。"

读到这里的时候,一方面被您的治学精神深深感动,另一方面也让学生感到羞愧,自己做得不够,要做的真的还有很多。

我准备好好读您的专著,学习量词理论,从而攻克教学难关,提高教学技巧。

谢谢您给我们这些年轻的老师带来了这么多可以读的作品。还有您的教材,真的读不够呀。

此外,您的这些教学随笔,对考研的学生学习案例写作能够提供很多的帮助。您用吉普赛学生小塔的例子来讲习得的动机,真切、新鲜,而不是枯燥无味的陈述。这也是从没有看到过的。很遗憾,我自己考研的时候,没有遇到这样的好书。现在,很庆幸,能读到您的书,能够感受真实的课堂,真真切切地感受文化的差异,感受到了解学生学习动机的重要性。您的书为我们这些准教师们提供了教学指南。

除了专业方面的收获,还被您身上的学者的气质所感染。由于自己本科的时候,受到的研究训练比较少,很多时候都是一个人在摸索怎么研究,怎么写论文,很是困难。现在我看到您在说起怎么考察收集,怎么做研究,让我端正了自己的态度,知道要想做好当下的事情,必须从平日艰苦细致的积累开始。

您是一个认真生活的人,您把当初的一点一滴都记了下来,然后毫不保留地分享给我们。它们不像语言学的著作那样难读,您的著作理论不缺乏深度,又把一切都写得很有趣味。这让我想起了您在北大论坛的演讲。那天,您的讲解也是如此有趣,理论简明,事例生动,深入浅出,气氛那么热烈。您的这本书,这些文字也让人不觉得乏味,而是越看越想看。理论著让人很有兴趣,真的难得。

真希望您能多出一些作品给我们看,我一定买好几本送给我同学。盼望能够读到您的这本全书,盼望能够早日读到更多您的作品!

　　最后,我必须说了。当我知道您要把我给您的信,收录在书中,我真的又不安,又惊讶。

　　和您在一起时您就总叫我惊喜。您都快八十岁了,却还在出书讲学,努力工作。我最想说的,就是您真的叫我感动。

　　您的书把那么多深刻的教学理论和实例结合起来,那么生动。您强调树立跨文化意识,坚定文化自信。您的教学反思,您的树立大爱、非中心性教学的新思维,都在创造新意,都和一般的理论著作不一样。您真的是我遇到过的不一样的老师,给我不一样难忘的感动。

　　我就像您说的,"小豆豆要好好读书呀,小豆豆要长成大树"。为和您一样的老师们遮风雨,洒清凉,给老师们快乐。

您的学生:陈康静敬上

2020年5月14日于北京大学

后 记

1

首先我特别感谢天津人民出版社，因为它给我特别的感觉——感动，感谢。

天津人民出版社，原为天津通俗出版社，其前身是知识书店。为新中国文化建设做出不可磨灭的贡献，给人们留下广泛而深远的影响。

在这里，让你觉得空气别样清新。前任社长刘庆让我感觉到对作者的尊重和为作者铺路的真诚。前总编辑王康就是全国劳模，就是战士。国家出版阵地需要这样的旗手。一接触就觉她的生命状态充满阳光。电话里就听她一边听电话，一边还在工作，要求她做这事那事的声音不断。而她对我流露的尊敬和真诚，竟让我把自己余生三本书的写作都讲给了她。她的每句话都令你感受到她工作的热诚：没有推脱只有激励。她仔细听了我的写作概要，立即找来下面负责人，交接了我的样稿。痛快呀！劳模效率。

总编办王小凤主任也特别真挚爽快、雷厉风行。十分钟就给我安排了一位高水平的编辑室主任，很快我就和责编交接了我的书稿。他们工作效率之快，办事的热忱和朝气真真令我惊喜振奋。

接触编辑部的岳勇主任感触深刻。他敬业、辛苦认真，深爱自己的事业。特别在这本书篇目的选留上，更是体现出他作为一个资深编辑的高水平，思想深沉。交换作品意见时，他自然流露出的天津人民出版社高尚的出版品格，也使我想起我的老师李天麻。他曾是这出版社的老社长，是我大学时的老师。他教我知识，在那个特殊的年代，使我看到为师的高尚人格、做人的骨气。我永远记住了老师的嘱咐，为文做人"人正、心洁、品高"。

天津人民出版社已走过半个多世纪的风雨和辉煌，如今我来到这个有着七十余年峥嵘岁月的出版社，真切地看到了坚守在这片绿色的文化阵地上，中国文化战士们坚挺的身影。

哦，我还不能忘记我的编辑李楠。第一次见只觉他真年轻，第二次见看过他审的稿，真觉他专业、认真。交往起来，见到这样的年轻人，我对我们的国家充满了希望。感谢他辛苦，尽职。

我真诚地感谢他们上上下下为他人做嫁衣的无私和辛劳，以及高风亮节的出版品格。我在这里向他们致以崇高的敬意。

早有的赞誉："人民社"，至今是我们人民的。

鲁迅先生曾写道："无端的空耗别人的时间，其实无异于谋财害命"我愿我的文，于敌是投枪匕首，于友是美酒和明镜。不忘鲁迅先生肩着黑暗的闸门，放我们到这光明之处，不忘著文的背负。

我感谢他们让我有尊严地出书，感谢他们尊重我心。我的每行字句都在亮光之处，为我们最美的追求发声。

2

说说我的书吧。

各种烦恼羁绊着人们的脚步，时间越发显得珍贵。出了两个散文集《我和我的洋弟子们》《我的洋插队》，本想出《我的洋游》。但还有散发篇目，我也想在散文创作上画个句号了。于是我的责编给我出谋划策并精选篇目，定名《我的远方》。那里既有我望见的远方，也有我记忆的遥远，特别可以写我的家乡、我的母亲、我的孩子，写我一直珍存在心的文章了。

成就一个事业需要坚韧；攀登生命的阶梯需要激励。

我这本书的序由徐子亮教授赐予。她是偶然看到我的第一辑，在国际会议上找到我。我们互相欣赏，相见恨晚。听我又要出集，便欣然应允为我作序。我视珍贵。

南开大学汉语言文化学院原院长王立新也曾为我的作品赐序。他在希伯来文化与文学研究上卓有贡献，我读过他的书，也非常敬佩他，他赐文，我作珍藏。

书中还有诸位英才的嘱文。剧作家白龙欢先生、南开大学副教授方向红老师、旅游杂志专栏作家白杨、科普作家孙志敏，他们以朋友的真诚一直给着我热情又切实的帮助，给我激励和创作信心。我也留下他们文字的珍贵。

我散文的成书，还有一批最为热诚的支持者。当岁月把我远方的记忆、远方的壮美，无声地一篇一篇叠加起来，终于成为我再也不能重复的曾经。我能把它们成集成册存于我的生命之中，绝不能忘记她们：我的第一、二本散文集的责编，百花文艺出版社的刘雁、郭瑛；《美文》杂志为我作了十年专栏的孙婷。她们为我出书，也给我留下永远难忘的深情。孙婷来信："从2008年相识至今，您给我的每一封纸质信我都保存着，还有您给我的儿子写的信，我留着，等他再长大些读，给他讲妈妈认识一个多么善良的忘年朋友，岁月日长，十年了，我从小姑娘也长成近四十岁，当了妈妈的人，但您依然称呼我'小姑娘'，突然感觉我特别幸福。被人惦念很幸运，也很幸福。我是个不善言辞的人，但生命中路过的所有人，我都会一一记住，感恩、珍惜。我记住了您。我的导师读过您的文章，我的朋友、读者们也读过您的文章，他们那么喜爱。我更期盼能够读到您的小说。无论多忙，无论多累，我永远在心底都会记得我们的友谊和爱，这是我在平凡日子里每每想起来，最温暖的一处角落。爱你的婷。"

刘雁说："您写多少都拿来，我都给您发表。""您不知道，您散文中吐露出的有多么可贵……"

还有我在商务印书馆出版《国际汉语教师手记》的责编华洋也不能忘记，她不是我这本书的责编却仍为我的书哭过、笑过、动心动情。她甚至会打来长途，提醒我吃饭。

我的编辑们，我至今为他们付出的真情感动。因此想要记下来永存。

还有一位就是国际汉语教学研讨会上的志愿者、北大学生陈康静。她来信说："我一口气读完您的书，我一次次被感动。""我想念您，想哭。翻您的书，您给我鼓舞和力量。"

散文是被燃烧又燃烧别人，被感动又感动别人的文字。一个人心灵的书，被人一篇篇细细地阅读，被他们真情地欣赏、肯定、信任，给我鼓舞和力量。我还要奢望什么呢？我在书中选了他们的文章。

我总觉得我没有时间再出散文集了，那使我心里有一种特别的留恋。

几十年来在我的创作生涯中，我的一大群读者，有我的亲人、朋友、学生、泳友。他们如今都是我的交心朋友。他们以他们的真情付出，总燃起我创作的激情，这是怎样珍贵的相助啊！他们的意见更为可贵，像不同侧面端来的镜子，让我真切地看到自己。我摘抄了他们的赠言。

所有这些序言、来文、短信我都一一收录在这个集子中，实在是我不能忘记他们的真诚。我愿把这些温暖，小心折起来珍藏于心，化作我再攀创作阶梯的力量。

3

我的书在疫情中搁浅了。人们的心和眼睛都被挤压得没了缝隙。纸质书，特别是高雅文学被挤下了闪光的殿堂。在这样的时刻，有人给了我特殊的支持和激励。

邢丽芳博士是那时我们院党委书记。她调来时，我正在我人生最困苦的时期，长辈、好友，甚至至亲，一个个离去。那时我才知道晚年还有这样的残酷。我陷入了抑郁中，心中只有痛苦。

书记来看我，打开了我关起的心扉，带着学院的信任、激励和温暖把一大束鲜花放在我将要荒漠的心田。她几乎每天都给我发信息："学生听您的课感动得哭了。您看，您的影响多大啊！学生回顾自己大学四年，提到的是对他们影响最大最深的事情，您的讲座就在其中，可见您讲得多好。"从学生那知道，学院在让学生写介绍我的文章。书记一次次读我的文章，一次次发来她的鼓励：

何老师好：一口气读完您的文章，像听您讲有趣的经历和故事，感受着您对汉教事业的热爱。真好，我很喜欢您文章的风格，清新流畅，亲切自然。

……又一次拜读您的文章，清新有趣的文字激起我对外边世界无限的向往。惟妙惟肖的人物刻画，主人公乐观开朗、严谨的人生态度，都召唤我们去学习。

……何老师，您的文章，情真意切，满满的正能量。每次读您的文字，都能感受到积极向上的精神力量。谢谢您分享，您说得对，人的精神建设太重要了。我又一次学了乐观和坚强。

我记下来。她总给我号角。

她也是学者，历史学博士，却总要向我学习。而我像一个考试不及格的孩子。至亲的离开，让我知道我有多么不坚强。不敢为师，可学院却请我重回讲台，当时的院长王立新不断打来电话，副院长刘松岩接送我上课。当我站在讲台前，看到学生们熟悉的、渴盼的眼睛，我一下站起来了。我的书，无论专著还是散文，有人在渴望，我看到了，我被需要着。我终于又站起来了。教师神圣的使命让我找回人生的意义、活的价值和生命的力量，让我重新升起生活的风帆。

纸质书出版难，我的书终于要出版了。我们学院的书记李营、院长刘佳、副书记袁芳一直给予我特别的关心与支持。学院还特别隆重地举办了读书会，录音、录像、访谈，让我倍受鼓舞。给学生们讲课让我振奋，学生求知的热情也让我找回书写的价值，也明白了精简的意义。会后，我连夜开始重翻书稿，一篇篇一字字地过。尊鲁迅先生言，"竭力将可有可无的字、句、段删去"，最后重修了全书。精炼是对时间的尊重，精彩给阅读以享受的愉悦。

　　这样，我终于可以满意地把我的第三部散文集《我的远方》献给我的渴读者了。

　　还要说一点，因为这本书是精选集，所以我不但要感谢商务印书馆和百花文艺出版社为我出过三个集子，也特别感谢两个出版社对我著作权的尊重和支持，真诚支持这次出书。

4

　　现在我要感谢我身边的亲人了。他们的支持是有意思的。

　　封面的选定就是有意思的。

　　我的这三个散文集，封面都是我自己提供照片，因为我就在书中。

　　此书封面的照片是我去新西兰奥克兰伊甸山拍的。走上酣睡的伊甸山，山顶依然可见清晰的火山坑，可见大自然遥远的记忆。我拍下这张充满诗意的画面。

　　我的摄影，实在感谢我弟何强。他不让我称他画"家"，其实他的功底早在"家"之列。他在读书期间就有《漓江山水》四幅画入选全国美展，色彩感极强。我看过了世界太多的画展，何强的色彩绝对不一般。

　　他总能把生活中那种特殊的美凝聚在画面上，或是固定在照片里，让我看见眼下和遥远的过去。

　　我每到一个国家，艺术馆、画廊绝不放过。我站在艺术瑰宝前，会看上一整天，不吃不喝。弟弟又总是不辞辛苦，带我去大海边、林间、沙地、花丛，甚至火山口，去看大自然的原创。他总能发现原创的美。

去看大山巨壑也需要勇气。我的勇敢实在有弟弟的功劳。人一生总有记忆深刻的事。

我上大学时，弟弟站在海河解放桥跳水，在那我连牙都打颤。那时海河水是淡绿色的，很深，不敢跳。弟弟给我脖子上套上一个篮球，硬叫我跳下去。我从此腿不哆嗦了，至今在子牙河高木台上我还在跳水。

我感谢弟弟，他对大自然永不减的热情，让我跟他捕捉了万千世界瑰丽的瞬间，也让我满意这帧在火山之巅拍下的照片。照一张好照片，一定身临其境。

我还感谢弟弟，我在大海、大河的游泳照，许多都是他拍的。我人生中的许多重要照片都是他的杰作。

我书的颜色斑斓，不能忘了何强弟，他是色彩大师。

我还要特别感谢我家里的两座小山：邢飞、邢希。

别人还爬格子时，邢希就用他的奖金，为我组装了第一台电脑。如今，我桌上三台电脑，一台扫描机，都是小山的心意。小山在电视台工作，极忙。而为我总累出毛病的电脑，他更是没时没点地工作。

我写作也没时没点，常常忘吃忘喝。邢飞工作劳累又路远，但总在繁忙的缝隙给我送吃送喝。一次他去做客，竟给我送回来一碗打卤面。我感动。他们的父亲年轻时就是全军全国的首届团代表，是战海啸、救灾的英雄，在部队八年获得两次二等功、三次三等功。我在孩子的身上总看到他们父亲的身影。从他们朋友口中，我知道他们帮助了许多人，邢飞一次捐赠就是十九万，弟弟也如此。

他们是我活着的加油站，他们和他们的父亲给着我特殊的力量，让我坚信，人生的意义绝不只为自己，总要为这个社会做点贡献。手有余香的快乐，是要把玫瑰送人的。

他们是我的晚辈，但我真觉得他们是我的两座小山。我一样不能忘记他们。

我也不能忘记我的二姐。姐对我的爱跟母亲一样，说得少，让我看见得多。"文革"时期，我偶然见到二姐所在单位的一个老干部，当他知道了我是何慧翔的妹妹后，无不赞叹地说："你姐骨头硬。在我最倒霉的时候，谁都不敢理我，她却不顾危险，为我鸣不平，还敢告诉我：'挺住。'"

至今在任何困苦中我都不忘——挺住。

良知是文学的生命，是创作的最高境界。

文学需要良知又印证良知，我以我诚实的文字，感动真实的中国人。

这里我还要说明。我只是这书的第一作者，第二作者是我生命的另一半，邢惠奎。他是我的生活大书的著作者。没有他，我书中的许多篇章就没有主角，没有色彩，没有生气。常言女性的爱总是温婉又刚烈。"山无陵，江水为竭。冬雷震震，夏雨雪……"我从无誓言，我只知高山大海、狂风骤雨、大江巨浪，任何大自然的壮烈和我深藏在心的情愫相比，都微不足道。

无法言表。他是我生命的一半。他的人生的大作，我永记了。

我在后记中把心中真情写在这里，向为我的书付出心血的人们表示我的敬意和感谢，也表我心难忘。

我的事业给我一个特殊的窗口，让我望向世界，给我大江奔涌的创作之源；我苦难又伟大的祖国让我的笔酣畅淋漓，至今写不尽缤纷的世界和我澎湃的心。

我虽已年逾八十，心却在豆蔻年华，因为事业未竟。我问自己，我应怎样活？

我喜欢学生，喜欢写作，写作是我生命的一部分。我希望自己活成一束光，照亮自己，又温暖别人。在这人生之路上，无论何处，我都愿用我生命的声响，给人们留下点美好，那么我就度过了我最有价值的人生。

　　我还要真诚地感谢天津人民出版社的刘锦泉社长在百忙之中的关照，天津人民出版社总编辑任洁对我的热情支持。

　　最后，我向所有为我出版这三部集子的关注者、劳动者，表示我诚挚的谢意。

何杰

2024年5月8日于南开西南村

我在波罗的海语言中心讲学

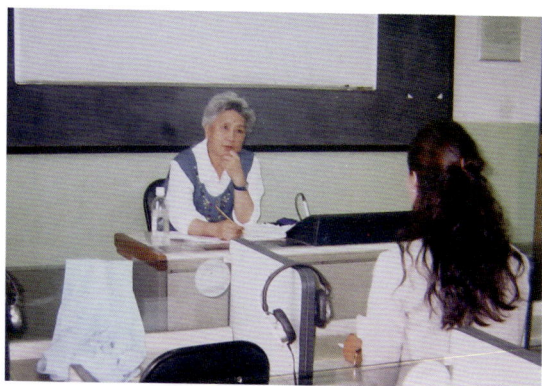

我领她进入
中华文化的门，
她为我打开世界
的窗

我们都是
"40后"，携
手走遍世界，
也携手走过艰
难困苦。他是
我生活大书的
合著者

我的事业

中国前驻拉脱维亚大使王凤祥（左二）接见我们夫妇

我在拉脱维亚大学任外教

第九届国际汉语教学研讨会上和各国汉学者在一起

我第一次笔会在北戴河。第一次知道什么叫广阔

和徐子亮教授在国际汉语教学研讨会上合影

我的部分科研与创作成果

给我特殊帮助的领军学者邢丽芳博士及曹英
教授——学院的脊梁

支持我科研及创作的王立新、刘佳两任院长

带着一个相机、一个手提电脑，游遍世界

我在地中海的游轮上起飞

在爱琴海游个蝶泳。跃出水面，哈！看看别样的世界

和弟弟在悉尼邦迪海滩。弟弟用相机给许多人留下了美好的回忆

俄罗斯夏宫，世界最美的喷泉园林，水的艺术，水的梦幻

莫斯科是我年轻时的梦，无法重复的梦

"军团长"伊格里让我
们把温暖带回中国

避暑胜地尤尔马拉，苏
联时期许多文学大师曾在这
里一聚

希腊米克诺斯
小镇给人的感觉却
是恬静

满莫石一家人都想学汉语

我的两代学生，如今一个是科普作家，一个是佛学博士，一样的执着

母亲小重孙女的梦是什么呢?

我的大孙女的梦

我的小二孙女，勇敢的小旅行者，风雨无阻。人家现在就写小说呢

我的全家福摄于湖边。健康才是福

他是母亲看大的第五个外孙。
十二岁在家乡他就像这样一动不动
为姥姥守灵

我和我的小儿子，母亲
的第六个外孙

母亲的二女儿

母亲看大的两代人

弟弟的画儿时
在地上发表，长大
后在美展获奖

我家三个男子汉。什
么叫幸福？这就是

儿子们说爸爸给我们照相，那可得站好

我大学毕业了，但从没停过读书

我的家人与学生

父母的幸福时刻

和我们家的
大山在一起，心
总是平静的

卢浮宫的玻璃金字塔内部。也宣示着中华儿女的智慧

我几乎走遍了欧洲美术馆。艺术叫我心深邃

因特拉肯让人感到格外平静

少女峰，阿尔卑斯山的最美。他说我是那山峰，其实他是我背后的大山